岩 波 文 庫

30-128-1

閑　吟　集

真鍋昌弘校注

岩 波 書 店

凡　例

一、本書は、阿波国文庫旧蔵本(現・志田延義栂の木資料館本。略称・阿本)を底本とし、宮内庁書陵部図書寮蔵本(略称・図本)、水戸彰考館蔵小山田与清本(略称・彰本)を適宜参照して本文を作成した。

一、『新日本古典文学大系56　梁塵秘抄・閑吟集・狂言歌謡』(岩波書店、一九九三年)の「閑吟集」(土井洋一・真鍋昌弘校注)を参照しつつ、注釈・補注などを新たに執筆した。

一、真名序は、校注者の判断によって七段落に分け、段落の趣旨は〔　〕で示し、それぞれの段落ごとに訓み下し文を掲げ、次に原文を置き、続いて語句の注解と現代語訳を置いた。なお、三本とも「真名序」「仮名序」「奥書」の記載はない。

一、各首の頭部に通し番号(1~311)を付した。歌謡の頭部に記された朱の圏点は、・で示した。肩部にある〽印は省略した。また、種類や伝来を意味する朱の肩書は、底本にあるままとし、欠落している場合その他については注釈でその判断を示した(肩書の内容については、解説を参照)。

一、本文は、仮名・漢字ともに現在通行の字体に拠った。本文の振り仮名はすべて現代仮名遣いに従うことを原則とした。本文が漢字のみによる白文の吟詩句の場合には、その訓み下し文をあわせて示すようにした。

一、各首には現代語訳、語句および内容に関する注釈を置いた。長文にわたるものについては、巻末の補注に回した。

一、注釈や補注、解説などで引用した古典の書目の略称は、主に次の通りである。

万葉(万葉集)／古今(古今和歌集)／後撰(後撰和歌集)(以下、主な和歌集については同様)

源氏(源氏物語)／平家(平家物語)

梁塵(梁塵秘抄)／幸若(幸若舞曲)／宗安(宗安小歌集)／隆達(隆達節小歌集)／狂虎明本(大蔵流狂言虎明本)／天理本狂言抜書(和泉流天理本狂言抜書)／延享五(延享五年小歌しやうが集)／鳥虫歌(山家鳥虫歌)

運歩色葉(天正十七年本運歩色葉集)／日葡(邦訳 日葡辞書)／易林本節(易林本節用集)／枳園本節(枳園本節用集)(以下、主な節用集については同様)

一、既刊の『閑吟集』については、次の略称を用いた。

文庫(藤田)(『閑吟集』藤田徳太郎校註、岩波文庫、一九三二年)

大系(『日本古典文学大系44　中世近世歌謡集』所収「閑吟集」志田延義校註、岩波書店、一九五九年)
大成(『閑吟集研究大成』浅野建二著、明治書院、一九六八年)
集成(『新潮日本古典集成　閑吟集・宗安小歌集』北川忠彦校注、新潮社、一九八二年)
文庫(浅野)(『新訂　閑吟集』浅野建二校注、岩波文庫、一九八九年)
新大系(『新日本古典文学大系56　梁塵秘抄・閑吟集・狂言歌謡』所収「閑吟集」土井洋一・真鍋昌弘校注、岩波書店、一九九三年)
全集(『新編日本古典文学全集42　神楽歌・催馬楽・梁塵秘抄・閑吟集』所収「閑吟集」徳江元正校注・訳、小学館、二〇〇〇年)

一、巻末に解説と初句索引を置いた。解説は新大系のものに加筆修正した。
一、本書で参照した主な研究書等は、解説の末尾に主要参考文献として付した。

目次

閑吟集

（真名序）

〔一〕

〔歌謡と徳政〕

夫《そ》れ[1]謳歌《おうか》の道たる、[2]乾坤《けんこん》定まり剛柔成りしより以降《このかた》、聖君の至徳、賢王の要道なり。これを異域に温《たず》ぬるに、その来たること久し。[3]先王の[4]五声を和するや、もつてその心を平《たいら》かにし、その政《まつりごと》を成すなり。五声・[5]六律《りくりつ》・[6]七音《しちいん》・[7]八風《はっぷう》、もつて相《あい》成すなり。清濁小大、短長疾徐《しつじょ》、もつて相済《な》すなり。君子これを聴き、もつてその心を平かにす。心平かなれば徳和す。故《ゆえ》に[8]詩に曰《いわ》く、徳音《とくいん》瑕《あやま》たずと。

夫謳歌之為道、自乾坤定剛柔成以降、聖君之至徳、賢□（王）之要道也。温之異域、其来久矣。先王和五声也、以平其心、成其政也。五声六律七音八風、以相成也。清濁小大短長疾徐、以相済也。君子聴之、以平其心。、平徳和。

故詩曰、徳音不瑕。

1 歌謡。 2 天と地。剛柔（堅いものと軟らかいもの）とともに万物が生成するための元素。易経・繋辞《けいじ》伝《でん》には「天尊地卑　乾坤定矣」「動静有常　剛柔断矣」などとある。 3 これ以下「徳音瑕たず」まで、春秋左氏伝・昭公二十年十二月条によるが、詞句は適宜省略されている。 4 五音。低音から順次、宮《きゅう》・商・角・徴《ち》・羽。 5 十二律中の陽に属する六つの音。黄鐘《こうしょう》・太蔟《たいそう》・姑《こ》洗《せん》・蕤賓《すいひん》・夷《い》則《そく》・無《ぶ》射《えき》。 6 五声に二変つまり変宮・変徴を加えたもの。 7 金・石・土・革・糸・木・匏《ほう》・竹の音。 8 詩経の豳《ひん》風《ぶう》・狼跋《ろうばつ》に「徳音不ㇾ瑕」、邶風《はいふう》・谷風に「徳音莫ㇾ違」。

そもそも歌謡の道というものは、天地が定まりあらゆるものが生成して以来、聖君・賢王が至れる徳行をなし、世を治めるための大切な手だてとして重んじられてきたものである。この例を古代中国に尋ね求めてみると、その由来はまことに古い。唐虞三代の君主が五声の調和をはかり、その音楽でもって人々の心をなごませ、政《まつりごと》を成功させたことであった。五声・六律・七音・八風など、音楽相互の調和をなし、言葉の清濁、音声の大小、律調の短長および急緩の融合によって、政治上よい効果をあげたのである。君子は音楽を聞いて心をやわらげる。心がやわらぎゆったりとすると、自然に仁徳が身についてくる。ゆえに詩経にも「よい音楽で心をやわらげたならば、ながく仁徳をたもち続けることができる」とある。

（二）　〔歌謡と世相〕

[1]これを嗟嘆《さたん》して足らざれば、これを詠歌す。これを詠歌して足らざれば、[2]手の舞ひ足の踏むを知らざるなり。治世の音《おん》は、安んじてもつて楽しむ、その政《まつりごと》和すればなり。乱世の音は、怨みてもつて怒る、その政《まつりごと》乖《そむ》けばなり。[3]得失を正し、天地を動かし、[4]鬼神を感ぜしむるは、詩より近きはなし。詩は志の之《ゆ》く所なり。

嗟嘆之不足、詠歌之。詠歌之不足、不知手之舞足之踏之也。治世之音、安以楽、其政和。乱世之音、怨以怒、其政乖。正得失、動□（天）地、感鬼神、莫近於詩。、者志之所之也。

1 以下「詩は志の之く所なり」まで、ほぼ詩経・大序による。 2 「手の舞ひ……」は、源平盛衰記・十二・行隆召さるる事、にも。 3 「詩より近きはなし」まで、古今・真名序をもとにしている。4 鬼神は神秘で超自然的な荒々しい霊。

人は感嘆の声を出してもまだ十分に気持がおさまらないときは、これを歌うことによって表現し、歌ってもまだ足らなければ、ただ夢中になって手を振り足を踏みとどろかすものである。そもそも世の中がよく治まっている時に、安堵して音楽をたのしむことができるのは、政治が人々の心とよく調和しているからである。乱れた世の音楽が、恨みと怒りの雰囲気をもっているのは、政治が人々の心から離反しているからである。ゆえに政治や人々の善悪を正し、天地や鬼神までも感動せしむるものは、やはり詩より他にはない。詩とはその字からもわかるように、志が言葉でもって表現されてゆく心の動きである。

㈢ 〔中国における詩論〕

詩変じて謡《よう》となり謳歌せらる。もっとも三代[1]以前は、物として宗廟侶隣《そうびょうりょりん》の詠ならざるはなし。[2]井を鑿《うが》ちて飲み、田を耕《たがや》して食《くら》ふとは、尭《ぎょう》の時の歌なり。[3]易水《えきすい》の秦に於《お》ける、[4]大風《たいふう》の漢に於ける、一句の歌有るは、[5]素練白馬、寿《いの》りてこれを成すことを得しなり。[6]接輿《せつよ》は鳳兮《ほうよ》を歌ひ、[7]寧戚《ねいせき》は牛角を扣《う》つ。[8]楚王の萍実《へいじつ》、[9]陳主《ちんしゅ》の後庭《こうてい》花《か》、僉《みな》民間に言はざるはなし。易に曰はく、[10]缶《ほとぎ》を鼓《こ》して歌ふと。あに至徳要道に非《あら》ざらんや。異方かくの如し。

詩変成謡謳歌。尤三代以前、無不物宗廟侶隣詠。鑿井而飲、耕田而食、尭時之歌也。易水之於秦、大風之於漢、有一句之歌、素練白馬、寿得成是也。接輿歌鳳兮、寧戚扣牛角。楚王萍実、陳主後庭花、僉無不言民間也。易曰、鼓缶歌也。豈非至徳要道乎。異方如斯矣。

1 夏・殷・周の三代。 2 尭の時代の、いわゆる撃壌歌《げきじょうか》といわれているものの一節。「日出而作、日入而息、鑿レ井而飲、耕レ田而食、帝力于レ我何有哉」(帝王世紀)。 3 荊《けい》軻《か》が秦始皇帝を刺殺することを決意、燕の太子丹と易水で別れを惜しんだ時の即興歌。「風蕭蕭兮易水寒、壮士一去兮不二復還一」(史記・刺客列伝)。 4 いわゆる大風の歌。「酒酣高祖撃レ筑、自為二歌詩一曰、大風起兮雲飛揚、威加二海内一兮帰二故郷一、安得二猛士一兮守二四方一」(史記・高祖本紀)。 5 素練は白いねり絹。素車(白木で作った車)白馬の誤か。清廉潔白で悲壮な決意の象徴。寿は禱の通用で「いのる」と読む説をとる。**6**「楚狂接輿、歌而過二孔子一曰、鳳兮鳳兮、何徳之衰也」（論語・微子）。**7**「甯戚候二斉桓公出一、扣二牛角一歌曰、南山粲粲、白石爛爛、中有二鯉魚一……桓公召レ之、因以為レ相」（三斉略記）。**8** 孔子家語によると、孔子は楚王に対して、その流れ寄った実を食べるのは吉祥であると言う。さらに王が、なぜそんな事を知っているのか、と尋ねると、「吾昔之レ鄭過二乎陳之野一、聞二童謡一。曰、楚王渡レ江得二萍実一、大如レ斗赤如レ日。剖食レ之甜如レ蜜」（孔子家語・二）。**9** 隋書・巻二二・五行志・第十七に、陳の後主、つまり最後の王・叔宝《しゅくほう》が作曲した楽名、玉樹後庭花。教訓抄・巻三、嫡家相伝舞曲物語・玉樹後庭花などに見える故事。**10** 易経・離卦の「日昃之離、不レ鼓レ缶而歌、則大耋之嗟、凶」による。缶は水や酒を入れておく瓦器の一種。

詩は変化して歌謡となり、おおいに人々に歌われる。もっとも夏・殷・周の三代以前は、帝王の祭儀の歌や民間の歌がすべてであった。「井戸を掘って水を飲み、田を耕して作物を食う」と老人が土を叩いて泰平を楽しんだのは、尭の治めた時代のことであった。秦の時代、荊軻が易水で「風蕭々として易水寒し」と別れの歌をうたい、漢の時代、高祖が故郷に錦を飾って「大風起って雲飛揚す」と雄大に歌ったように、それぞれの時代に感動の歌謡があるのは、神にも祈る悲壮な決意に由来するのである。また接輿は孔子をそしって「鳳よ鳳よ」と歌い、甯戚が斉の桓公の宰相に任用されたのは、牛の角をたたいて歌をうたったがためであった。楚の昭王は江を渡るとき実のはいった浮草を得たので、その意味するところについて孔子に尋ねると、子は童謡を引いて説明したことや、陳の後主叔宝が玉樹後庭花という楽を作ったという伝えにいたるまで、すべて民間に知られている事例である。さらに易経では「缶を打って拍子を取りながら歌う」とある。このように見てくると、歌謡というものがやはり、聖君賢王の至徳要道であることがわかるのである。中国においてすらすでにこのようであった。

(四)

〔日本歌謡の展開〕

熟《つらつら》本邦の昔を思ふに、伊陽《いよう》[1]の岩戸にして七昼夜[2]の曲を歌ひ、大神鏬隙《かげき》[3]に面し、神の戸擘開《はくかい》[4]して、霄壌《しょうじょう》[5]明白なり。地祇《ちぎ》の始め已《すで》に神歌[6]あり。次に催馬楽《さいばら》[7]興《おこ》る。催馬楽再び変じて早歌《そうか》[8]となる。その間に今様《いまよう》[9]・朗詠《ろうえい》の類《たぐい》あり。数曲三変して、近江[10]・大和等の音曲あり。或《あるい》は徐々として精《こころ》を困《くる》しめ、或は急々として耳に喧《かまびす》し。

公宴に奏し下情を慰むるは、夫《そ》れ唯《ただ》小歌のみか。

熟思本邦昔、伊陽岩戸而歌七昼夜曲、大神面于罅隙、神戸擘開而霄壌明白也。地祇之始已有神歌。次催馬楽興也。催馬楽再変而成早歌。其間有今様朗詠之類。数曲三変而有近江大和等音曲。或徐、而困精、或急、喧耳。奏公宴慰下情者、夫唯小歌乎。

1 伊勢国度会《わたらい》郡に天の岩屋戸の所在を定めた説の表現であろう。**2** たとえば「神集々而七日七夜楽遊」(山城国風土記逸文)のように、類型的表現。**3** 透き間。**4** 裂き開くこと。**5** 天地が明るいこと。**6** 神楽歌の意で用いているのであろう。**7** 中古に流行した宮廷遊宴の歌謡。**8** 主に、鎌倉時代、武士達に愛好された宴の場の長編歌謡。**9** 今様は平安後期、芸能者・遊女・貴族・武家などに歌われ伝授された歌謡群。朗詠も貴族・武家などに愛好されたもので、和漢の詩歌に曲節を付けて詠ずる。**10** 近江猿楽の謡(近江節)と大和猿楽の謡(大和節)。

よくよく本邦の昔を考えてみると、伊勢の国の天の岩屋戸において、神々が七日七夜舞い歌ったのを、天照大神《あまてらすおおみかみ》が怪しいと思って戸を細めに開けてご覧になったが、そこを天手力男命《あまのたぢからおのみこと》が押し開いて天地がふたたび明るくなったという。ゆえに国の始めにまず神歌があったということになる。次に催馬楽が出現し、再び変化して早歌となった。その間には、今様・朗詠などがもてはやされている。そうしたいくつかの曲が三たび変化して猿楽の近江節・大和節などの音曲が生じた。以上挙げてきた歌謡においては、あるものはあまりにもテンポがゆっくりしすぎていて退屈だし、あるものは、とても調子がはやくてやかましいのである。そうするとやはり、公の宴席において、心を慰めることができるのは、なんと小歌だけだということになる。

(五)

〔広い意味の小歌〕

小歌の作《おこり》たる、独《ひと》り人の物に匪《あら》ざるや明《あき》らけし。風行き雨施すは、天地の小歌なり。流水の淙々《そうそう》たる、落葉の索々《さくさく》たる、万物の小歌なり。加之《しかのみならず》、龍唫《りょうぎん》・虎嘯《こしょう》、鶴唳《かくれい》・鳳声《ほうせい》、春にして鶯あり、秋にして蛬《きりぎりす》あり、禽獣・昆虫の歌も、自然の小歌なるものか。而《しか》るを況《いわ》んや人情をや。[1]五千余軸は、迦人《かじん》の小歌なり。[2]五典三墳《ごてんさんぷん》は、先王の小歌なり。風を移し俗を易《か》へ、夫婦を経《おさ》め、孝敬を成し、人倫を厚うす。吁《ああ》、小歌の義たるや大いなるかな。

小歌之作、匪独人物也明矣。風行雨施、天地之小歌也。流水之淙〻、落葉之索〻、万物之小歌也。加之、龍唫虎嘯、鶴唳鳳声、春而有鶯、秋而有蛬、禽獣昆虫歌、自然之小歌者耶。而況人情乎。五千余軸、迦人之小歌也。五典三墳、先王之小歌也。移風易俗、経夫婦、成孝敬、厚人倫。吁、小歌之義大矣哉。

1 大蔵経(一切経)の巻数。五〇四八巻。**2** 五典は五帝、つまり黄帝・顓頊《せんぎょく》・帝嚳《ていこく》・唐尭・虞舜の書。三墳は三皇のことで、伏犠《ふっき》・女媧《じょか》・神農の書。想像上のもの。

小歌が生まれたのは、人間界に限ったことではない。吹く風の音、雨の降る音は、天地がもたらす小歌である。淙々と流れる水の音、散りゆく落ち葉の音など、自然の万物が歌う小歌である。それればかりではない、龍が吟ずる声、虎が嘯《うそぶ》く声、鶴や鳳の鳴き声、春の鶯、秋のきりぎりすの鳴き声がある。これら禽獣・昆虫の歌すべてが自然界の小歌なのである。だからましてや、人情というものをもっている人間界において、小歌が生まれたのは当然のことである。大蔵経五千四十八巻は僧侶達の小歌、三皇および五帝の書は、先王の小歌と見てよい。これによって民間の風俗を好ましい方向へ向け、夫婦の道や君臣父子の道を教え、人としてのあるべき道を教えるのである。ああ小歌の意義はまことに大きいものだよ。

㈥

〔小歌の機会〕

竺《じく》・支《し》・扶桑《ふそう》の、音律を翫《もてあそ》び調子を吟ずること、その揆《おもむき》一つなり。悉《ことごと》く説《よろこ》ぶ。[1]中殿の嘉会《かかい》に、朗唫罷《ろうぎんや》みて浅々として斟《く》み、[2]大樹の遊宴に、早歌了《おわ》りて低々《ていてい》として唱《うた》ふ。[3]小扇を弄《もてあそ》ぶ朝々《あさなあさな》、共に花の飛雪を踏み、[4]尺八を携ふる暮々《ゆうべゆうべ》、独り荻吹《おぎ》く風に立つ。

竺支扶桑、翫音律吟調子、其揆一也。悉説。中殿嘉会、朗唫罷浅、斟、大樹遊宴、早歌了低、唱。弄小扇之朝、、共踏花飛雪、携尺八之暮、、独立荻吹風。

1 清涼殿の異称。次の「大樹の遊宴」と対句。2「低々として唱ふ」と対句。「浅斟低唱」という句を分けて用いている。3 扇拍子をとることを言う。「小扇を……踏み」と「尺八を……立つ」とが対句。4 一節切《ひとよぎり》の尺八。一尺一寸一分。

インド・中国・日本の人々がいろいろな機会に音楽を演奏し、声に出して吟ずるのは、いずれも同じ趣である。つまりこれによって喜びのかぎりを尽すのである。清涼殿における祝宴で、詩歌の朗詠が終ったあと、気分を和らげて簡単に酒盛りをして小歌を歌い、将軍家での遊宴のおりには、早歌が終ったあと、小歌を低く口ずさんだものだ。扇拍子で小歌をうたった朝、仲間と一緒に雪のように散る花びらを踏み、尺八を携えた夕暮には、ひとりで荻の上を吹く風の中に立ったものだ。

(七)

〔閑吟集の編集〕

爰《ここ》に一[1]狂客あり。三百余首の謳歌を編み、名づけて[2]閑唫集と曰《い》ふ。数奇好事《すきこうじ》を伸《の》べ、[3]三綱五常を諭《さと》す。[4]聖人賢士の至徳要道なり。豈小補《あにしょうほ》ならんや。旹《とき》に、[5]永正戊《ぼ》寅《いん》秋《あき》八月、青灯夜雨《せいとうやう》の窻《まど》に、[6]述べて作り、もつて同志に貽《のこ》すと[7]云爾《しかいう》。

爰有一狂客。編三百余首謳歌、名曰閑唫集。伸数奇好事、諭三綱五常。聖人賢士至徳要道也。豈小補哉。于旼、永正戊寅秋八月、青灯夜雨之窻、述而作、以貽同志云爾。

1 風狂の人物。風流の道に心を奪われた人。編者自身の謙遜した表現。**2** 三本とも真名序は「朗唫」の場合も含めて「唫」を用いる。図本は真名序冒頭肩部に、朱でいわゆる内題として「閑唫集」と入れる。なお仮名序および題簽《だいせん》は「閑吟集」。**3** 三綱は、君臣・父子・夫婦。五常は仁義礼智信。**4** 真名序冒頭の「聖君の至徳、賢王の要道」を再び引いて結ぶ。**5** 永正十五年(一五一八)秋八月。**6** 論語・述而の冒頭「述而不レ作」を変化させたか。**7** 文章を結ぶときの常套語。以上の如し。

さて、ここに一人の風狂の客がいる。三百余首の歌謡を編集して、名付けて閑唫集と言う。風流の心を述べながら、三綱五常を諭しているのであって、聖人賢士の徳を修め世を治める道にかなっているのである。どうして少しばかりの助けといった程度のものであろうか。時に永正十五年秋八月、雨夜の窓辺で、青い灯をたよりに、先人の説を述べ、自分の考えも加え、ここに同好の士のために残しておくこと、上述のとおりである。

（仮名序）

こゝに一人《ひとり》[1]桑門《よすてびと》あり。[2]富士《ふじ》の遠望をたよりに庵《いおり》を結《むす》びて、十余歳の[3]雪を窓《まど》に積《つ》む。松吹《ふ》く風に軒端《のきば》を並《なら》べて、[4]いづれの緒《お》よりと琴《こと》の調《しら》べを争《あらそ》ひ、尺八を友《とも》として春秋の調子《ちょうし》を試むる折々《おりおり》に、歌の一節《ふし》をなぐさみ草《ぐさ》にて、隙行《ひまゆ》く駒《こま》に任《まか》する年月のさきざき、[5]都鄙遠境《とひえんきょう》の花の下《もと》、月の前《まえ》の宴席《えんせき》にたち交《まじ》はり、声《こえ》をもろともにせし老若《ろうにゃく》、なかば古人《こじん》となりぬる懐旧《かいきゅう》の催《もよお》しに、[6]柳《やなぎ》の糸《いと》の乱《みだ》れ心と打ち上《あ》ぐるより、あるは[7]早歌《はやうた》、あるは僧侶《そうりょ》佳句を吟《ぎん》ずる廊下《ろうか》の声《こえ》、田楽《でんがく》・近江《おうみ》・大和節《やまとぶし》になり行数々《ゆくかずかず》を、忘れがたみにもと、思ひ出《いず》るにしたがひて、閑居《かんきょ》の座右《ざみぎ》に記《しる》し置《お》く。是《これ》を吟じ移《うつ》り行《ゆ》くうち、[8]浮世《うきよ》のことわざに触《ふ》るる心のよこしまなければ、[9]毛詩《もうし》三百余篇《よへん》になずらへ、数《かず》を同《おな》じくして閑吟集《かんぎんしゅう》と銘《めい》す。この趣《おもむき》をいささか双紙《そうし》の端《はし》にといふ。命《いのち》にまかせ、時しも秋の[10]蛍《ほたる》に語《かた》らひて、月をしるべに記《しる》す事しかり。

1 世捨人。「桑門、サウモン、ヨステヒト」(温故知新書)。 **2** 富士山が遠くに見える地域に。 **3** 中国の孫康や車胤《しゃいん》が、雪や蛍の光によって読書したという故事を踏まえた表現力。「孫康映雪。車胤聚蛍」(蒙求和歌・元久元年)。 **4** 真名序に既出。「琴の音に峰の松風通ふらしいづれの緒《お》より調べそめけむ」(拾遺・雑上・斎宮女御)による。 **5** 四季折々の遊宴に加わり風流を楽しんだことを言う。たとえば同様の対句的表現は「花の下の春の遊び、月の前の秋の宴、……」(太平記・第一巻)。 **6** 巻頭の小歌「花の錦の下紐は……」から取る。 **7** 早歌以下、歌謡の種類を言う。解説参照。 **8** 論語・為政の「子曰、詩三百、一言以蔽㆑之、曰、思無㆑邪」をふまえる。 **9** 詩経のこと。漢代魯の毛氏(毛亨《もうこう》)が伝えた。三百五編に、編名のみの小雅六編を加えると、本来は三百十一編あったことになる。 **10** 古来和漢の詩歌などに、しばしば見える題材。幽かなるもののたとえ。「置く露に朽ちゆく野辺の草の葉や秋の蛍となりわたるらむ」(是貞親王家歌合)。

ここに一人の世捨人がいる。富士山を遠望できるこの地に草の庵を結び、かれこれ十余年の歳月を過ごした。軒端に松吹く風の音を聞き、それに和して琴を掻き鳴らし、また一節《ひとよ》切《ぎり》の尺八を携えて四季折々に合う曲を吹きながら、小歌の一節を心の慰みとして、はやくも過ぎていってしまった年月を振り返ると、都や田舎での、春は花見の宴、秋は月見の宴に連なり、ともに歌った老人や若人がいたけれども、いまではそうした人々も半ば故人になってしまったその昔が恋しくて、「柳の糸の乱れ心」と歌う小歌をまずはじめに置いて、あるいは早歌、あるいは僧侶が廊下で吟ずる漢詩句、また田楽節、猿楽の近江節・大和節に至るまでの数々を、記念の歌謡集ともなればと考えて、思い出すがままに閑居の座右に記しておくのである。これらを歌いながら毎日を過してゆくと、生活の上でも邪悪な心がおこるということもないので、ここに詩経・三百十一編に倣って数を同じくして、閑吟集と題を付けた。以上のような趣旨を少しく草紙の端に書いたのである。余命にまかせ、折も折、かすかな秋の蛍と語らいながら、月明りのもとで、以上のように書き記しておくのである。

1・小

花の錦《にしき》の下紐《したひも》は　解《と》けてなかなかよしなや　柳の糸の乱れ心　いつ忘れうぞ　寝乱《ねみだ》れ髪《がみ》の面影《おもかげ》

美しい下紐は、ひとりでに解けて、今となっては、かえってどうにもしようのない思いに責めたてられるばかり。春風に吹かれる柳の糸のように、わたしの心は乱れて、どうして忘れることなどできようか、あの寝乱れ髪の面影を。

花の錦「柳の糸」と対句。**下紐** 表からは人目につかない裏紐。**解けて** 解こうともしないのに、自然に、はらりと解けること。自動詞。情念が通じて、相手の紐、帯、髪の結び目が解けることがあるという恋の俗信。閑吟集を結んでいた紐が解けることも含める。開巻の意を込めた。**忘れうぞ** 忘りょうぞ。拗長音。忘れることなどできない。**寝乱れ髪** 寝くたれ髪とも言う。「寝た後の解けて乱れた髪」(日葡)。女性の場合が多いが男性にも言う。**面影** 中世小歌の世界を把握するためのキーワードの一つ。たとえば34〜37番は「面影小歌群」といえる。

▼仮名序の内容と対応させ、和歌、連歌の部立によって、春の妖艶たる小歌を最初に据えた。閑吟集開巻の挨拶。女の独白、男の独白、男女掛け合いの三通りの解釈

が可能。曲舞《くせまい》「水汲」、狂虎明本や天理本狂言抜書等の「花子《はなご》」の小歌、中世農耕儀礼歌謡『田植草紙』晩歌四番、近世流行歌謡などに広く継承歌謡、あるいは類歌がある。雅俗融合した中世小歌圏歌謡における代表的一首。以下、56番までが春。

↓補注。

2・小　いくたびも摘《つ》め　生田《いくた》の若菜《わかな》　君《きみ》も千代《ちよ》を積《つ》むべし

いく度も摘みなさい、生田の若菜を。そうすればあなたもきっと、千代の齢を重ねることになるでしょう。

生田　神戸市三宮(摂州)、現在の生田神社付近。海辺に近く、若菜の名所。「生田浦《イクタノウラ》 摂州」(運歩色葉)。**若菜**　「若菜トアラバ、摘、君がため、いくたの小野、此外《このほか》名所数知らず」(連珠合璧集)。**君**　中世小歌としては、広くその場にいる「あなた」。「君がため春の野にいでて若菜摘む我が衣手に雪はふりつつ」(古今・春上・光孝天皇。小倉百人一首にも)。

▼「千代」をうたう祝言小歌の一つ。天理本狂言抜書「若菜」にも。正月初の子の日に、若菜(春の七草など)を摘んで食べると、千代の齢をたもつことができるという習俗(年中行事を記す『公事根源』の「供若菜、上子日」の項を参照)にともなう祝い歌。『拾芥抄』下・飲食部に、「七種菜「薺《ナツナ》《アマナ》、蘩《ハコベ》、芹《セリ》、菁《アオナ》《カブラナ》、御形《コギヤウ》、須須之呂《ススシロ》、仏《ホトケ》座《ノザ》」」とある。生田の若菜とあるように、海辺河辺の若菜をも摘んだ。↓補注。

3・小菜《こな》を摘《つ》まば　沢に根芹《ねぜり》や　峰《みね》に虎杖《いたどり》　鹿《しか》の立《た》ち隠《かく》れ

若菜を摘むのなら、沢に降りて根芹を、峰に登って虎杖、独活《うど》を。

根芹「ネゼリ。長い根のある芹」(日葡)。芹は春の七草の一つ。「沢の芹野辺のなづなに摘みそへて袖にぞさむき雪も氷も」(卑懐集・春・若菜)。**虎杖**　タデ科の植物、若茎を食用。「虎杖《イタドリ》」(温故知新書)。「虎杖生田野、小児折其茎、剥去皮啾之、味酸」(和漢三才図会)。**鹿**　独活《うど》。「しか。食用になる草で、別名ウド、またはドゼン。地中にある間はウド、土の中から幾分出て以後はドゼン、さらに大きく伸びてからはシカ」(日葡)。**立ち隠れ**　独活があちこちに背丈の不揃いの状態で生えているさまか。成長したウドを、シカガクレとも言う(『全国方言辞典』)。

▼三本とも肩書・圏点なし。補う。3番として独立した一首になっているが、当時は2番と連続する一組のような意識で歌われていたか。天理本狂言抜書「若菜」でも2番とともに同形で歌われる。また野草の名前や摘む場所としての「沢に……」「峰に……」の型は、「凄き山伏の好む物は、味気な凍《い》てたる山の芋……」(梁塵)などの、物尽《づく》し系発想類型を受けている。早春の新鮮な野菜の色合いと薫りが伝わる。

4・大木《こ》の芽《め》春雨《はるさめ》降《ふ》るとても　木の芽春雨降るとても　なほ消え難《がた》きこの野辺《のべ》の　雪の下なる若菜をば　今幾日《いくか》ありて摘ままし　春立つと言ふばかりにや三吉野《みよしの》の　山も霞みて白雪の　消えし跡《あと》こそ道となれ　消えし跡こそ道となれ

木の芽も張るという春雨が降っても、この野辺の雪はまだ消えない。その雪の下に埋もれている若菜を、あと幾日すれば摘むことができるのでしょうか。しかしさすがに立春になったので、それだけで吉野山もなんとなく霞んで見え、白雪の消えたところが、道となっていることです。

木の芽春雨降るとても「春雨」の「春」に「張る」を掛ける。「霞《かすみ》立ち木の芽春雨ふる里の吉野の花も今や咲くらむ」(続後撰・春・後鳥羽院)。「春雨　トアラバ、木の目……」(連珠合璧集)。**今幾日ありて**「春日野の飛火《とぶひ》の野守《のもり》出でて見よいま幾日ありて若菜摘みてん」(古今・春上・よみ人知らず)。**春立つと**「春立つといふばかりにやみ吉野の山も霞みて今朝は見ゆらん」(拾遺・春・壬生忠岑。梁塵・巻一・長歌十首・春)。

▼謡曲『二人静』の一節。吉野勝手明神に仕える女が、正月七日、菜摘川で神供の菜を摘む場面。2番からの若菜を摘む風景を受けて、白雪の消えた跡に、吉野の早春の道が見えてきた。鶯の初音が聞こえる春の野辺に通じているのである。

5・小霞《かすみ》分《わ》けつつ小松引けば　鶯《うぐいす》も野辺《のべ》に聞く初音《はつね》

春霞の中で小松引きをしていると、野辺には鶯の初音が聞こえてきます。

鶯も野辺に　底本は「うぐひす」の「す」の字が、長く尾を引いていてすっきりしない。衍字《えんじ》か。三条西実隆判狂歌合『玉吟抄』の「鶯も初音めでたや姫小松千代も幾《いく》千代うたへ春の野。判詞、左、小歌の言葉にて詠ぜるかや」から、「うぐひすも」と読むべきであるとする説(徳田和夫)による。

▼正月初子の日、小松を引き若菜摘みをして、長寿繁栄を願う。「松を引く、鶯、若菜ともに子の日の寄合い」(連珠合璧集)。「ねの日しに霞たなびく野辺に出でて初鶯の声を聞くかな」(山家集・上・春)。「子日《ねのひ》する野辺に小松をひきつれてかへる山辺にうぐひすぞなく」(御裳濯和歌集・春歌上・大中臣頼基朝臣)。詞書に「朱雀院御時御屏風に、山のふもとに子日して、松ひく野にうぐひすなどかきたるところによめる」とある。屏風絵からの発想。7番まで「松」で連鎖。

6・小 めでたやな松の下　千代《ちよ》も引く千代　千世《ちよ》千世《ちよ》と

めでたいなあ、松の下は、千年の後までも栄えるようにと、小松を引こうよ。ちよちよと唱えながら。

千代も引く千代千世千世と　隆達は「めでたや松の下、千代も幾千代　千代千代と」。5番と同様、小松引きに因む小歌。後半の「千世千世」は、本来、小松を引く時に、声に出して唱えた呪文であろう。「しほの山さしでの磯にすむ千鳥きみが御代をばやちよとぞなく」(古今・賀・よみ人知らず)、「君がためはつねのけふの野辺に出て手にとる松は千代のかずかも」(文永四年・中書王御詠・子日)、「奥山で雉子が鳴く、小松の下でつまを呼ぶ声千代千代と」(東北地方民謡)。

▼霊力が燦々と降る松樹の下で小松を引くことをうたう。小松引きは、小松のめでたい霊力に感染する呪的行為である。『和漢朗詠集』巻上・子日《ねのひ》「倚松樹以摩腰習風霜之難犯也」(松樹《しょうじゅ》に倚って腰を摩《す》ることは、風霜の犯し難きことを習う)。老人が曲った自分の腰を、松樹に擦り付けて、松の樹に満ちているその霊力にあやかろうとしている。こうした中世祝歌の伝承が、やがて「めでためでたの若松様よ枝も栄える葉も繁る」(鳥虫歌・巻頭歌)の世界に集約されてゆく。

7・小茂《しげ》れ松山

茂れ松山　茂らうには　木陰《こかげ》に茂れ松山

茂れ松山よ、茂るのならいっそ、緑の鬱蒼とした木陰をなすほどに茂れよ。

松山　群生する松。松の森。

▼めでたい酒宴でまず歌われた、松をハヤス呪祝小歌。枝葉を繁らせる松は繁栄の象徴であり、生命力の発現を具現している。「万代を松の尾山の蔭繁み君をぞ祈るときはかきはに」(新古今・賀・康資王母。春日若宮神楽舞歌『中古雑唱集』にも)。「茂れ松山茂らうには　木陰で茂れ松山」(宗安)、「さあうたへしげれ松山千代の宿」(寛永十年・犬子集・巻三)、「山科のやまのいはねに松うへて　ときはかきはにいのりけむ　ことの葉そへしいにしへも」(幸若・山科)、「つきせぬしるし岩に花、峰の小松の茂り合ふ」(鳥虫歌・因幡)。

8・小 誰《た》が袖触れし梅が香ぞ　春に問はばや　物言ふ月に逢ひたやなう

この梅の香は、いったいどなたの袖の移り香なのだろうか。春に問うてみようか。それを教えてくれる、もの言う月に逢ってみたいものだなあ。

誰が袖　暗に雅びな貴人の袖を意識している。**物言ふ月**「梅の花誰が袖ふれし匂ひぞと春や昔の月に問はばや」(新古今・春上・右衛門督通具)。▼「色よりもかこそあはれとおもほゆれ誰が袖ふれしやどの梅ぞも」(古今・春上・よみ人知らず)による。「もの言はば問はまし物をちはやふる神代の事も月はしるらん」(柳葉和歌集・第三・秋)。『拾菓集』下・袖情にも。11番まで「梅」で連鎖。

9・吟

只吟可臥梅花月　成仏生天惣是虚
(ただ吟《ぎん》じて臥《ふ》すべし梅花《ばいか》の月《つき》　成仏生天《じょうぶつしょうてん》すべて是《こ》れ虚《きょ》)

現世にあっては、ひたすら詩を吟じ、月下に梅花の風流を楽しむがよい。来世、仏となり天界に生まれ変わったとしても、それは所詮むなしいことなのだ。

只吟可臥梅花月　類似する趣旨の句は五山詩文にいくつか認められる。「寒窓風雪梅花月　酒客弄盃詩客吟」(狂雲集)。**成仏生天惣是虚**「成仏生天皆是夢」(冷泉集)、「祖祖相伝総是虚」(明極楚俊)(吾郷『中世歌謡の研究』)。

▼吟詩句。吟詠された漢詩句。禅林詩句そのものか、あるいはその改作であろう。仮名序にある「僧侶佳句を吟ずる廊下の声」の一つでもあろうが、それとて、戦乱の世の酒宴の場へ持ってくると、さあ快楽に飲めや囃せやの引金《ひきがね》となる。「成仏生天惣是虚」はその時代を生きた人々にとって、魔力をもって響いたことであろう。8番の雰囲気を残し、10番「噓《うそ》」の小歌へ移す機能を果している。「梅が枝のかすめる色はほのかにて軒端ににほふ夕暮れの月」(権大納言俊光集)など同想。

10・小 梅花《ばいか》は雨に　柳絮《りゅうじょ》は風に　世はただ嘘《うそ》に揉《も》まるる

梅の花は雨に、柳の綿毛は風に、人の世はただ嘘《うそ》に揉まれます。

柳絮 柳の綿毛。「柳花ハ即チ柳絮ナリ」(節用集大全)、「柳絮ハ楊花也」(中華若木詩抄・下)、「風吹柳絮毛毬走　雨打梨花蛺蝶飛」(禅林句集・十四字)。**ただ** 中世小歌に頻繁に用いられる強意の副詞。**嘘** 「迂疎《ウソ》　虚言」(温故知新書)。「ウソヲユウベカラズ、サケヲノムベカラズ」(ロドリゲス日本大文典)。『朝倉宗滴話記』には「武者を心掛くる者は、第一にうそをつかぬ物なり」。

▼9番の「虚」を受けて、「嘘《うそ》」へ。大道芸放下歌謡で、民衆にもなじみの「揉まるる物尽し」の型で歌う。「雨に」「風に」の下には「揉まるる」を省略して、最後に「嘘に揉まるる」と置いて、今の世のすべての「嘘」を突いた。世の実体は嘘であると見抜いた。これは、日本歌謡史上においても、意識しておいてよい。なお閑吟集成立後、中世小歌圏歌謡集としては、宗安、隆達があるが、「嘘」を歌う小歌はそこには認められない。

11・大老《おい》をな隔《へだ》てそ垣穂《かきほ》の梅《うめ》　さてこそ花の情《なさけ》知れ　花に三春《さんしゅん》の約《やく》有り　人に一夜《ひとよ》を馴《な》れ初《そ》めて　後いかならんうちつけに　心空《そら》に楢柴《ならしば》の　馴《な》れは増《ま》さらで　恋の増さらん悔《くや》しさよ

老人だからといって分け隔てをしてくださるな。垣に咲いている花も、その香りを分け隔てしないのが、花の情けというものです。花は「花に三春の約有り」というように、春になれば約束を守って咲くのだけれども、一夜馴れそめて、その後どのように心変わりしてしまうかもしれないと思うと、にわかに心も落ちつかず、慣れ親しむことは増しもしないで、恋しい気持ちばかりが募ってゆきます。ほんとうに悔しいことです。

垣穂「垣トアラバかきほともいふ、かきねとも、へだつる」(連珠合璧集)。以下、梅・花と縁語。**三春の約**　三春は陰暦の孟春(正月)、仲春(二月)、季春(三月)のこと。「花ハヤクソクスル如クニ咲ホトニ、カクノゴトクゾ」(うたひせう・鞍馬天狗。慶長年間)。**心空に楢柴の**　心が空になるを掛ける。**馴れは増さらで**「御狩する狩り場の小野の楢柴のなれはまさらで恋ぞまされる」(新古今・恋一・人麿。小異で万葉・三〇四八)。

▼宮増《みやます》作、謡曲『鞍馬天狗』の一節。桜花爛漫の鞍馬山で、平家公達が去った後に一人たたずむ少年(牛若)に、山伏が同情をもって語りかける部分。この山伏、実は異形のもの、大天狗(妖怪)であった。この大和節の小歌が、当時の酒宴で歌われた場合においては、老境の人々が酒に酔って心情を述べる「老人の歌」(28・220・221番、解説参照)の性格をもつものとなる。次の12番とは、ともに山岳奥深く住む「妖怪」の気配も感ぜられる。文庫(浅野)は、山伏と化した大天狗が少年に語りかける場面で、男色の風情ありとする。↓補注。

12・小　それを誰《た》が問《と》へばなう　よしなの問はず語《がた》りや

それを誰が尋ねたわけでもないのに、どうにもしようのない問わず語りだねえ。

問はず語り　尋ねられたわけでもないのに、自分から語り出すこと。「さしよりてこしかたの事どもうち語らひしに　かの君の事など　とはず語りしいでて」(室町時代物語・鳥部山物語)。

▼謡曲『幽霊酒呑童子』(廃曲)の次の科白を、関連する事例として引用しておくことができる。酒呑童子が頼光達(客僧)を招き入れ、酒宴を催す場面である(『未刊謡曲集』三および十七)。「所は山路なり。千代ぞと菊の盃　いつ迄も聞《きこ》し召れよ　いつ迄も聞し召れよ。あらよしなのとはず語や　まず酒をすゝめ申さん」(樋口本)。「風狂じたる風情せし、酒天(ママ)童子の物語、余所には非ず我なれや、御覧ぜよ人なり、鬼となな思ひ給ひそ　あらよしなやとはず語　まづ酒をすゝめん」(観世本)。後者の「鬼となな思ひ給ひそ」は、閑吟集190番参照(謡曲『大江山』に見えている酒呑童子の科白)。謡曲『大江山』、室町時代物語の『大江山酒呑童子』系諸本においても、酒呑童子が自らその来歴を語る。

13・大 年年《としどし》に人こそ旧《ふ》りてなき世なれ　色《いろ》も香《か》も変はらぬ宿《やど》の花盛《はなざか》り　変はらぬ宿の花盛り　誰《たれ》見はやさんとばかりに　又廻《めぐ》り来て小車《おぐるま》の　我と憂《う》き世に有明《ありあけ》の　尽《つ》きぬや恨《うら》みなるらむ　よしそれとても春の夜の　夢の中《うち》なる夢なれや　夢の中なる夢なれや

年々歳々人は老いて死んでゆく世の中に、色も香も変わることなく今も盛りと咲いているのは我が家の桜。この桜の花を誰か眺めて愛でることもあろうかと期待して、それだけを頼りに生きるしばしの間も、いつのまにかまた年月は、廻る小車のようにめぐって、浮き世に暮らす私は、いたずらに年老いてゆくのがなによりも恨めしいことです。だがままよ、そのようにいくら恨んでも、所詮この浮き世は、春の夜の夢の中の夢のように、はかないものです。

年年に人こそ旧りて…「年々歳々花相似、再々年々人不同」(唐詩選・劉廷芝)。**色も香も…**「色も香もおなじむかしにさくらめど年ふる人ぞあらたまりける」(古今・春上・紀友則)。**小車…**「今日出《いで》てまたもあはずに小車の、此の世のうちになしとしれ君」(舞の本・小袖曽我)。

▼出典未詳。老い衰えてゆく人間を、毎年美しく蘇り咲き続ける花と対照させながら、浮き世は春の夜の夢の如くはかなしへもってゆく。無常観ただよう歌。

14 • 小 吉野《よしの》川《がわ》の花筏《はないかだ》　浮《う》かれて漕《こ》がれ候《そろ》よの　浮かれて漕がれ候よの

わたしは吉野川の花筏。心も浮かれて、あの人を思い焦がれるばかりです。

吉野川　桜の名所、吉野山を縫って流れる。「筏、吉野川、戸無瀬川、越川等に続けり」(今川了俊、師説自見集・上)。**花筏**　桜花の枝を挿し添えてある風流な筏、あるいは桜の花びらが散りかかっている筏。↓16番「花靫」。**浮かれて漕がれ候よの**　「浮かれ」に、花筏が「浮く」と恋に心が「浮かれる」を掛け、「漕がれ」に、花筏が「漕がれる」と、恋に心が「焦がれる」を掛ける。

▼「花筏」は貞徳『俳諧御傘』に「花筏、花の散りかゝりたる筏也。正花也。春也。極物也」(万治二年安田十兵衛開板本)。また琴歌の注釈書である『松月鈔』には「よしの川の花筏」の挿絵として、吉野川を下る筏が描かれ、その上に筏師が竿を横たえ寝そべっており、桜が川面にも筏の上にも散っている。高台寺霊屋内陣階段にも桜の散りかかった筏が、図案化されて描かれている。この14番の花筏は、川面に小さな桜の花びらが筏のように連なって浮かんでいる、そのありさまを言う花筏ではない。風流に桜の枝を挿し添えてある筏、あるいは桜の花が散りかかっている筏。

15・小　葛城《かずらき》山に咲く花候《ぞろ》よ　あれをよと　余所《よそ》に思うた念《ねん》ばかり

あの人は葛城山の高い峰に咲いている桜のようなもの。あれを自分の手に入れたいと、遠くから思い焦がれるばかりです。

葛城山　河内と大和の境にある山系。「葛城　カヅラキ」(易林本節)。「大嶺かづらき七度とをり、熊野の那智の瀧に三七日うたれ」(幸若・文学《もんがく》)。大峰山、金峰山と並ぶ修験道の霊場。開祖役小角《えんのおづぬ》をはじめとして、多くの修験の徒の道場。中世末大きな勢力をもつようになったと言われている。**候**「……に候」の転。体言あるいは連体形に直接付く「さうらふ」は、語頭が濁音となって「ざうらふ」あるいは「ぞろ」となる(吾郷)。**念**　常に思うこと。深い思い。

▼「花」で連鎖。関係和歌として次の二首がある。㈠「よそにのみ見てややみなむ　葛城《かづらき》や高間の山の峰の白雲」(新古今・恋一・よみ人知らず。和漢朗詠集・巻下・雲「葛城の」)。室町時代物語『ささやき竹』では、謎かけ歌として用いられている。㈡「葛城や高間の山の桜花雲居のよそに見てやすぎなむ」(千載・春上・藤原顕輔)。なお隆達では「君は高間の峰の白雲　よそにのみ見てやみなん」。→補注。

16 小・人の姿《すがた》は花靫《はなうつぼ》　優《やさ》しさうで　負《お》うたりや獺《うそ》の皮靫《かわうつぼ》

あの方といったら、外見は花靫のように優しそうだけれど、どうしてどうして実際に逢ってみると、獺の皮靫ではないけれど、嘘《うそ》ばっかりのいやな人だったわ。

花靫 桜の枝を添えてある風流な靫。靫は矢を入れて背負う武具。「箞《うつぼ》・靫《同》」(武家節)。**優しさうで** やさしいような様子で。**獺の皮靫** 獺に「嘘」を掛ける。獺は「カワウソ。水中に棲む動物、または猫のようなもの」(日葡)。「獺、老而成河童者」(前田家本下学集)。「大崎玄番殿は十七八をかたいだ、十七八はうその皮、太刀こそかたいだ」(高知・吾川郡池田町、鼓踊)。

▼「北山の花を見て帰りはべるとて、うつぼに花の枝をさして一条の大路を過ぎ侍りけるに、さじきの内より女の声にて「やさしく見ゆる花うつぼかな」といひ侍りければ、馬より下りて、「もののふや桜狩《さくらがり》して帰るらん」」(菟玖波《つくば》集・巻一・春上)。その後「梓弓春の花見の酒迎《さかむかへ》やさしやうその皮うつぼ哉」(言継卿記《ときつぐきょうき》・天文元年三月七日)。同歌は三条西実隆撰『再昌草』享禄五年三月六日の条にも。

17 小

人は嘘《うそ》にて暮《く》らす世に　なんぞよ燕子《えんし》が実相《じっそう》を談《だん》じ顔《がお》なる

人は嘘にまみれて日々を送っているというのに、梁《はり》の燕《つばめ》ときたら、世の実相を説《と》くような顔つきで見おろしているよ。

嘘にて 嘘に塗《まみ》れて。**燕子** 「えんし。燕子、つばめ、文書語」(日葡)。**実相** 底本、図本「実相《じちそう》」。彰本「実相《ジッソウ》」。生滅変化してゆく仮の姿の奥にある真実。漢詩調の後半は、『南院国師語録』下「春日遊帰雲菴五首」の内「燕子梁間談実相」を踏まえた(吾郷『中世歌謡の研究』)。梁の燕にこそ深遠な仏教的真実を見る、の意。禅の哲学。

▼底本、肩書なし。図本、彰本によって補う。小歌。「世の中はうそばかりにて過ぎにけり今日もまたうそあすもまたうそ」(醒睡笑・巻六)。『田植草紙』昼歌四番では、まさに「燕」は、常磐の国から飛来する鳥であった。日本中世歌謡の世界には、17番に代表される世の実相を談ずる燕とともに、豊穣を約束する呪鳥としての燕が飛んでいる。

18・小

花の都《みやこ》の経緯《たてぬき》に　知らぬ道をも問へば迷《まよ》はず　恋路《こいじ》など　通ひ馴れても紛《まが》ふらん

花の都の縦横にはしる見知らぬ道でも、尋ねながら行くと迷いはしない。しかし同じ道でも恋路は別で、いくら通い馴れていても、どうしてこのように、まちがえてわからなくなってしまうのだろうか。

花の都 京都。「日本は広しと申せども、花の都にてとどめたり」(幸若・敦盛)。**経緯** 縦横に通る大路小路を、機織りの縦糸横糸に譬える。**など** 疑問副詞、原因推量の「らん」と呼応。**紛ふらん** 図本、彰本は「まよふらん」。▼「誰か作りし恋の道　いかなる人も踏み迷ふ」(宗安。狂虎明本・座禅)。「誰かはじめし恋の道、いかなる人も踏み迷ふ」(吉原はやり小歌)。「花の都のたてぬき　知らぬ道をも心して問へば迷わず　恋路など　通ひ馴れても迷ふらん」(天理本狂言抜書・金岡)。

この18番が、花の都を、恋情の迷いと対照的に引き合いに出した後、続く19番が、数多い京都の名所旧跡を具体的に歌って、春景色の絵地図を作ってゆく。

面白《おもしろ》の花の都《みやこ》や　筆《ふで》で書くとも及ばじ　東には祇園清水《ぎおんきよみず》　落ち来る滝《たき》の音羽《おとわ》の嵐《あらし》に　地主《じしゅ》の桜は散りぢり《ち》　西は法輪嵯峨《ほうりんさが》の御寺《おんてら》　廻《まわ》らばまはれ水車《みずぐるま》の　臨川堰《りせんせき》の川波《かわなみ》　川柳は水に揉《も》まるる　脹《ふく》ら雀《すずめ》は竹《たけ》に揉まるる都の牛は車に揉まるる　野辺《のべ》の薄《すすき》は風に揉まるる　茶臼《ちゃうす》は引木《ひきぎ》に揉まるる　げにまこと忘れたりとよ　小切子《こきりこ》は放下《ほうか》に揉まるる　小切子の二つの竹の　世世《よよ》を重《かさ》ねて　うちおさめたる御世かな

おもしろの花の都や、筆ではとうてい書き尽せない。見渡すと、東には祇園の社、清水寺、清らかな水が落ちてくる音羽の滝のあたりから吹き上げる春の嵐に、地主権現の桜が散ってゆく風情はおもしろい。西には法輪寺、嵯峨の清涼寺、そこをぐるりと廻って、川波打つ臨川堰あたりに出ると、くるくる廻る水車、岸の柳は水に揉まれる、ふくら雀は竹に揉まれる。都大路を行く牛車の牛は車に揉まれる、野辺の薄は風に揉まれる、茶臼は引木に揉まれることよ。ほんにまあ忘れていたよ、小切子はご覧のように、放下の手で揉まれるよ。この小切子の二つの竹の節と節を重ね合わせるように、めでたく世々を重ねて、御世は太平、治まった。

祇園　東山の八坂神社。通俗の呼び名。**清水**　音羽山清水寺。「やあ石童丸、あれは五条の橋とかや、左に当りて見えたるは、祇園清水稲荷とかや」(説経浄瑠璃・かるかや)、「醍醐山科、祇園清水には、花の最中にて、花見の者どもここかしこに、空きどころも無う幕打ち廻し」(狂言鷺賢通本・寝音曲)。**落ち来る滝の音羽の嵐に**　「音羽の滝は奥之院の下にあり。滝口三筋、西のかたへ落ちて四季増減なし」(都名所図会)。**地主の桜**　清水寺の鎮守。「それ花の名所多しといへども、大悲の光、色添ふ故、この寺の地主の桜に若《し》くはなし」(謡曲『田村』)。**法輪**　法輪寺。京都嵐山、渡月橋の西あたり。俗に嵯峨の虚空蔵として知られる真言の寺。**嵯峨の御寺**　嵯峨清涼寺(釈迦堂)。**廻らばまはれ水車の臨川堰の川波**　「臨川寺の水車はめぐる跡なくなりはてて、昔の嵯峨のふる里草深き野となりにけり」(応仁記)、「今臨川寺の前に石堰あり、臨川石堰といふを略して、りんせんせき、とは言ふなり」(謡曲拾葉抄・放下僧・臨川堰の注)。**脹ら雀**　全身の毛をふくらませた状態の雀。**茶臼**　三本とも「茶壺《ちゃうす》」。「茶磨《チャウス》臼同」(易林本節)。**引木**　「ヒキギ」。茶や米などを碾く石臼を、ぐるぐる回転させるための木」(日葡)。**小切子**　二〇センチくらいの小さな竹筒で、中に小豆などを入れたもの。両手に持って打ち鳴らしたりして拍子をとる。『七十一番職人歌合』四十九番(鉢扣《はちたたき》と対)に、「月見つゝうたふ放下のこきりこの竹のよごゐのすみわたる哉」(「よごゐ」に、「節声」と「夜声」を掛ける)。**放下**　中世の大道芸。

手品や曲芸を演じ、小切子を揉み、小歌を歌った。閑吟集における放下の歌謡は、216番(海道下りの名所尽し)、254番(織衣の紋様尽し)。

▼18番を受けて、都の大道芸・放下の歌謡を置いた。おもしろく、めでたく、前半は、花の都の名所を数え、後半は、〃揉まれるもの尽し〃という、意外な発想の物尽しをうたい、最後には観衆の目線を、放下師自身の手元で揉まれている小切子に引き付けて終る。見事な構成から成る祝言歌謡。↓補注。

20・早 花見の御幸《ごこう》と聞《きこ》えしは　保安《ほうあん》第五の如月《きさらぎ》

花見の御幸として世に名高いのは、なんと言っても保安五年如月の、白河・鳥羽両院の御幸だよ。

御幸 上皇・法皇・女院の外出。ここは白河、鳥羽両院、保安五年閏二月の法勝寺での花見のこと。『百錬抄』に「十二日、両院臨幸法勝寺覧春花。太政大臣(雅実)摂政(忠通)以下騎馬前駈。内裏中宮女房連車追従。男女装束裁錦繡。於白河南殿披講和歌(下略)」、また『今鏡』の「すべらぎの中」に第二「白河の花の宴」と題して詳述あり。「法皇もこの院も一つ車に奉りて、御随身、錦縫ものを色々に裁ち重ねたるに、上達部《かんだちめ》殿上人狩衣さまざまに色をつくして、われもわれもと詞も及ばず」とある。

▼早歌『宴曲集』「花」の一節。この小歌化の手法は、後出の62番などに近い。結果的に見て、早歌が時代を経て人々に受け入れられ、生きてきた一つの手法であった。鎌倉時代の「武家の雅び」から生まれて、「室町人の風流」の世界への伝承の一つの具体例がここにも見える。冷泉家蔵『早歌抜書』には、「花見の御幸ときこ

えしは、保安第五の二月……」が記されていることもわかった。皆の知る有名なサワリの部分であった。そこが小歌として残った(外村南都子『早歌の心情と表現』)。

この20番に歌われてきた場面は、『応仁略記』上・義政の酒宴に記されている。「中にも御興宴と覚えしは、今次郎弥々若と呼ばれし童形十歳十六、親の音曲さる事なれば、早歌は定て歌ふらん、一曲と御所望有りしに、花見の御幸と聞えしは、保安第五の衣更、と歌ひ出す。一座の興宴公方御気色、其頃の褒美天下の沙汰此事なりき」。

21・田

我らも持ちたる尺八を　袖《そで》の下より取り出《い》だし　暫《しば》しは吹いて松の風
花をや夢と誘《さそ》ふらん　いつまでかこの尺八　吹いて心を慰《なぐさ》めん

私も持っている尺八を、袖の下から取り出して、しばしの間、吹いてあの方を待つとしましょう。待つと言えば、松のあたりを吹く風も、花をひとときの夢のように、はかなく吹き散らしてしまいますが、いつまでこの尺八を吹いて、待つさびしさを慰めればよいのでしょうか。

我ら 謙遜の気持ちを込めた一人称。わたくし。**松の風** 松に「待つ」を掛け、松風が「吹く」に尺八を吹くを掛ける。**尺八** 真名序・仮名序に既出。
▼肩書「田」。『申楽談儀《さるがくだんぎ》』や『文安田楽能記《ぶんあんでんがくのうき》』にいう「尺八の能」の一節ではないかという志田説が出ている。文安には「……三番、北野物狂いの能。四番、尺八の能、五番、なるこの能……」とある。「尺八の能に、尺八一手吹きならひて、かくかくと謡ひ、やうもなくさと入る」。狂虎明本「楽阿弥」では、伊勢大神宮へ参詣途中の出家が、尺八の吹き死にをした楽阿弥を弔い、「我も持たる尺八を、ふところよりも取出し此《この》尺八を吹きしむる」とある(天理本狂言抜書にも)。「袖の下」や「ふところ」から尺八を取り出し、「待つ恋」の情念を「吹きしむる」というその時代の流行が見

えてくる。

この文化について直接参考とすべきは、たとえば、次のような事例である。閑吟集177・276番。「憂き人を尺八に彫り込めて、時々吹かばや恋の薬に」(宗安)。「尺八の一節切こそ音もよけれ　君と一夜は寝も足らぬ」(隆達)。「あい川の中の瀬で　児《ちご》が笛を落《おと》いた　簗《やな》打て簗打て　簗に笛は止まるぞ　恋の尺八な吹いそ　こころすごいにちごのしのびに笛を吹かれた」(田植草紙・晩歌二番)。「イヤこのほどに　お寺通いに興ある尺八見つけて　イヤ取り上げて吹いてみたれば　イヤまず興ある節は四つあるイヤ宵に殿御を待つ節　夜中に待ち得て寝る節　イヤ明時にざんげする節　イヤ夜明に浮き名の立つ節」(高知・土佐市・市野々、風流踊歌・神踊)。↓補注。

22・大

吹くや心にかかるは　花の辺《あた》りの山颪《やまおろし》　更《ふ》くる間《ま》を惜しむや　まれに逢ふ夜なるらん　このまれに逢ふ夜なるらむ

吹くといえば、心配なのが、桜の花のあたりを吹く山颪です。夜更けて花の散るのが惜しまれる。思えば、たまに逢う夜の更けてゆく時間も惜しまれます。

山颪「山から吹いてくる風」(日葡)。**この** 調子をととのえるアイノテ。早歌にも。「花に鳴きては木伝ふ鶯は、この誰か家の軒端にか」(春野遊)。

▼謡曲『鵜羽《うのは》』(廃曲)の一節。豊玉姫《とよたまひめ》(記紀神話に登場する海神の娘。火遠理命《ほおりのみこと》(山幸彦)と結婚)の亡霊が現れ、九州鵜戸《うど》の岩屋の昔を語るところ。「今も日を知る神祭急げや磯の浪になく　千鳥もをのが翅《はね》そへて　鵜の羽かさねて葺くとかや(中略)吹くや心にかかるは　花のあひだの山おろし　ふくるまを惜しむや稀に逢ふ夜なるらん」。「ふく」物尽しとなっており、謡曲のストーリーからゆくと、屋根を葺く、山颪が吹く、夜が更く、の三種の「ふく」が綴られているが、小歌化された22番の段階では、「吹く」と「更く」の意味を重ねている。

23・小 春風細軟《しゅんぷうさいなん》なり　西施《せいし》の美

春風のかすかでやわらかい感じそのものだよ、あの西施の美しさは。

春風細軟　三本とも「細軟」に「サイナン」と振り仮名あり。「細軟、こまやかでやわらか」(日葡)。「春風細軟結青糸　吟到梅辺歩々遅」(翰林胡盧集・第四・花下履声)。

西施　春秋時代、越王勾践が呉王夫差へ贈った女。中国美人揃には、秦の虞美人、漢の王昭君、唐の楊貴妃とともに登場。「唐の楊貴妃、李夫人、星の宮、越の西施、阿閦夫人」(寛永頃丹緑本・恨之介・上・美人揃)。「かの西施と申すは天下第一の美人なり」(太平記・第四巻・呉越闘ひの事)。↓補注。

▼「山翠湖光似レ欲レ流　蜂声鳥思却堪レ愁　西施顔色今何在　応レ在二春風百草頭一」(元氏長慶集・巻二十。和漢朗詠集・巻下・草にも)。転結部は「西施が顔色、今いずくにかある　まさに春風の百草のほとりにこそあるべし」。なお美人を「細軟」も含めて「春風」で形容する五山詩文は少なくない。西施を歌っても、次の24番の着眼点とは異なる。

24・吟 呉軍百万鉄金甲　不敵西施咲裡刀

ゴグンヒヤクマンテツキンコウ　テキセズセイシシヨウリノカタナニ

呉軍の多くの精兵達も、西施の微笑に秘められた刀には、到底たちうちできなかった。

呉軍百万鉄金甲 呉軍の百万にものぼる精兵達。猛威をふるう堅甲利兵。**西施** ↓23番。

▼三本とも、カタカナで読みを併記。『旧唐書《くとうじょ》』「李義府伝」に、陰賊たる義府が「貌状温恭」(おだやかで、つつましい)に見せかけ、「与人語必嬉怡微笑」(人と話す時はたのしそうにほほえみをもってふるまうので)、「故時人言、李義府笑中有刀」(時の人は、李義府は、笑いの中に刀を持っていると言った)。白居易もこの李義府のことを、諷諭四・新楽府の中の「天可度、悪詐人也」で「李義府之輩笑欣欣、笑中有刀潜殺人」としている。

「咲裡刀」は、本来、『旧唐書』において李義府について言っているもので、西施について言う譬えではない。呉王は西施の色香に迷って国を亡ぼすが、西施自身が陰賊であったわけではない。「笑裡に刀を隠し泥中に針あり」(天草版金句集)。

25・小　散らであれかし桜花《さくらばな》　散れかし口と花心《はなごころ》

いつまでも散らないでいてほしいのは、桜の花。散って無くなってほしいのは、人の噂と浮気心。

口　口先だけで、真実のないことば。「おのづから世にもれきこえて、人の口のさがなさは」(古今著聞集・巻八)。**花心**　和歌ではかなり用いられている。『源氏物語』宿木で、薫が匂宮のことを「花心におはする宮なれば」と評しているが、『孟津抄』では、「あだあだしき事也」と註を入れている。他にも、足代弘訓『詞のしき波』では、「花ごころ、色めきてあだなる心をいへり。たのみずくない心」と解している。謡曲『三山』では、「男うつろふ花心　かの桜子になびき移りて　耳成の里へは来ざりけり」。風流踊歌圏においても「花心」は歌われる。「簾の内なる唐竹は　靡《なび》くも知らぬ靡かぬも知らぬ　知らぬ間のつれ心　落ちるは連れの花心」(奈良、篠原踊歌・簾の内踊)。▼204番に「一花心」が歌われる。「一花心そがな人ぢやに　そりやさうあらうず　そがな人ぢや」(宗安)。「咲く花も千代九重八重桜　何ぞ我が身の一花心」(隆達)。

26・小　上《うえ》の林に鳥が棲《す》むやらう　花が散り候《そろ》　いざさらば　鳴子《なるこ》を掛けて　花の鳥追はう

上手《かみて》の林に鳥が棲んでいるのだろう。飛んできて遊ぶので花が散ります。さあそれならいっそのこと、鳴子を掛けて鳥を追うことにしよう。

やらう　にやあらん↓やらん↓やらう。転じて「やら」とも。**いざさらば**　決意を示す時の切り口に。**鳴子**　田畑を荒らす鳥などを驚かせて追い払うための仕掛け。「鳴子、驚鳥者也」(黒本本節)。

▼天正狂言本「なるこ」は、殿が太郎冠者、次郎冠者を呼びだし、山田へ鳥追いにやる。そこで二人はともに女房に酒を持って来させ、酒盛りをはじめ、小歌を歌って舞う。その歌が「上の山には鳥が住むやらふ　花が散り候　いざさらば　鳴子をかけて花の鳥追わふ」。

「播磨畷に鳴子延へたをな　京下りの殿が引いて通れかし　娘には稲の鳴子を嫁には粟の鳴子を(下略)」(田植草紙・晩歌二番)。「鳴子板には何をしよや　これいの表の柾板を(中略)誰に引かそやその鳴子(下略)」(福井・敦賀、風流踊歌。『敦賀民謡集』)。

27・小 地《じ》主《しゅ》の桜《さくら》は　散るか散らぬか　見たか水汲《く》み　散るやら散らぬやら　嵐《あらし》こそ知れ

「地主権現の桜はもう散ったのだろうか、まだ散ってはいないのか。見て来たかね、水汲みさん」「散ったのやら散っていないのやら、わたしは知らないよ。あの音羽の滝あたりを吹く風が知っていることでしょう」

地主の桜 →19番。「地主権現。在清水寺、是則地主之神而為鎮守」（雍州府志・二）。「山より滝が落つれば水上清き御寺とてさてこそ額にも清水寺とは打たれたれ」（幸若・伏見常盤）。**水汲み** 「水運び、水運びの男。または水を汲む者」（日葡）。お茶の水を汲む。**嵐** →19番。「音もすさまじい音羽の滝のしぶき」（集成）とも。

▼「清水寺なる地主の桜は　散るか散らぬか見たか水汲　散るやらう散らぬやらふ嵐こそ知れ」（狂虎明本・お茶の水）。狂言『お茶の水』では、住寺の命令で、野中清水まで、明日は晴れがましき客人が来るので、その接待のために、お茶の水を汲みに行かされた「いちや」（若い女の通り名）が、水を汲みながら歌う。菅野扶美「中世に於ける茶と水」参照。

28・大

神ぞ知るらん春日野の　奈良の都に年を経て　盛りふけゆく八重桜《やえざくら》　盛りふけゆく八重桜　散ればぞ誘ふ誘へばぞ　散るはほどなく露の身の　風を待つ間のほどばかり　憂《う》き事繁《しげ》くなくもがな　憂き事繁くなくもがな

神もご存知の奈良の都で、長い年月咲き続け、やがて盛りの過ぎた八重桜が、誘う嵐の吹くたびに散ってゆくが、この老体もその桜と同様、風に散るはかない命、死を待つ間くらいどうか辛く悲しいことがこれ以上多くおこらないでほしいものです。

散ればぞ誘ふ「花もうし嵐もつらしもろともに散ればぞ誘ふさそへばぞ散る」（雲玉和歌抄・春部。永正十一年成立。『謡曲拾葉抄』所引）。
▼謡曲『春日神《かすがみ》子《こ》』（廃曲）の一節。年老いた和州春日の一の神子殿（巫女）が、親類にあたる都の吉田なにがしの見舞いを受けて、露の身の風を待つ間の嘆きを語る部分。これも中世小歌圏歌謡における「老いの波」を歌う系統、つまり老人の歌、老人の心情から湧き出してくる歌の一つに組み込んでおいてよい。→11・221番。

29・大西楼《せいろう》に月落ちて　花の間《あいだ》も添《そ》ひ果《は》てぬ　契《ちぎ》りぞ薄《うす》き灯火《ともしび》の　残りて焦《こ》がるる　影恥《は》づかしき我が身かな

西楼の向うに月が沈んでしまった。わずかの間も添い遂げることができなかったわたしたちの契りは、なんとはかないものか。かすかに残る残り灯のように、一人残ってあの方を恋い焦がれている、恥ずかしいこのわたしです。

西楼 大内裏《だいだいり》、豊楽院《ぶらくいん》内豊楽殿の西北の楼閣、霽景楼《せいけいろう》のこと。**契りぞ薄き灯火の** 契りの縁の薄いことを、夜明け方の灯火のかすかなことに譬える。▼謡曲『籠太鼓』の一節。牢を破って逃げた夫の身代りとして、牢に入れられたその妻のなげきが描かれる場面。初の二句は『和漢朗詠集』巻上・鶯に見える菅三品（菅原文時）の詩、「西樓月落花間曲　中殿灯残竹裏音」（西楼に月落ちて花の間の曲、中殿に灯残って竹の裏の音）。小歌としては、夫婦の縁薄く、去って行った夫を思いこがれる女のなげき。前歌「散るはほどなく露の身の風を待つ間のほどばかり」とあるのを、「花の間も添ひ果てぬ　契りぞ薄き灯火の」と、儚《はかな》さと無常観で受けている。

30・小　花ゆゑゆゑに　顕《あら》はれたよなう　あら卯《う》の花や　卯の花や

花のせいで、あの人との密会が露顕してしまったわ。あら卯の花ではないけれど、憂い辛いことになったよねえ。

顕はれたよなう 隠しておくべきこと、あるいは人に知られてはまずいことが、露顕すること。**卯の花**「楊櫨《うつぎ》、和名宇豆木。四月開小白花簇。可愛。俗云卯乃花是也」(和漢三才図会・灌木類)。「卯花《ウノハナ》」(温故知新書・生植門)。

▼恋しく思っている人のもとに、その意中の人だけが気付いてくれる場所に、恋情を込めて、花を置いてくるという、密かな恋の習わしがあった。この小歌は、その花が他人の目にとまり、秘密の熱い恋が露顕してしまったことを嘆いているのである。恋情を込めて置いてくる花は、どのような花でもよかったのであるが、この30番の場合、特に人目につく卯の花であった。その卯の花のように、ぱっと目立ってしまい、結果的に憂の花になってしまったのである。参考にすべき同種の歌謡は少なくない。たとえば「あらはれてくやしかるべき中ならば忍びはててもなぐさみなまし」(拾玉集・四・顕後悔恋・慈円)、「あらはれば《(顕)》うし《(憂)》やわが名をいかがせんあふ《(逢)》ことだにもかつ忍ぶ身を」(堀江草、元禄三年)。「われを忍ぶは茶園の中でお待ちやれ　もし顕はれてひ

と問はば　新茶を摘むと言うてたもれ」(大阪・和泉地方、風流踊歌・しのび踊)。

この小歌に関わって引いておくべきは『松の葉』巻一・三味線組歌の次の歌である。「あさまとくおきて、てうずがめをみれば、わが置かぬはなのあるもふしぎやな」(朝はやく起きて、手水瓶を見れば、我が置かぬ花のあるも不思議やな)。これは『中陵漫録』が伝える琉球唱歌の中にも認められる歌であるが、この歌い手はほぼ誰が花を置いていったかは、見当がついているのであろう。背後に、若者の恋の相手に、そっと恋情を込めて花を置いてくる習わしが読み取れるのである。この30番もその世界のその心意の歌である。

31・小御《お》茶《ちゃ》の水が遅くなり候　まづ放さいなう　又来うかと問はれたよなう
なんぼこじれたい　新発《しんぼ》意心《ちごころ》ぢや

お茶の水を汲んで帰るのが遅くなります。まず放して下さい。また来るのか、ですって。なんとまあじれったい、新発意さんだねえ。

御茶の水 はれがましい来客にお茶をさし上げるための水。狂言では、野中の清水へ行く。**なんぼ** ほんとうに。「夢にさへ見ぬ面影はなんぼうつれなき君様ぞ」(隆達)。**こじれたい** 「じれったい」に接頭語「こ」がついた。彰本は「小じれたい」。新発意が「また来るのか」と言ったのに対して「じれったいわね。もちろんまた来るわよ」の意を含めて答えたのである。狂言歌謡では「なんぼこじやれたおしんぼちやな」(狂虎明本)、「なんぼうこじやれたお新発意やなふ」(天理本狂言抜書)。**新発意** 「新たに意を発す人。新しく剃髪して世を捨てた人」(日葡)。

▼この系統の小歌の背後に、もちろん茶の文化、喫茶の流行がある。またそこにお茶の水を汲んで行き来する日常の小道・匿路《くけじ》の風景風物や、若い男女の出合があり、総合して、茶の生活文化が生まれていたと見ておいてよい。この31番から33番へかけて、「茶」で連鎖している。茶の民俗文化を背景とした一つの群をなしている。↓補注。

32・小新茶《しんちゃ》の若立《わかだち》　摘《つ》みつ摘まれつ　挽《ひ》いつ振《ふ》られつ　それこそ若い時の花かよなう

新茶の若芽を、摘んでまた摘んで、臼で挽いて焙炉の上で振ってお茶にするけれど、わたしたちもそれと同じね。つねったりつねられたり、袖を引いたり振られたり、それこそ若い時の花なんだよね。

新茶の若立　若立は若芽・若枝。「ワカダチ。新しい芽を吹いた枝。または柔らかな小枝」(日葡)。**若い時の花**　若い世代に許された特権。「恋をせばさて年寄らざる先に召さりよ　誰か再び花咲かん　恋は若い時のものぢやの　若い時のものよ」(隆達)。▼茶の製造工程では、葉を摘む、葉を選る、箕で振る、葉を撚る、焙炉で炒る、葉を揉む、臼で挽くなどを経て茶になる。この小歌は、摘む・挽く・振るに、恋の心意や身体行為をうまく重ねて歌う。「お茶を摘むなら根葉からちゃんと　下手なお方はうわばしる」(静岡・安倍郡、茶摘歌)。閑吟集が永正十五年以前に31〜33番を蒐集して書き留めたこと自体、日本中世茶文化史を知る上で注目に値する。『中国歌謡集成・福建巻』所載の「制茶十道工」の歌も比較する必要あり。→補注。

33・小

新茶の茶壺よなう　入れての後は　こちやしらぬ　こちやしらぬ

あの娘《こ》は新茶の茶壺、手に入れてしまえばそのあとは、古茶のことなど知らないよ。

入れての後は　新茶を入れるの裏に、情交をもつの意味を言う。近世民謡に「わしとおまえは臼挽き夫婦《みょうと》　入れて回せば粉ができる」(京都・舞鶴地方、臼挽歌・粉挽歌)。**こちや**　新茶に対して「古茶」と、こちゃ(私は)の意を掛ける。

▼新茶と古茶を歌い込んだ小歌。古茶は暗に古妻を言っている。男は恋する若い女を手に入れてしまったら、それまでの妻に対して無責任な態度になってしまうことを非難して歌っているとも言える。なお近世民謡に、「一夜馴れなれこの子ができて　新茶茶壺でこちやしらぬ」(鳥虫歌・周防)。

34・大《か》

離れ離れの　契《ちぎ》りの末《すえ》は徒夢《あだゆめ》の　契りの末は徒夢の　面影《おもかげ》ばかり添《そ》ひ寝《ね》して　あたり寂《さび》しき床《とこ》の上　涙の波は音もせず　袖《そで》に流るる川水の　逢《あ》ふ瀬は何処《いずく》なるらん　逢ふ瀬は何処なるらん

疎遠になってしまった今は、はかない夢ばかりで、添い寝をしてくれていると思っていたのは、あなたの面影にすぎない。ひとりぼっちの床で寂しさに流す涙は、音もせず袖に流れてゆきます。ああまた逢える日はいつのことでしょうか。

離れ離れ　二人の間が離ればなれになること。「心の秋の花薄　穂に出でそめし契りとて　またかれがれの中となりて」(謡曲『定家』)。**袖に流るる川水の**　とめどなく流れる涙を、波や川にたとえる。「涙トアラバ、ながるる袖、衣手、川」(連珠合璧集)。

▼謡曲『安字《あんのじ》』(廃曲)の一節。「ゆうしん」という者が、蜀の国の「文字を売る市」に、文字を買うための旅に出たあと、その夫の帰りを待ちわびる妻の気持ちを歌う。

35 ・小 面影《おもかげ》ばかり残して　東《あずま》の方《かた》へ下《くだ》りし人の名は　しらじらと言ふまじ

面影だけをあとに残して、東国へ下っていったあのいとしい人の名は、はっきりとは言うまい。

しらじらと　あからさまに。はっきりと。「知らじ」の意も含ませているか。

▼「面影ばかり添ひ寝して」(34番)、「面影ばかり残して」(35番)、「一目見し面影が身を離れぬ」(36番)、「面影は身に添ひながら」(37番)、「吾夫の面影立ちたり」(144番)、そして巻頭歌「寝乱れ髪の面影」を加えて、これが閑吟集の面影小歌の群である。この後、隆達節流行に繋がることになるが、少なくとも日本中世歌謡史におけるまず最初の定着である。「東の方へ下りし人」については、文庫(浅野)は「東下りの殿は持たねど　嵐吹けとはさらに思はず」(狂言大蔵虎寛本・靫猿《うつぼざる》)をも引用して、「在原業平、藤原実方、牛若などの「東下りの殿」に対する憧れが中世には多かった」とする。

36 小・さて何《なに》とせうぞ　一目《ひとめ》見し面影《おもかげ》が　身を離れぬ

さてどうしようか。一目見ただけなのに、あの人の面影が身を離れることがない。

何とせうぞ「せう」は、ショウ。拗長音。

▼相手を一目見て恋に落ちた男の歌。室町時代物語や語り物においても「一目見し面影への恋」が語られる場合は少なくない。ここに四例を引く。「いつぞや女院の御所へ御使に参り候ひし時、横笛とやらんを、一目見しより、片時も忘るるひまもなく」(横笛草子)。「川風はげしくて、下簾をぱっと吹きあげたる隙より、奥の内の上臈を一目見しより恋となり」(猿源氏草紙)。「ただひとめ見しおもかげの身にしみて、まことのみちにおもひこそ〔を〕いれ」(十二人ひめ)。「扇の手のすきまより、乾の座敷には、和泉の国蔭山長者の乙姫の、信徳一目御覧じてさてうき世に思ふやうふになるならば」(説経浄瑠璃・しんとく丸)。

37・小

いたづらものや　面影《おもかげ》は　身に添《そ》ひながら　独《ひと》り寝《ね》

なんの役にも立たない、どうしようもないやつだよ、あのひとの面影なんて。いつも身に付き添いながら、現実は独り寝。

いたづらものや　役に立たない者。面影を擬人化して歌った。「イタヅラモノ。無為の」(日葡)。

▼34番からこの小歌まで、面影小歌が並ぶ。「いかなれば立ちも離れぬ面影の身に添ひながらこひしかるらん」(新拾遺・恋四・寿暁法師)。「独り寝」のわびしさは、宗安、隆達にもしばしば歌われてゆく。

38 ・ 小 味気《あじき》ないそちや　枳棘《ききよく》に鳳鸞《ほうらん》棲まばこそ

どうしようもないやつだ、おまえは。枳《からたち》や棘《いばら》のような、とげのある木に、鳳凰《ほうおう》や鸞鳥《らんちょう》のようなすぐれた鳥が棲みつくとでも思っているのか。

そちや 其方《そち》は、の転。ソチャと読む。**枳棘** 枳と棘。とげとげしい木。**鳳鸞** 鳳凰と鸞鳥はともに架空の瑞鳥《ずいちょう》。中国明代『三才図会』鳥獣巻に「鳳、神鳥也」「鸞、神霊之精也」。**棲まばこそ** 住みつくとでも思っているのか。強い否定表現。

▼解釈はいくつか考えられるが、この一首は、大上段に構えた男が相手の女に対して言った科白と見ておく。後半はむしろ滑稽な譬えとも。『後漢書』巻七十六・循史列伝第六十六に「枳棘非鸞鳳所棲、百里豈大賢之路(下略)」。五山詩文の同様の例としては「燕雀不棲巌竇　虎豹不行城市　鳳凰不宿枳棘　蛟竜不臥死水」(仏光国師語録)。

39・大梨花一枝《りかいっし》　雨を帯びたる粧《よそお》ひの　雨を帯びたる粧ひの　太液《たいえき》の芙蓉《ふよう》の紅《くれない》　未央《びよう》の柳の緑も　是《これ》にはいかでまさるべき　げにや六宮《りくきゅう》の粉黛《ふんたい》の顔色《がんしょく》のなきも理《ことわり》や　顔色のなきも理や

その涙するありさまさえ、たとえて言うなら、一枝の梨の花が雨に濡れて咲いているような風情であり、太液の池に咲く蓮の花の紅も、その美しさにくらべて、また未央宮の柳の緑も、その眉の美しさにくらべては、とうてい及びません。ほんとうに大奥の美女達も、この方ととうてい張り合うことができないのは、もっともなことです。

梨花一枝　雨を帯びたる粧ひの　「玉容寂莫涙闌干　梨花一枝春帯雨」（長恨歌・白居易）。『うたひせう』（慶長年間書写）「楊貴妃」には「梨花一枝トハ、涙ノコボル、カタチハ、梨花ノウツクシク咲タルニ、雨ノハラハラトフリカ、リタルカ如ク也」。**太液の芙蓉**　太液池は、漢武帝が宮中に作った池の名。芙蓉は花蓮。「芙蓉《フヨウ》、蓮。艶」（温故知新書）。**未央の柳**　漢高祖の宮殿の柳。「太液芙蓉未央柳　芙蓉如面柳如眉」（長恨歌・白居易）。三本とも振り仮名「びやう」。**六宮**　皇后のいる六つの宮殿。「回眸一笑

百媚生　六宮粉黛無顔色」（長恨歌・白居易）。**粉黛** おしろいとまゆずみ。美人の意。「此美人ドモガ　我ヲアラジト　ベニウシロイヲヌリテ　ケシヤウヲスルトモ　貴妃ニクラブレバ　顔色ヲ奪ハレテ　影ガナイゾ」（うたひせう）。

▼肩書「大」。謡曲『楊貴妃』をほぼそのまま取り出した。玄宗の命を受け、常世の国・蓬莱宮《ほうらいきゅう》に渡った方士《ほうし》（道士）は、やっと楊貴妃に逢うことができた。その場面の貴妃の様子を歌っている。人の世の恋歌連鎖の中に、23・24番の西施に続いて、楊貴妃の歌が配列された。なお室町時代物語『ごゑつ』では、西施の美しさについても、長恨歌の表現に近いところがある。

40・大　かの昭君《しょうくん》の黛《まゆずみ》は　翠《みどり》の色に匂ひしも　春や暮《く》るらむ糸柳《いとやなぎ》の　思ひ乱るる折ごとに　風もろともに立ち寄りて　木陰《こかげ》の塵《ちり》を払《はら》はん　木陰の塵を払はん

あの王昭君の眉墨は、柳の緑のように美しかったが、もう春も過ぎてきっと色褪せてしまったことであろうと、悲しみに思い乱れます。さあせめて、昭君が胡国へ遷されるとき、形見に植えていった柳のもとへ、風とともに立ち寄って、その木陰の塵を払いましょう。

昭君　王昭君。漢元帝の妃、名は嬙、字は昭君。匈奴の王に嫁いだ美女。「王昭君《ワウセウクン》、漢元帝宮女也」(枳園本節)。『今昔物語集』巻十・漢元帝后王昭君行胡国語第五。**春や暮るらむ**　暮るに繰るを掛け、糸柳、乱るる、風は縁語。「乱トアラバ、薄、柳、糸」(連珠合璧集)。

▼謡曲『昭君』(大系『謡曲集』上では、金春系統の古い能であろうとする)の一節。白桃・王母という老夫婦が、胡国に嫁いだ娘の王昭君を思い、悲しみにふける場面。

41・大

げにや弱きにも　乱るる物は青柳の　糸吹く風の心地して　糸吹く風の心地して　夕暮の空くもり　雨さへ繁《しげ》き軒《のき》の草　傾く影を見るからに心細さの夕《ゆうべ》かな　心細さの夕かな

まことに風邪の病を受けて弱々しくなった心地《ここち》は、春風に乱れる青柳の糸のように乱れます。夕暮れの空はくもりがちで、やがて雨さえ激しく降ってきて、軒端の草の傾いてゆく様子を見るにつけても、心細さの募る夕べであります。

▼謡曲『稲荷』の一節。和泉式部を恋慕した賤《しず》の男《お》の亡霊が、式部の息女小式部に憑依する段。閑吟集の肩書「大」の小歌には、亡霊や精霊の出現、霊の憑依にかかわる部分がいくつかあり、妖しく幻想的である。この謡曲の本説は、『袋草紙』(上・賤夫の歌)であり、以下『十訓抄』(巻下・第十・四十三話)、『沙石集』(巻五の二話)、『古今著聞集』(巻五・和歌第六)などに見える、和泉式部説話であるが、どれも恋したのは「田刈る童」で、「しぐれするいなりの山のもみぢ葉は青かりしより思ひそめてき」の和歌を贈っている(庶民の綿入れの着物「襖《あお》」を掛ける)。39・40・41番と、楊貴妃・王昭君・和泉式部と小式部が関わる。

42・小 柳の陰《かげ》にお待ちあれ　人問《と》はばなう楊枝木《ようじぎ》切ると仰《おしや》れ

柳の陰で待っていて下さい。もし人が不審に思って尋ねたら、楊枝にする木を切っているのだとおっしゃればいいわ。

楊枝　端を打ち砕いたふさ楊枝のこと。多く楊柳で作る。「按楊枝。即削楊柳枝、抒《セヽル》牙歯間者也。桃枝亦佳也。但有節者不可用」(和漢三才図会)。**仰れ**　仰せあれ。

▼恋人を待っているとき、もし人に咎められたら、どのように言い逃れたらよいか、待ち合わせの場所を指定して、その返答の仕方を教えている。「おれを忍ばば柳の下でお忍びあれ　もし人問へば　楊枝木切るよと言うてたもれ」(大阪・岸和田市、文政十三年本『祭礼小踊』・忍踊)、「おれを忍ばば小松の下にお待ちあれ　もしあらはれて人問はば　松虫とると答へやれ」(滋賀・草津市、渋川花踊・忍び踊)など、風流踊歌系として広く伝承。この系統の発想表現の歌謡史は古代からはじまる。「玉垂《たまだ》れの小簾《をす》の隙《すけき》に入り通ひ来ねたらちねの母が問はさば風と申さむ」(万葉・二三六四)、「山たかみ出でずいさよふ月待つと人には言ひて君まつわれそ」(古今和歌六帖・第五)。

43 小・雲とも煙《けぶり》とも　見定めもせで　上《うわ》の空なる富士の嶺《ね》にや

雲か煙か見定めることもせず、ただぼうっとなって憧れてきました。あの人は、わたしにとっては手の届かない富士の嶺のような方でした。

上の空なる「とぶ鳥の跡ばかりをばたのめ君　うはの空なる風のたよりを」（幸若・百合若大臣）。**富士の嶺にや**「富士の嶺にやあらん」の「あらん」が脱落（新大系）。ただし「「にや」は「じや」とも読まる」（文庫（藤田））とも。

▼成就せぬ恋、女の歌か。「けぶりとも雲ともならぬ身なりとも草葉のつゆをそれとながめよ」（秋風和歌集・雑下）。「煙トアラバ……富士」（連珠合璧集）。「富士の高根に立つ煙行末もしらぬ詠の末やうはの空なる思ひならむ」（早歌・拾菓集・上・金谷思《きんこくのおもい》）。天理本『おどり』（柳をどり）にも「我が恋《こひ》は駿河の富士よ　胸に煙が絶えやらぬ」と歌っている。46番まで「見る」で連鎖する。

44・小

見ずはただよからう　見たりやこそ物を思へただ

見なけりゃそれで済んだものを、見たばっかりに、物思いをすることです。

見たりやこそ　底本の「た」は、文字としては「さ」に近いが、意味の上から、あえて「た」と読んでおく。他二本「た」。

▼今様や和歌にも、いっそ見なければよかったものを、という類想は少なくない。「あひ見ずは恋しきこともなからましおとにぞ人を聞くべかりける」（古今・巻十四・恋四・よみ人知らず）、「見ずは恋にはならじものを　あただ恨めしの目のやくや」（隆達）。また広く中世小歌において、副詞「ただ」は感情表現として有効に用いられている。「ただ今日よなう　明日をも知らぬ身なれば」（宗安）、「ただ遊べ　帰らぬ道は誰も同じ　柳は緑花は紅」（隆達）。戦乱の世が、根底にある。切迫感を表現できるこの副詞を必要としたのであろう。

45・な見さいそ　な見さいそ　人の推《すい》する　な見さいそ

小

そんなに見ないで、見ないでください。人が感づきますよ。だから見ないで。

推する　おしはかる。疑う。「推　推察または疑い」「推する　疑いをかける」(日葡)。「只今又余所《よそ》から物を下された。汝に推《すい》をさせう」(狂虎明本・栗やき)。「柿の帷子《かたびら》なめされぞうな　人が推して名がたった」(京都・桑田郡諏訪神社、振袖踊歌)。**な見さいそ**　親愛を込めた命令。「な……そ」は禁止の助詞。

▼「見る」という動詞がその場や状況によって、どのような意味をもっているのかが、この前後の小歌も含めてわかる。

46・小 思ふ方へこそ　目も行き顔も振らるれ

恋しく思う方へこそ、目も行けば、自然に顔も向いてしまいます。

思ふ方へこそ　三本とも「思ふさへこそ」とも読める。彰本は「思ふまへこそ」とあって、「ま」の横に「さ歟」。**振らるれ**「るれ」は「る」の已然形。自発。

▼文庫（浅野）では、前歌・45番に対する男の応答歌として二首を並べたものであろうとする。男女に関わらず、思う人の方を見てしまうものである。「見たき物、月、花、思ふ人の顔」（犬枕）。「あれ見やれ　紺のぼし（帯のこと）して、畦《あぜ》ぬりするはわが殿か、目がいく、また立ち帰り見る」（大阪・南河内郡、田植歌。雑誌『上方』八六号）。また狂言歌謡には次の歌がある。「奈良の春日の下り松の下で　見たる目元は　しげんげ〳〵愛想しげんげの　目もとやなふ　目が行く目が行く　お目が行きそろ（下略）」（狂虎明本・花子）。

47・今から誉田《こんだ》まで　日が暮れうか　やまひ　片割月《かたわれづき》は　宵《よい》のほどぢや 小

今から誉田まで行きたいのだが、さて日が暮れてしまうだろうか。止めておけよ、弓張月は宵のうちに照るだけなのだから。

誉田　河内国(現・大阪府羽曳野市)誉田。誉田八幡宮鎮座(旧古市郡。応神天皇陵の南にあたる)。応神天皇を誉田天皇とも呼ぶ(日本書紀)。彰本は「ほんだ」。**やまひ**　図本同じ。彰本は「やまひ　止《い》メン也」。つまり「止めておこう」の意味としている。**片割月**　三本とも「かたはれ月」。月の七日、八日の月を片割月と言う。「片われ月、七日八日の月也」(改修産衣《うぶぎぬ》・二)。天理図書館本)、「半月《カタワレヅキ》」(合類大節)。「片割月は宵のほど」という成句があった。狂言歌謡では、「是から在所まで　日がくれうか、よ十郎　かたわれ月はいよ　よいの程よなふ(狂虎明本・うつぼざる)、「今から神崎まで　日が暮れうかよの　片割月は宵の程」(『日本歌謡集成』5、狂言小歌集)。

▼誉田八幡宮の祭礼について、『河内名所図会』(享和元年刊)巻三・古市郡・誉田八幡宮の項に次の記事がある。「檀輾(だんじり)、四月八日、若宮の例祭にて、車楽《だんじり》二輌出づる。上に作り花をかざり、笛太鼓鉦をはやして音楽のまねびあり。隔年にしてまた一ヶ年は猿楽あり、太夫・囃子方、南都より来る」。『和漢三才図会』にも「誉田八

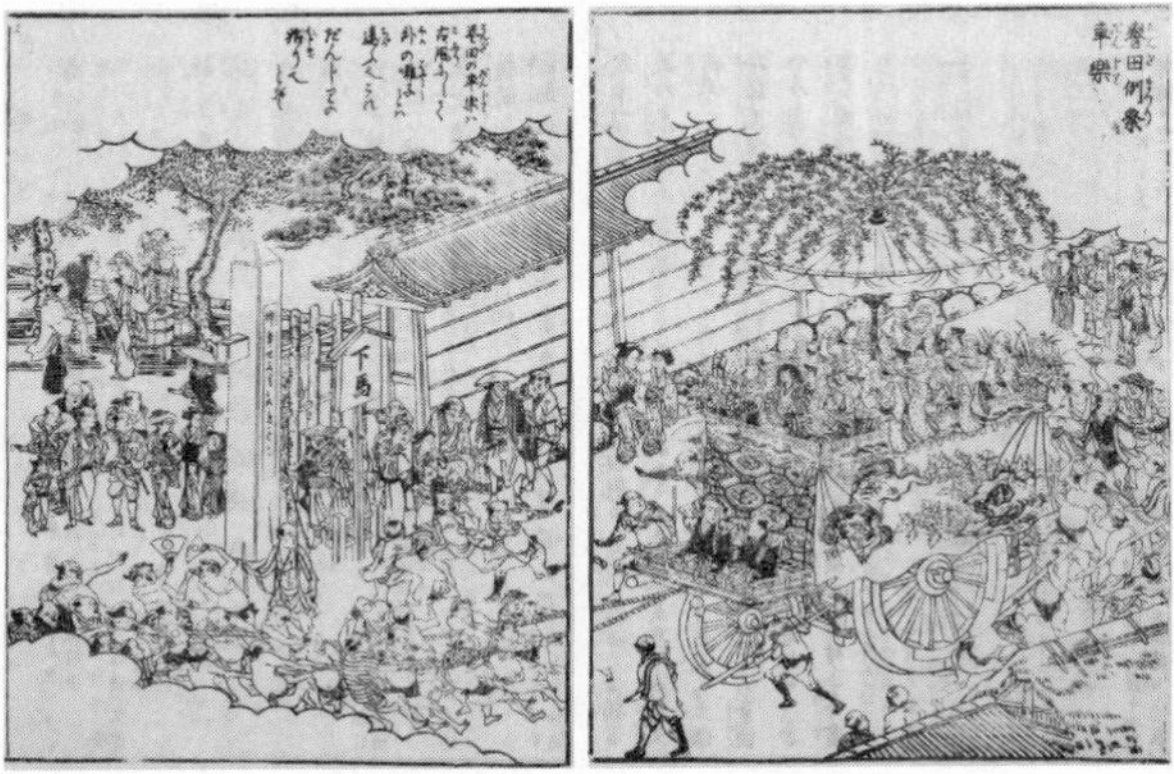

誉田八幡若宮祭(『河内名所図会』より)

幡宮四月八日若宮祭、猿楽、児ノ舞隔年行之」とある。誉田八幡宮はたびたび戦火に見舞われたが、閑吟集成立時期に近い出来事としては、『実隆公記』永正五年(一五〇八)三月二十一日の条に、「誉田八幡宮、去十五日、炎上」とある。さらに『康親卿記』永正七年三月二十六日の条に、「河内国誉田八幡宮造営事。以諸国之助縁、一社之復興者尤可為神妙者、天気如此」とある。つまり永正五年三月、炎上したにもかかわらず、後柏原天皇の決断によって、二年後の同七年三月には復興したことがわかる。この47番の小歌の背景に見えてくる四月八日の若宮祭(檀《だん》輾《じり》祭)は、永正七年、復興してはじめての、あるいはそれほどの時を経ていない頃のそれであろうとしてよい。河内国の多くの人々の待っていた祭礼である。祭礼は四月八日。前掲の『改修産衣』には、月の七日、八日ごろの月を片割月と言う、とある。月が照るのは宵のほどである。夜は月の明りを期待できないということ。帰りは暗闇になる。人々の心は浮き立つけれども、やはり止めておくのがよかろう、というのである。民衆の特別な日の動静が、すぱっと切り取られた歌である。閑吟集の編者は、こんな小歌を、永正十五年八月、編集を成し遂げるその日までに、手元に書き留めていたことになる。閑吟集47番の実体を、かなりはっきりと把握することができる。

48・あら美《うつく》しの塗壺笠《ぬりつぼがさ》や　これこそ河内陣土産《かわちじんみやげ》　えいとろえいと　えいとろえとな　湯口《ゆぐち》が割《わ》れた　心得《え》て踏《ふ》まい中踏鞴《なかたたら》　えいとろえいと　えいとろえいな

なんとまあ美しい塗壺笠よ。これこそ河内陣にいる殿御への土産にしよう。えいとろえいと、えいとろえとな。湯《ゆ》口《ぐち》が割れたぞ、さあここが肝心要だ。心得て踏んでくれよ、中たたらよ、えいとろえいと、えいとろえいな。

塗壺笠　漆で塗りをほどこした壺笠。すぼんだような深い笠。「つぼがさ　山の部分が深い日本の笠」(日葡)。「京の壺笠　形《なり》よや着《き》よや　緒《を》よや締《し》めよや」(宗安)。女性の旅装の一つ。**河内陣**　河内に設営された戦陣。ここでは、いわゆる明応の乱の頃の具体的な河内陣である(『続本朝通鑑』巻百七十六・後土御門天皇、参照)。将軍義材《よしき》(のち義殖《よしたね》)や畠山政長らは河内正覚寺城に出向き畠山義豊が守る誉田城に迫った。それは明応二年(一四九三)二月。しかし将軍義材の居なくなった京では、細川政元のクーデターがおこった。そのクーデターは迅速にすすみ、さらに政元は四万余の軍兵を河内へさし向ける。勝ち目のないことを知った政長は自害する。つまりこの一連の河内における戦闘の陣――河内陣を指しているのであろう（杉森美代子「地名からみた閑吟集の考察」）。47番（誉田）から48番（河内陣）へとまずは土地・地名において連鎖している。**えいとろえいと…** たたら場の作業歌の代表的掛け声。「えい」は物を曳くときの掛け声。「とろ」はたたら歌独特の、鉄が湯になって真赤に流れ出す状態を言うハヤシ詞。**中踏鞴** 三人踏みのたたらの、真中を踏む人、またはその地位（ポスト）のことを言う。

▼「えいとろえいと　えいとろえいな」という呪的な力をもつことばを重ねる。ここからたたら場の労働歌としての役歌となるとともに、呪的な機能も満ちてゆく。なお、富山『光徳寺縁起絵巻』に見える「蓮如たたら踏み」の場面に描かれている三人のたたら踏みの絵が貴重である。↓補注。

49 ・世間《よのなか》はちろりに過《すぐ》る　ちろりちろり　小

世のなかは、またたくまに過ぎてゆきます。ちろりちろりとね。

世間 広く人の世。「世間、ヨノナカ」(運歩色葉)。また『温故知新書』では「人間《ヨノナカ》」とある。**ちろり**「ちらり」に近いことば。人々が刹那を生きるはかなさを、ちょっとおどけて表現している雰囲気があることば。「暁の明星は、西へちろり東へちろり、ちろりちろりとする時は」(鷺流享保本狂言伝書・小舞・暁の明星)。

▼ひたひたと迫る無常観・虚無感が、おかしみや、とぼけた語感をもつ「ちろり」の繰り返しの中に滲み出る。この小歌は、説明をすべて省略している。省略して表現することの重みを伝えている小歌の一つ。誉田八幡の祭をたのしみにしていた人々や、汗を流してたたらを踏んだ男達も、この49番以下に、連鎖して明確に現われてくる、無常・夢幻の小歌の世界に包み込まれてゆく。そのように編まれている。「ちろり」に酒を沸かす器「銚釐《ちろり》」を掛ける説もあるが採らない。

50・小

何《なに》ともなやなう　何ともなやなう　うき世は風波《ふうは》の一葉《いちよう》よ

何ともいたしかたないことだ、この浮世は。まるで風波に揉まれる一葉の小舟のようなもの。

何ともなやなう　強い悲哀失望の嘆声。謡曲にも見える慣用句。「頼みても頼みなきは人の心なり。あら何ともなや候《ざふらふ》」(謡曲『船弁慶』。突然、弁慶が、静は都へ帰れという義経の伝言をもってやって来た。思いもよらぬ言葉を聞いた静の科白)。**うき世は風波の一葉よ**　世の中を嵐に、人の身を木の葉のような舟にたとえる手法は五山詩文にも見られる。

▼「人間禍福愚難料　世上風波老不禁」(人間の禍福は愚にして料り難し　世上の風波は老いて禁ぜず。和漢朗詠集・巻下・述懐。白氏文集・巻五十七・律詩。戊申歳暮詠懐三首の内)。「世の中の禍福は、私は愚かですから前もって計り知ることはできません。その上世の中の波風は老いたこの身に容赦なくふりかかってきます」という意の一首と同想。

51・小 何《なに》ともなやなう　何ともなやなう　人生七十古来稀《こらいまれ》なり

何ともいたしかたのないことです。人が七十歳まで生きることは、古来稀なことなのです。

人生七十古来稀なり　杜甫「曲江」。七言律詩の第四句。「人生七十古来稀」による。なお仇兆鰲《きゅうちょうごう》『杜詩詳註』ではこの詩に対して「遠注、人生百歳、七十歳稀」とし、また「本、古諺語」とする。これも一つの解釈としてよい。この句は五山詩文にも使用されている。

▼人生のはかなさを言っている。「何ともなやなう」と置いて、後半いくつかバリエーションが出来る。

52・小

ただ何事《なにごと》もかごとも　夢幻《ゆめまぼろし》や水の泡《あわ》　笹《ささ》の葉に置く露《つゆ》の間《ま》に　味気《あじき》なの世や

この世はなにもかもすべて、夢まぼろし、水の泡のようなもの。笹の葉に置く露のように、はかなく消えてゆきます。つまらないこの世だねえ。

夢幻や水の泡「一切有為法、如夢幻泡影　如露亦如電　応作如是観」(金剛般若経。経典最終部分)。「金剛経にも如無限泡影如露、亦如電とあれば」(狂言大蔵虎寛本・花子)。**笹の葉に置く露**「よしやただ幾よもあらじささのはにおく白露にたぐふ身なれば」(風葉和歌集・雑二)。↓96番。**味気な**「アヂキナイ。情ないこと。あるいは嫌気を催させたり、気落ちさせたりするようなこと。あぢきなく、あぢきなう」(日葡)。

▼はかないものを集め掲げて、「味気なの世」で締める。戦国時代の無常観に裏打ちされた小歌。はかなく、かつ美しく表現している。戦国時代を生きた人々の、鬱々とした、かなり深くまでどんよりと曇っている心の表現。「あるにはかなきものはよな、まがきの朝顔野辺の露、稲妻かげろふ水の泡、夢よまぼろし人の命」(唯心房集)。

53・小　夢幻や　南無三宝《なむさんぼう》

この世は　夢幻《ゆめまぼろし》よ　南無三宝。

▼閑吟集における、もっとも短い小歌。「南無三宝」は「驚駭又は後悔をあらわすのに用いられる、感動詞・唱え言」(ロドリゲス日本大文典)。特に謡曲『邯鄲《かんたん》』で、すべてがはかない夢であった事に気付かされた盧生が、最後に発することばから生まれた「唱え言」としてもよい。次にその最終部分を引く。「百年の歓楽も、命終れば夢ぞかし。五十年の栄花こそ、身の為には是までなり。栄華の望もよはひの長さも、五十年の歓楽も、王位になればこれまでなり。げに何事も一炊の夢。南無三宝、南無三宝。よくよく思へば出離を求むる、知識はこの枕なり。げに有り難や邯鄲の、げに有り難や邯鄲の夢の世ぞと、悟り得て、望《のぞみ》かなへて帰りけり」。

無常の詠嘆が極限に達した。ここから次の、54・55番の世界が飛び出してくる。なお、人生を夢幻、味気なの世と観念する風潮に対して、逆にそれを茶化し、本音は軽い気分からの嘆声であると解釈する説があるが、この50番以下の連鎖の中で、そのように解釈することも難しい。

54・くすむ人は見られぬ　夢《ゆめ》の夢の夢の世を現顔《うつつがお》して

小

まじめくさった人なんて、見られたものじゃないよ。夢の夢の夢のようなはかないこの世を、なんでもよくわかって目覚めているかのような顔をしてさ。

くすむ「非常に謹厳で、分別くさい顔をしている、あるいは重苦しいさまをしている」(日葡)。**現**「目ざめていること」(日葡)。

▼「夢の中なる夢の世ぞや」(謡曲『権』)。「夢の中なる夢の世を、現とはいかで頼まん」(謡曲『骸骨』)。「ゆめのよをゆめぞといふもゆめなれば　ゆめといふべきことのはもなし」(古浄瑠璃・くずは道心・第一)。

無常の世に、無常をひしと身にうけとめた上で、そこに一種の開き直りがある。

55・小　何《なに》せうぞ　くすんで　一期《いちご》は夢よ　ただ狂《くる》へ

どうしようというのさ、まじめくさったところで。人の一生なんて夢のようにはかないものさ。ひたすら遊び暮らすがよい。皆して踊り狂おう。

ただ狂へ　「た丶狂人《きやうしん》」(底本、図)、「ただ狂人《じん》」(彰)。三本とも、「狂人」。ただひたすら、狂人であれ、風流人でありたい、の意。一方、これまですべての本文において「人」は、「へ」の誤写とみて改めている。本書もそれに従う。参考に「泣いても笑うてもゆくものを、月よ花よと遊べただ」(隆達)、「夢の浮世に只狂へ、とどろ〳〵となる雷も、君と我との中をばさけじ」(慶長見聞録・歌舞伎踊事)、「夢の浮世をぬめろやれ、遊べや狂へ皆人」(恨の介・小歌)。

▼酒盛において歌われたとき、皆々ともに狂おう、とその場の人々を誘っている。ともに「舞い狂おう」「踊り狂え」とうたっているのである。53番において、あるいは52番以後の連鎖において、戦国の世で、やがて居直って刹那を享楽する人々にもなり得たのであろう。↓補注。

56 ・早《し》強ひてや手折《たお》らまし　折らでやかざさましやな　弥生《やよい》の永き春日《はるひ》も　猶《なお》飽《あ》かなくに暮らしつ

無理にでも手折ろうか、それとも折らないでそのまま挿頭《かざし》の花としてながめることにしようか。春三月の長い一日も、こうした思いで飽きることなく暮らした。

▼早歌「春」の一節。この早歌は、早春から晩春にかけて、「春立ちけりな天の戸の」から「鶯誘ふ春風」「淡雪の下草」「あらまほしきは梅が香」「桜の花」「柳が枝」「八重款冬《やまぶき》」「紫深き藤並」を追って来て、その最後に、この一節が置かれて締め括られている。「をちかへり鳴きふるせども時鳥なほあかなくに今日は暮しつ」(新後拾遺・巻三・夏・山階入道前左大臣)、「ももしきの大宮人はいとまあれや桜かざして今日も暮らしつ」(新古今・春・山部赤人)などを踏まえている。花には女性を重ねあわせている。「花は折りたし梢は高し　眺め暮らすや木のもとに」(鳥虫歌・淡路。落葉集・巻一。春遊興。艶歌選その他)。「猶飽かなくに暮らし」てきた春への名残惜しさを含ませて、この位置にもってきた。「春の部」がこの歌で終る。

57・小《こ》卯《う》の花襲《はながさね》なな召《め》さいそよ　月に輝《かかや》き顕《あらわ》るる

卯の花襲はおめしにならないでください。お忍びなのに、月光に映えて露顕してしまいますよ。

卯の花襲　襲の色目が、表は白、裏は青になっているもの。普通、陰暦四・五月ごろに用いた女の装束。「鴨やをしどり織りかけて、菖蒲かさねの唐衣、恋の百首を縫ひつくし」(文正草子・旅商人の売りことば)。**なな召さいそ**「な……そ」は禁止の助詞。「なな」は訛言誤字ではない。小歌としてのリズムがある。近世調、七七七五で歌っている。

▼「しと闇におりやれ　月に顕れ名の立つに」(宗安)。「月夜はいみじき闇こそよけれ忍ぶ姿の顔見えず」(鳥虫歌・日向)。この「卯の花襲」の小歌から夏の部に入る。

58 ・近

夏の夜《よ》を　寝《ね》ぬに明けぬと言ひ置きし　人は物をや思はざりけん　麦搗《つ》く里の名には　都忍《しの》ぶの里の名　あらよしなの涙やなう　逢はで浮き名の名取川《なとりがわ》　川音も杵《きね》の音も　いづれともおぼえず　在明《ありあけ》の里の子規《ほととぎす》聞かんとて杵をやすめたり　陸奥《みちのく》には　武隈《たけくま》の松の葉や　末の松山　千賀《ちか》の塩釜《しおがま》　千賀の塩釜　衣《ころも》の里や壺《つぼ》の石碑《いしぶみ》　外《そと》の浜風　外の浜風　更行《ふけゆく》月に嘯《うそぶ》く　いとど短き夏の夜の　月入る山も　恨《うら》めしや　いざさし置きて眺《なが》めんや　いざさし置きて眺めんや

夏の夜は寝もしない内に明けてしまうものだと歌った昔の人は、恋のもの思いなどしなかったのだろうか。麦搗くこの信夫の里に来て、都を偲び、どうにもしようのない涙にくれるばかり。思いを遂げることもなく、ただいたずらに、浮名を取るという名取川の、その川音か、または里人の麦搗く杵の音か、どちらとも聞き分けることもできないうちに、有明の里に時鳥の鳴く声を聞こうと、杵を搗く手をやすめた。さて陸奥の歌枕には、武隈の松、末の松山、千賀の塩釜、衣の里や壺の石碑、外の浜の浜風などがある。その浜風に吹かれて、西に傾いてゆく月に向って詩歌を口ずさむことにしよう。こんな短い夏の夜は、月を隠す山の端も恨めしく、さあ杵の手をしばしやすめて、月を眺めることにしよう。

夏の夜を寝ぬに明けぬ…　三本とも「あかぬ」。「明けぬ」に改める。『和漢朗詠集』巻上・夏夜に見える。「夏の夜を寝ぬに明くると言ふ人は　ものを思はぬか　ものを思はぬかの」(隆達)。**麦搗く里**　以下奥州の歌枕を辿ってゆく。**都忍ぶの里**　「忍ぶ」に「信夫」を掛ける。福島県信夫郡(現・福島市)にある歌枕。「あづまぢやしのぶのさとにやすらひてなこその関をこえぞわづらふ」(新勅撰・巻十一・恋一・題しらず・西行)。**あらよしなの**　三本とも「よ」なし。補う。**名取川**　宮城県名取市を流れ、閖上《ゆりあげ》で仙台湾にそそぐ。「名とり川せゞのむもれ木あらはればいかにせんとかあひみそめけん」(古今・恋三・よみ人知らず)。**在明の里**　陸奥にそれらしき歌枕はないが、信濃国にはある。「有明山　在更科里之前」(和漢三才図会)、「有明山—信濃、嶺、郭公、花」(内閣文庫蔵『名所便覧』)。**武隈の松**　宮城県岩沼市にある歌枕。「武隈の松はこのたびあともなし千年を経てや我は来つらむ」(後拾遺・雑四)。「武隈松、名二本又名鼻端松在相馬街道追分」(和漢三才図会)。「おぼつかな霞たつらん武隈《たけくま》の松のくまもる春の夜の月」(新古今・雑上・加賀左衛門)。**末の松山**　宮城県多賀城市にあったという山。

「ちぎりきなかたみに袖をしぼりつつ末の松山波越さじとは」(後拾遺・恋四・清原元輔)。**千賀の塩釜** 宮城県塩竈市の海岸、千賀の浦。**衣の里** 岩手県平泉町。「もろともにたたましものをみちのくの衣の関をよそに聞くかな」(詞花・巻六・別・和泉式部)。**壺の石碑** 青森県上北郡天間林村(現・七戸町)にあったと伝えられている古碑。「みちのくのおくゆかしくぞ思ほゆる壺の石碑外の浜風」(山家集・下・雑)。**外の浜** 津軽海峡に面した、青森市から竜飛岬近くまでの海岸を言う。「外濵 ソトノハマ。又作素都。奥州津軽郡」(合類大節)。

▼近江猿楽の一節。曲名等不詳。『和漢朗詠集』巻上・夏夜に見える「夏の夜を寝ぬに明けぬと言ひおきし人は物をや思はざりけん」(作者未詳)を冒頭に置いて、陸奥へ、なんらかの理由で落ちていった落魄の主人公が名所を辿り、照る月を眺めて都をなつかしく思う一齣《ひとこま》。統一された物語的展開などは摑めない。全体に鄙びた麦搗く里の杵の音が聞こえるような抒情はある。

59・わが恋は　水に燃《も》えたつ蛍《ほたる》ほたる　もの言はで笑止《しょうし》の蛍

わたしの恋は、水辺に燃えて飛び立つ蛍のようなもの。激しく焦がれているけれど、まだ口には出せないでいるかわいそうな蛍。

▼「わが恋は」と歌い出す、歌謡・和歌の常套的発想類型歌の一つ。「我が恋は水に降る雪　白うは言はじ消ゆるとも」(宗安)。また音もせず、忍ぶはげしい恋情を、水辺で燃えたつ蛍に見る発想の歌は少なくない。「明け立てば蟬のをりはへ鳴き暮し　夜は蛍の燃えこそ渡れ」(古今・恋一・よみ人知らず)。「声にあらはれ鳴く虫よりも　なかぬ蛍が身をやつす」(松の葉・巻五・投節)。「恋にこがれて鳴く蟬よりも　鳴かぬ蛍が身を焦がす」(鳥虫歌・山城)。

60・小　磯《いそ》住まじ　さなきだに　見る見る恋となるものを

磯辺には住むまい。そうでなくてさえ、波に乗って打ち上げられている海松《みる》ではないが、ひと目見るとすぐに、恋に落ちてしまうのだから。

磯住まじ「磯には住まじ　さなきだに　見る目に恋のまさるに」(宗安)、「磯には住むまじ　さなきだに　見る目に恋のまさるに」(隆達)。この二例の如く、「磯には住むまい」の意。**さなきだに**　ただでさえ。**見る見る**「見る」に海草の「海松《みる》」を重ねながら、相手への恋情がはげしく募るさまを表す。「海松《ミル》海藻」(黒本本節)。「磯トアラバ、岩ね、山、松、千鳥、へちふむ、みるめかる」(連珠合璧集)。「みるめばかりの恋をして、千賀の塩釜身をこがす」(松の葉・巻一・本手・鳥組)。
▼海辺の女達が磯で海松などの海草を刈り取る風景が背後にある。閑吟集における海辺の風景である。

61 ・大

影《かげ》恥《は》づかしき吾が姿　影恥づかしき吾が姿　忍《しの》び車を引《ひ》き潮《しお》の　跡《あと》に残《のこ》れる溜り水　いつまで澄みは果《は》つべき　野中の草の露ならば　日影に消えも失《う》すべきに　是《これ》は礒辺に寄《よ》り藻《も》掻《か》く　海人《あま》の捨て草いたづらに　朽《く》ちまさり行く袂《たもと》かな

水に映る恥ずかしいわが姿。忍ぶこの世に潮汲車を引いて暮らすやつれたこの身ですもの。引き潮のあと磯辺に残る溜まり水が、いつまでも澄んだままではないように、いつまでもこの世に住みおおせるわが身ではない。野の草に置く露ならば、日が射すといさぎよく消えてゆくけれども、私達は、磯辺に寄せる藻を掻く海人にさえ見捨てられて、濡れて乾くこともなく、しだいに衰えてゆく。それを思うと涙で袂も朽ちはてるのです。

溜り水いつまで澄みは果つべき「澄むと住むとの両字を兼ねたり」(謡曲拾葉抄)。**野中の草の露ならば**「野の草の露は、日影に消えやすきなり。海辺の草はぬれてかはく事なく、くつる《(朽)》との心地也」(うたひせう・松風)。

▼世阿弥作『松風』の一節。松風・村雨姉妹の亡霊が、晴れやらぬ思いを述べる。閑

吟集としては好んで取り入れている亡霊出現の妖しい恋歌。66番まで続く「車歌」群の、ここがはじまり。

62・早　桐壺《きりつぼ》の更衣《こうい》の輦《てぐるま》の宣旨《せんじ》　葵《あおい》の上の車争《くるまあらそ》ひ

車で思い出されるのは、源氏物語に描かれた桐壺の更衣の輦の宣旨と、葵の上の車争い。

桐壺の更衣『源氏物語』の光源氏の生母。**輦の宣旨**「て車《くるま》の宣旨《せんし》」(底本、図本)、「て車《ぐるま》の宣旨《せんじ》」(彰本)。「輦《テグルマ》」(黒本本節)。人が手で引く屋形車に乗って、宮廷への出入りを許す旨の勅許。**葵の上の車争ひ** 賀茂の新斎院禊《しんさいいんみそぎ》の日、見物に行った葵の上と六条御息所《みやすどころ》の車が、場所を取りあって争った事件。『源氏物語』では「車の所あらそひ」。▼肩書「早」。『拾菓集』下所収「車」の一節。前歌・須磨の磯辺の潮汲車から、『源氏物語』を想起して、この62番へ連鎖させた。『源氏物語』の特に有名な二つの場面が切り取られていて、波瀾に富んだ人間模様が、幻想的な二枚の絵のように浮かぶ。ことばの省略による、中世小歌形成の典型的事例の一つ。また早歌「車」には「竹田河原の淀車、夜深く轣《きし》る声すごし、浮てや浪に廻るらん、世を宇治河の水車、うはのそらには思へども」と続いてゆく。閑吟集の小歌と早歌を結ぶ一つの風物に「車」がある。

63・近　思ひ廻《まわ》せば小車《おぐるま》の　思ひ廻せば小車の　僅《わず》かなりける憂《う》き世哉《かな》

思いめぐらすと、小車の輪ではないが、ほんとうに僅かな、はかないこの憂き世ではあるなあ。

僅かなりける「わずか」の「わ」に車の「輪」をかける。

▼近江猿楽の一節。出典曲名等不明。憂き世のはかなさをうたう。「思へば浮き世は夢の間よ　聖衆来迎　急ひで浄土を願ふべしとよ」(天正狂言本・八房(鉢坊))。『源氏物語』の中の輦《てぐるま》も、車の所争いも、わずかな憂き世のはかない色に染められてゆく。61・62番も含めて憂き世の中の出来事として、仏教的無常観の中に包み込まれてゆく。

64・小 宇治《うじ》の川瀬《かわせ》の水車《みずぐるま》　何《なに》とうき世をめぐるらう

宇治の川瀬の水車は、この憂き世を、なんだと思ってあのように、毎日くるくると廻っているのだろうか。

宇治の川瀬の水車　はやく『梁塵秘抄』に「平等院なる水車」とあり、早歌『拾菓集』の「車」に「浮きてや浪に廻るらむ、世を宇治川の水車」とある。続いて『平治物語』に次のように記されている。「伏見ノ里に鳴鶉　聞ニ付テモ悲シキニ　宇治ノ河瀬ノ水車　何ト浮世ニ廻ルラン」(半井本、金刀比羅本。鎌倉時代初期)。▼水車が廻る風景に人生流転の思いを込める。なお、新しく近世初期に流行した「柳橋水車図」を視野に入れ、この64番にも関わる新しい文化論を提示した植木朝子の考察がある(『風雅と官能の室町歌謡』)。↓補注。

65 小
・やれ　おもしろや　えん　京には車　やれ　淀《よど》に舟　えん　桂《かつら》の里《さと》の鵜《う》飼舟《かいぶね》よ

やれおもしろや、えん、都には行きかう牛車、やれ、淀川には上り下りの舟、えん、桂の里には鵜飼舟が名物だよね。

やれ・えん「えん」は「えい」に通じる。物を曳くときなどの掛け声。**桂の里** 京都市西部、嵐山の麓、桂川に沿う土地。**鵜飼舟** 鵜を使って鮎などの魚を取るための舟。
▼「面白や　えん　京には車　やれ　淀に舟　げに　桂の鵜飼舟よの」(宗安)。近世以後では京都府及びその周辺に、主に田植歌として伝承され、採集されてきた。65番の実体は、中世期における船曳歌であった可能性を考えてよいと思われる。↓補注。

66・小忍《しの》び車のやすらひに　それかと夕顔《ゆうがお》の花を標《しるべ》に

お忍びの車をしばらく止めて、「それか」と、夕顔の花をたよりに、はかない恋がはじまりました。

忍び車の『源氏物語』夕顔に見える「六条わたりの御忍び歩きのころ(中略)御車もいたくやつしたまへり」など。「網代車也。前に御忍びありきの頃とあり、網代車は女などものる物なれば、誰とも知らせじとて乗用する也」(岷江入楚)。**やすらひに**「ある事を待ち望みながら立ちどまる」(日葡)。**夕顔の花を標に**　夕顔が夏の夕べに白い花を咲かせるのをたよりに(目印として)。「夕」に「言う」を掛ける。「心あてにそれかとぞ見る白露のひかりそへたる夕顔の花」(夕顔)。「寄りてこそそれかとも見めたそがれにほのぼの見つる花の夕顔」(光源氏)。両歌に用いられている「それかと」を取り入れた小歌。

▼「五条わたりを車が通る　誰そと夕顔の花車」(宗安、隆達)。これには「それかと」が消えている。夕顔と光源氏の恋情の世界から間隔を置いて、都五条わたりの風景として描かれている。

67・小《な》生らぬあだ花　真白《まっしろ》に見えて　憂《う》き中垣《なかがき》の夕顔や

実のならない徒花《あだばな》が、まっ白に咲いているのが見えます。それは恋の成就することのない、あだ花の夕顔です。

生らぬあだ花　実を結ばない花。成就しない恋。「なき名のみおふのうらなしいたづらにならぬ恋する身こそつらけれ」(新後撰・恋二)。「あだに散る花に契りを結び置きて果ては乱るる青柳の糸」(風葉和歌集・巻一)。

▼66番と同様、『源氏物語』夕顔の巻の情景をうたっているが、66番にくらべて物語との結びつきがより薄くなっていて、「生らぬあだ花」と歌い出しているところに、小歌としての独自な印象がある。折口信夫は、この小歌について次のように言う。「『源氏物語』の気持をもって作っている。解釈はむずかしい。夕顔の巻を逃げながら思わせている。創作みたいな気がする」(『折口信夫全集』ノート編・第十八巻)。歌謡とその出典、背景についてはこうした濃淡の揺れに関心を寄せる必要がある。おもしろい評である。夕闇の中に白く夕顔の花が浮かぶ。はかなく落命した夕顔を思い出させるようにまっ白に咲いている。67番は夕顔の物語を思い出し偲んでいる。66番から67番へ、それは絶妙の配置である。

68・小

忍ぶ軒端《のきば》に瓢箪《ひょうたん》は植ゑてな　置いてな　這《は》はせて生《な》らすな　心のつれて
ひよひよらひよ　ひよめくに

忍んで行くあの娘の家の軒端に、瓢箪を植えてね、置いてね、蔓を這わせて、そして実を生らせて。心もつられて、浮かれてね、ひよひよらひよ、陽気にね。

忍ぶ軒端　忍んで逢いに行く、あの娘の家の軒端。**瓢箪**　ウリ科蔓性一年草。夕顔の変種。「夕顔《ユウガホ》　瓢也」(文明本節)。**ひよめくに**　瓢箪の風にゆれるさま。軽妙にぶらぶらと揺れ動く。心が陽気に浮かれることも重ねる。

▼中世の瓢箪節。「植ゑてな」「置いてな」「這はせて生らすな」と三回「な」を入れて調子を作る。この「な」はリズムをとって、軽くハヤス機能をもって添えられている助詞と見る。

近世では、古浄瑠璃『西行物語』第四・江口の君達の瓢箪節のやつし、『紙鳶』上所載の瓢箪節などが確認できる。なんらかの身体を伴った、おもしろさが湧き出てくる小歌。

69・待《ま》つ宵《よい》は更《ふ》け行鐘《ゆくかね》を悲しび　逢ふ夜は別《わか》れの鳥を恨《うら》む　恋ほどの重荷《おもに》あらじ　あら苦しや

恋しい人を待つ宵は、過ぎゆく時を知らせる鐘の音をなげき、逢えた夜は、別れをせかす暁の鶏の声をうらめしく思う。まことに恋ほどの重荷はない、ああこの苦しさ。

▼「待つ宵のふけ行く鐘の声聞けばあかぬ別れの鳥はものかは」(新古今・恋三・小侍従)による。物語の中の和歌としては『平家物語』巻五・月見の章にも見える。後半「恋の重荷」を取り入れており、次の70番との連続が認められるようにもなっている。なお早歌『拾菓集』金谷思《きんこくのおもい》には「待宵の鐘の響、あかぬ別れの鳥の音」。

70 ・大

しめぢが腹立《はらだ》ちや　よしなき恋を菅莚《すがむしろ》　臥《ふ》して見れども居《お》られればこそ　苦しや独《ひと》り寝《ね》の　我が手枕《たまくら》の肩替《か》へて　持てども持たれず　そも恋は何《なに》の重荷ぞ

しめじが原ではないが、腹立たしいことです、及びもない恋をして。臥してみたとてどうしてじっと眠っておれようか。ひとり寝は苦しいもの、手枕のその手を入れ替えてみても、寝返りをしてみても耐えることはできない。さてもこの恋の重荷はいったい何なのでしょうか。

しめぢが腹　標茅が原。栃木市北部(下野国)の歌枕。「下野トアラバ、しめぢが原、下野国」(連珠合璧集)。「なほたのめしめぢが原のさしも草われ世の中にあらんかぎりは」(新古今・巻二十・釈教歌)。『袋草紙』上巻・希代の歌の内「清水寺観音の御歌」として載る。**居られればこそ**　現行観世流能本では「寝られればこそ」。

▼謡曲『恋重荷』の一節。前シテ、山科荘司が恋の重荷を持ちかねて、狂い死にすると訴える場面。ほぼ同じ歌詞で、狂言歌謡『文荷《ふみにない》』にも。御伽草子『鼠の草紙』(東京国立博物館)には「この荷《にな》ひ、恋《こひ》の重荷《おもに》か、あら重《おも》や、恋の重荷か」などの科白がある。

71・恋は重《おも》し軽《かろ》しとなる身《み》かな　恋は重し軽しとなる身かな　涙の淵に浮きぬ沈みぬ　　小

恋というものは、重かったり軽かったりするものです。だから、私の流した涙の淵では、浮いたり沈んだり。

恋は重し　謡曲『恋重荷』。70番参照。**涙の淵に浮きぬ沈みぬ**「重し軽し」と対照。「我こそ契りなきことに思ひ侘び、涙の淵に浮き沈みつつも、この人をみなれなづさひつるにこそ、命をかけて」(浜松中納言物語・巻五)。

▼冒頭に「我が」を加えると、和歌形式となる。「筑波ねの峯より落つるみなの川恋ぞつもりて渕となりける」(後撰・恋三・陽成天皇)。恋は涙の淵の中にあるが、それは時によって重かったり軽かったりするもの。

72・小　恋風《こいかぜ》が来ては袂《たもと》に搔《か》い纏《もと》れてなう　袖の重さよ　恋風は重い物かな

恋風が吹いてきては、袂に纏れるよ。ああ袖の重いこと。恋風って重いものだねえ。

恋風「思慕の情。または肉欲的愛情」(日葡)。相手の自分への恋情、その素振りや目線や息遣いを感じとることができる場合、恋風が吹いているのである。「恋風」(毛吹草。誹諧恋之詞)。「昨日より今朝の嵐の激しさよ　恋風ならばそよと吹かな」(隆達)。**纏《もと》れて**「もつれて」と同意。

▼「恋風が来ては、た本(袂)にかいもつれてのふ　袖のおもさよ　袖のおもさよ」(天正狂言本・わかな)。「恋よこひ《こひ》　我中空になすな恋　恋風がきては　たもとにかひもつれてなふ　袖のおもさよ　恋風はおもひ物かな」(狂虎明本・枕物狂)。『田植草紙』朝歌二番にも「恋風」が歌われている。「昨日から今日まで吹くは何風　恋風ならばしなやかに　なびけやなびかで風にもまれな　おとさじききやう(桔梗)のそら(空)の露をば　しなやかに吹く恋風が身にしむ」。

73・おしゃる闇《やみ》の夜　おしゃるおしゃる闇の夜　つきも無い事を

小

おっしゃるわね、この闇の夜をよいことに。なんと、おっしゃるわね、月も無い、いや付きもないこと、とんでもない事を。

おしゃる　仰しゃる。42番「仰《おしゃ》れ」。**つきも無い事**　付きもないこと。「月」と「付き」を掛ける。「ツキナイ(付き無い)。そぐわなくて、不都合なこと。これは婦人語である」(日葡)。「ここな坊主は、なりふりも人がましきまま、大こ(根)を五十本も二十本も買はるるかとおもうたれば、一向銭も持たぬげで、つきもないことを言はるる(下略)」(醒睡笑・巻四)。「忍ぶ玉章、月に読まんと空見れば、あ月も無《な》の村雨や」(隆達。「付きも無の」を掛ける)。

▼闇夜をいいことに、とんでもないことを言い出した相手の男へ、女が言い返した。

74

・大和《ひ》日数《かず》ふり行《ゆ》く長雨《ながあめ》の　日数ふり行く長雨の　葦葺《あしふ》く廊や萱《かや》の軒《のき》　竹編《たけあ》める垣の内　げに世中《よのなか》の憂《う》き節《ふし》を　誰に語りて慰《なぐさ》まん

降り続く長雨の雨脚が、葦葺きの細殿や萱の軒端や竹垣に降りそそぐ。その中で一人さびしく暮らす私だけれど、世の中の辛い事どもを、誰に語って心を慰めようか。

ふり行く「経り」に「降り」を掛ける。**葦**「雨脚」を掛ける。**憂き節** 辛いこと。「竹の節」を掛ける。

▼大和猿楽の一節。出典未詳。人の足が遠のいて久しいのか、一人さびしく息を凝らして相手の来訪を待っている女の心情をうたっているのか。『源氏物語』須磨の巻の「垣のさまよりはじめてめずらかに見たまふ。茅屋ども葦葺ける廊めく屋などをかしうしつらひなしたり」などの文章に近い(大成、集成)。また「日数ふり行く長雨」の「長雨」が、須磨の巻に二度出てくることもある。どのような作品の一節なのかは不明である。

75・小庭《こにわ》の夏草《なつくさ》　茂《しげ》らば茂れ　道あればとて　訪《と》ふ人もなし

庭の夏草よ、茂るのなら、いっそのこともっと茂れ。道があるといっても、もう訪ねて来る人もいないのだから。

▼恋しい人の来訪も、絶えてしまったのであろう。同歌は隆達にも。これに最も近い内容を有する和歌として、「ふみわけて訪ふべき人もなき身には宿から茂る庭の夏草」(続千載・巻三・夏・亀山院)がある。

76 ・小 青梅《あおうめ》の折枝《おりえだ》　唾《つ》が唾が　やごりよ　唾が引かるる

青梅の折り枝を見ると、唾《つ》が唾が、やごりょ、自然に唾が出てくるよ。

唾「ツまたはツバキ。唾液。唾が口にたまる」(日葡)。「唾　ツバキ、津《ツ》口汁」(枳園本節)。**やごりよ**　ハヤシことば。「や御料」でヤは呼びかけ、「ごりよ」は、御料(ごれう)の転とも。

▼梅と唾を重ね合わせたものとして、「伏す女《をふな》の　しどろ〳〵　も丶の白きは〳〵梅ならねど　しどろ〳〵　つこそひかるれ〳〵」(文禄元年書写・日光山延年資料。常行堂倶舎に記されてあった稚児舞詞章。本田安次『日本古謡集』所収)。「や宿の姫御は　しげり小藪の青梅よ　一目見てさえすが《(つ)》たまるや一目見てさえすがたまる」(兵庫・三田市、百石踊・しのび踊)。

77・小 我《わ》御料《ごりょう》思《おも》へば　安濃《あの》の津《つ》より来た物《もの》を　俺振《おれふ》りごとは　こりや何事《なんごと》

おまえを恋しく思えばこそ、はるばると安濃の津から来たものを。それなのに俺を振るなんて、いったいこれはどういうことなんだ。

我御料　わごりょう。わごりょ。あなた。おまえ。「俺と和御寮はよい仲ながら　いかな化物《ばけもの》が中言《なかごと》入れて　富士の白雪まだ解けぬ」（宗安）。**安濃の津**　三重県津市。中世、栄えた港町。薩州坊津《ぼうのつ》、筑前博多とともに、日本三箇の津の一つ。「安濃津《アノ、ツ》　伊勢在」（運歩色葉）。「三津、薩州ノ坊津、筑前ノ博多、勢州ノ安濃」（合類大節）。『宗長手記』にもこの地名が三箇所ほど見えており、勢州の、海路・陸路の要所であったことがわかる。**俺**　ここは男の一人称。**振りごと**　「訪へば訪ふとて振らるる　訪はねば恨みて振らるる　振らるる」（宗安）。**こりや何事**　「宵のお約束　暁の脅しだて　こりや何事」（宗安）。「暗い小路でこりや何事ぞ　帯が切れるぞ離さんかよう」（高知・香美郡、雑歌。『土佐民謡集』）。

▼次の78番と合わせて掛け合い。

78・小　何《なに》をおしゃるぞ　せはせはと　上《うわ》の空とよなう　こなたも覚悟《かくご》申《もう》た

なにをそんなに、こせこせとおっしゃるの。わたしのことを、上の空のうわついた女だとおっしゃるのね。わたしも覚悟したわ。

せはせはと「せわせわしい。忙々しい人。しみったれで、こせこせしており、その態度のいやらしい人」（日葡）。**覚悟申た** 相手の「こりや何事」を受けた。

▼「何をおしゃるぞせはせはと」は中世小歌の類型表現。「何をおしゃるぞ　せわせわと　髪に白髪の生ゆるまで（下略）」（兵庫・加東郡、百石踊。『兵庫県民俗芸能誌』）。「うき人はなにをおしゃるぞ　せはせはと　申事がかなうならば　唐のかがみでなおもて」（徳島・板野郡、神踊。『徳島県民俗芸能』）。

77・78番は、掛け合いであったと見ることができる。77番での男の「こりや何事」の大仰な表現。女を信じて訪ねて来た男にとって、予想外の驚きととまどいのことば。これを受けて、78番で女は「こなたも覚悟申た」と決意を表明した。「せはせはと」繰り言を言う男と、別れることを決めたのか、あるいは、これまで同様に付いて行くのか。絶妙の掛け合い。

79・小 思ひ初《そ》めずは紫《むらさき》の　濃《こ》くも薄《うす》くも　物は思はじ

思いそめることがなければ、紫色のように濃くも薄くも、深くも浅くも、このような、あなたへのもの思いは、なかったことでしょう。

思ひ初めずは「初め」に「染め」を掛け、「紫の」を引き出す。「紫トアラバ、うす、こき」(連珠合璧集)。

▼「紫の色に心はあらねども深くぞ人を思ひそめつる」(新古今・恋一・延喜御歌)から発想された歌。「あら面白のうき世かな　濃くも薄くも紫の　思ひ染めずやさるにても　ゐいかなわぬうき世　なまなかに」(御船唄留・中・恋くどき)。この歌から88番へ、「思ふ」小歌が群をなす。中世小歌の抒情の内質を知る上での、一つの手掛りでもあろう。

80・思へかし　いかに思はれむ　思はぬをだにも　思ふ世に

小

思い初めたのなら、ひたすら思い続けなさい。相手にいかに思われるだろうか、などと思いなやむこともなく。それまで、まったく思うこともなかった人でさえ、恋情を寄せる相手になることもある世の中なのだから。

▼早歌「立ちへだつるもつらき瀬に　袖ひたすらにぬるとても　哀れをかくる身とならば　思へかし　いかに思はれん　思はぬをだにも思ふ世に……」(真曲抄・対揚《たいよう》)の小歌化。三本とも肩書は「小」。「行く水に数書くよりもはかなきは思はぬ人を思ふなりけり」(古今・巻十一・恋歌一・よみ人知らず)。宗安には「思うたを思うたが思うたかの　思はぬを思うたが思うたよの」という、ややこしい謎歌(遊び歌)もある。

81 ・思《小》ひの種《たね》かや　人の情《なさけ》

かえって物おもいの原因になってしまうのだろうか、人の情というものは。

思ひの種　悩みの原因。

▼省略と倒置によって、内容表現に効果を得た小歌。「思ふ」の小歌群の中に、この81番が入れられて編集されている。「思ひ」と「情」とが滲み寄って、ここにも中世を生きた人々の心の文化が見えているとも言える。近世初期、仮名草子『竹斎』上には「情は今の思ひの種よ　辛きは後の深き情よ」などの小歌が、遊女が集まって、三味線・胡弓・綾竹などを調べているところで、うたわれる場面がある。小歌の場・環境を知る上で参考になる。『恨之介』上には次の小歌が見える。「思ひ明《あか》し寝は松風も寂し、情は後の思ひの種よ、辛きは今の深き情よ」。

82・小《こ》思ひ切りしに来て見えて　肝《きも》を煎《い》らする　肝を煎らする

思いを断ち切っていたのに、それなのに、また来られて、わたしの気をもませる。

肝を煎らする　気をもませる。

▼宗安、隆達に同歌。また宗安には別に、「思ひ切りしにまた見てよの　なかなか辛《つら》きは人の面影」がある。隆達にも「逢へば人知る　逢はねば肝が煎らるる　あ笑止やの」。あの方の面影が自然に浮かんできて、見えてきて、気をもませることだよ。

83・小 思ひ切りかねて　欲しや欲しやと　月見て廊下に立たれた　また成られた

思い切ることがおできにならなくて、ああ欲しい欲しいと、月をながめながら廊下に立たれたわ。あの方を慕って、またお越しになったのね。

欲しや欲しやと 自分のものにしたい、という気持ち。「(大夫黒という駒を)げにや継信、此の世にて欲しし欲ししと思ひし念や通じけむ」(幸若伝小八郎本・八島)。彰本「ぼしやぼしや」なら、廊下に立たれた姿態の形容。**成られた** 貴人が来られたのでこう言った。

▼図本・彰本は肩書「廊」。歌詞の中の廊下からきた誤り。底本の「小」が正しい。難解歌の一つ。ある方の局へ、身分ある貴公子が、姿をやつしてお忍びで再度来られた。それを女房達が物陰から見ていて、囁いたと見ておく。「惜しや欲しやと思ふたはなんぞ　とかく君ゆゑナアレカシ」(鳥虫歌・土佐)。

84

・小

思ひやる心は君に添《そ》ひながら　何の残りて恋しかるらん

思いやる心は、いつもあなたに付き添っているはずなのに、いったい何が、私の中に残っているせいで、このように恋しくてならないのだろう。

▼和歌と同じ形式。逢うことができない相手の男への、もどかしい恋情をうたう。「オモヒヤルココロハツネニカヨフトモシラズヤキミガコトズテモナキ」(明恵上人歌集・武蔵守泰時・消息ヲクラルルツイデニ)。「いかなればたちもはなれぬ面影の身に添ひながら恋しかるらん」(新拾遺・恋四・寿暁法師)。

85 ● 思ひ出《だ》すとは　忘るるか　思ひ出さずや　忘れねば

小

恋しいと、思い出すのは、結局忘れていたということだよ。思い出すなんていうことはないはずだよ。本当に愛して忘れたりしていないのなら。

▼「思ひ出すとは忘るるが　思ひ出さずや　忘れねば」(隆達)。「思ひ出さぬ日なし忘れてまどろむ夜もなし」(天正狂言本・十夜帰り)。「思ひ出すどは忘るるからよ　思ひ出さずに忘れずや」(延享五)。「思ひ出せとは忘るるからよ　思ひ出さずに忘れまひ」(鳥虫歌・大隅)。

閑吟集は、こうした恋情にかかわる「思ふ」の歌謡群定着に関心を寄せている。第二句を「忘るるからよ」とうたうと、すぐさま近世民謡調になる。

86

・小 思《おも》ひ出さぬ間《ま》なし　忘れてまどろむ夜もなし

あなたを思い出さない時とてない。忘れてうとうと眠る時もありません。

まどろむ「まどろみ、まどろむ、まどろうだ。浅くとろとろと眠る」(日葡)。

▼天正狂言本「十夜帰り」では、次のように、殿がこの小歌を歌うと、花子が85番歌で受ける。「おもひださぬ日なし　わすれてまどろむ夜もなし」「おもひだすとはわするるか、おもひださずやわすれねば」。

87 ・小 思《おも》へど思はぬ振《ふ》りをして　しやつとしておりやるこそ　底は深けれ

思っていても、何とも思っていない振りをして、つねにしゃんとしているお方こそ、本当にその情愛は深いのです。

しやつとして 「しゃんとして」に近い意味。↓252番。**おりやる** いらっしゃる。「御入りある」のかわりに「おりやる」、「御出である」のかわりに「おぢやる」(土井洋一)。

▼「思ふ」小歌の中には、編者あるいはその近辺の人々によって創作された歌もなきにしもあらずであるが、ともかくこれだけ蒐集されたのは、中世後期・流行歌謡の発想の実体を知る上では意識しておく必要がある。

88 小・思へど思はぬ振《ふ》りをしてなふ　思ひ痩《や》せに痩せ候《そろ》

恋しく思っているのだけれど、今までそのような振りもしないで耐えてきたから、このように痩せてしまいました。

▼恋の痩せを直接うたう中世流行歌謡の代表的事例であるが、加えて帯をつかって痩せを表現する次の類型を加えておいてよい。「なんぼ恋には身がほそる　二重《ふたえ》の帯が三重《みえ》廻る」(天理本『おどり』・ふしみおどり、ややこ等)。「こなた思ふたらこれほど痩せた　二重廻りが三重廻る」(鳥虫歌・河内)。「恋の痩せ」は、時代を遡って、たとえば『万葉集』の「一重のみ妹が結ばむ帯をすら三重結ぶべくわが身はなりぬ」(巻四・大伴家持、坂上大嬢に贈る歌。七四二番)。『山家鳥虫歌』の系統は、恋の思いから離れて次のごとく近世近代の子守労働歌としても広く伝承。「この子、守してこんだけ痩せた　二重廻る帯三重廻る」(静岡、子守唄。『日本伝承童謡集成』)など。

89
・大

げにや寒竈《かんそう》に煙《けぶり》絶えて　春の日いとど暮らし難《がと》う　幽室に灯火《ともしび》消えて
秋の夜なほ長し　家貧《ひん》にしては信智《しんち》少なく　身賤《いや》しうしては故《こ》人《じん》疎《うと》し
親《した》しきだにも疎くならば　余所《よそ》人はいかで訪《と》ふべき　さなきだに狭き世
に　さなきだに狭き世に　隠れ住む身の山深み　さらば心のありもせで
なほ道狭き埋草《うもれぐさ》　露《つゆ》いつまでの身ならまし　露いつまでの身ならまし

ほんとうに暮らしは貧しく、竈に煙も絶えて、日長の春の一日を過すのも容易でなく、しずかな部屋に灯もなくて、秋の夜長がいっそう長く感じられる。よく言うことだが、家が貧しいと親しい人も少なくなり、暮らしが悪くなると昔からの知人までが遠のいてゆく。親しくした人々でさえそうなのだから、他人がわざわざ訪れてくるようなことがあろうか。ただでさえ狭く住み辛い世の中を、ましてこのように山中に隠れ住んでいては、心も消えぎえとして、道を狭くするほどの埋れ草の上に置いた露のように、はかないこの命をいつまで保つことができるであろうか。

幽室　三本とも「迷室」。改める。**家貧にしては…**　「家貧親知少、身賤故人疎、唯有㆓長安月㆒夜夜訪㆓閑居㆒」(本朝文粋・巻一・雑詩の内、橘在列の詩。謡曲『槿』にも引く)。「家貧にしては親知少く、賤き身には古人疎し」(譬喩尽《たとえづくし》・一)。**親しきだにも**「富貴他人合　貧賤親戚離」(曹攄《そうちょ》。文選・第二九・雑詩上・感旧詩《かんきゅうし》)。なお『未刊謡曲集』一所収『郭巨』は、シテサシの部分で同様の「余所人はいかで訪ふべき」あたりまでを謡う。

▼謡曲『雲雀山《ひばりやま》』の一節。大和と紀伊の国境にある雲雀山の庵。今日も中将姫の侍従が里へ草花を売りに行こうとしているところ。清貧と孤独の中に暮らし続ける中将姫とその乳母侍従の、やりきれない心情と暮らしを、透明感をもって歌っている。88番の「思ひ痩せに痩せ候」を受けている。文人達の、あるいは武士達の酒宴の座の歌謡として持ち出されたものであろう。謡曲『横山』にも「次第次第に衰えて、今は寒窓に煙絶えて、春の日いとど暮らし難う」とある。

90・小　扇《おうぎ》の陰《かげ》で目をとろめかす　主《ぬし》ある俺《おれ》を　何とかしようか　しようかしようかしよう

扇の陰から、とろりとした目でこちらを見て、主のあるわたしを、どうしようという魂胆なの。

とろめかす うっとりとした目で見る。**主** 特定の情交の相手。**俺** 一人称代名詞。いくらか優越感を伴って男女ともに用いる。ここは女の一人称。**しよう**「せう」の転。ショウ、と読む。

▼男の秋波を感じて、女が歌った趣き。「とろりとろりと締《しむ》る目の　笠のうちよりしむりや　腰が細くなり候よ」(松の葉・本手・琉球組)など。扇ごしに見る、または扇骨の間からのぞくのは、人物や物を見るスタイルの一つ。たとえば、次の図絵の中にも参考になる箇所がある。㈠『東山遊楽図』(慶長末か)。扇を使う男二人あり。二人とも女をじっと見ている。㈡『阿国歌舞伎図』(同)。観客の男が、美しい阿国を見ている。その横、松の下にいる女が、扇を使う男を見ている。

91 ・小《た》

誰《た》そよお軽忽《きょうこつ》 主《ぬし》ある我を締《し》むるは 食《く》ひつくは よしやじやるるとも 十七八の習ひよ 十七八の習ひよ そと食ひつゐて給《たも》うれなう 歯形《はがた》の あれば顕《あらわ》るる

だれなの、そそっかしい人。夫のあるわたしを締めつけ、喰いついて。たとえふざけあっているとしても。十七八の若者にはよくあることだよ。喰いつくとしても、そっと噛みついてね。歯形がついたら、あの人にばれてしまうから。

お軽忽 「軽率。または不都合な。そして重厚さも円熟さも欠けていること」(日葡)。「軽忽《キャウコツ》」(枳園本節)。**主ある我を** 三本とも「主あるをを締むるは」。最初の「を」は「我」の誤写と見て改める。あるいは「をれ」の「れ」の脱で「ををしむるは」となったか。**よしやじやるるとも** たとえじゃれあったとしても。**歯形** 噛みついたときにできる歯形。**顕るる** 30番の「顕はれたよなう」と同意。
▼女がうたっている。「そと締めて給ふれなう 手跡の終《つひ》に顕《あらは》るる」(宗安)。「そと締めて給ふれの 手跡の付いて名の立つに」(隆達)。「……の習ひよ」の型は、田植草紙、狂言歌謡、近世民謡などにも見える。

92・浮《う》からかいたよ　よしなの人の心や

わたしをこんなにうっとりさせて。いたしかたのない、あの方のお心ね。

浮からかいたよ「うからかし。うからかす。うからかいた。うっとりと、あるいは、ほうけて心が奪われてしまうように、人を興奮させる」(日葡)。「踊念仏をはじめてきやつをうからかいてやらう」(狂言『悪太郎』)。「……フセコノ煙リ跡ニ心カヒカサレテ、其面影カ身ニソヒ、ソソロニ浮カルルハ、ウツツカ夢カ、アラ正体ナシヤノ、人ノ心ヲウカラカス」(伊達家治家記録所載踊歌)。

▼肩書・圏点なし。図本・彰本により補う。相手の男にうっとりとさせられ、あるいは惚《ほ》うけて、心が奪われてしまったことに気付いた女の科白。90・91番を受けて連鎖している。

93 ・小 人の心の秋の初風　告げ顔の　軒端《のきば》の荻《おぎ》も恨《うら》めし

あの人の心に、飽きが来るという秋の初風が吹きはじめたようだ。それを知らせるかのように、軒端の揺らぐ荻までがうらめしい。

秋「飽き」を掛ける。**軒端の荻**「軒」に「退き」を掛ける。底本・図本ともに「萩」。彰本「萩」に「荻カ」とする。改めて「軒端の荻」とした。「荻トアラバ、秋風、秋とつげつる、軒ば」(連珠合璧集)。

▼歌い手の女は、相手の男の、自分への愛情がしだいに冷めてきていることがわかっている。90番からの、あからさまな情欲の戯れの歌謡から、軒端の荻に吹く「秋の初風」の、雅の静けさへ。この93番は、92番の「人の心」を明確に受けて連鎖しながら「秋の初風」への流れを印象づけた。「春もくれ夏も過ぎぬるいつはりのうきは身にしむ秋の初風」(兼好法師歌集)。この歌から秋の部に入る。

94・早

そよともすれば下荻《したおぎ》の　末《すえ》越す風をやかこつらん

そよと風が吹くたびに、ひょっとしてあの方の訪れかと思わせられたりして、荻の葉末を吹く風には、恨み言を言いたくなるものです。

下荻　荻の葉末、あるいは軒の下に生えている荻を言うか。「初秋トアラバ、荻の葉風」(連珠合璧集)。

▼肩書「早」。『宴曲集』第三「龍田川恋」(撰要目録に、冷泉武衛《れいぜいぶえい》(藤原為相)作、明空《みょうくう》調曲)の一節。「恋すてふわが名はまだき龍田河、わたらぬ水の涌きてなど、あやなく袖をぬらすらむ」ではじまり、睦言もいまだ尽きないのに、在明の別れをした恋を描いたあと、この一節がくる。「そよともすれば下荻の　末こす風をやかこつらむ　見てや夢ありしやうつつ面影の」。「折れかへりおきふしわぶる下荻の末こす風を人のとへかし」(狭衣物語・三之中)。

95

・田

夢の戯《たわぶ》れいたづらに　松風に知らせじ　槿《あさがお》は日に萎《しお》れ　野草の露《つゆ》は風に
消え　かかるはかなき夢の世を　現《うつつ》と住むぞ迷ひなる

夢のように、はかないこの世の戯《たわむ》れごとは、松風に知らせないでおこう。槿の花は朝日にしおれ、野の草の露は風に散って消えるように、このはかない夢の世を、現実と思って暮らすことこそ迷いである。

夢の戯れ 現実を生きることを夢の戯れとした。**槿** 槿はもと「木槿《むくげ》」のことであるとか「桔梗《ききょう》」のことであるとか諸説あり。今の朝顔は平安時代に中国から渡来。ここは一応その朝顔と見ておく。「槿トアラバ、日影まつ間」(連珠合璧集)。

▼田楽能謡の一節。出典不明。槿、野草の露を引き合いにして、次歌96番とともに無常観の中にある歌。

96・小 ただ人は情《なさけ》あれ　槿《あさがお》の花の上なる露の世に

人は情というものが一番大切だ。槿の花の上に置いた露のように、はかないこの世を生きるのだから。

▼閑吟集が「情《なさけ》」の歌謡群であることを、たとえば114〜118番の歌謡群とともに端的に認めることができる。次に事例を掲げるように、幸若舞曲作品における文芸性や思想性とのかかわりにも注目しておいてよい。「ただ人は情あれ　情は人のためならず」(幸若・山中常盤《やまなかときわ》)。「ただ人は情あれ　情は人のためならず　終には我身にむくうと」(同・信田《しだ》)。

97・小《こ》　秋の夕《ゆうべ》の虫の声々《こえごえ》　風打ち吹いたやらで　淋《さび》しやなう

秋の夕暮れの虫の声々が、ふと乱れてかすかになりました。風が吹いたような気配です。さびしいね。

▼「やらで（ようで）」と、歌っているように、女が屋内に居て、虫の鳴き声の変化で、風を感知している。あの方の来訪の気配でもない。待つ女がつぶやく。閑吟集秀作の一つ。「風の歌謡史」の一ページを飾る小歌。また早歌『究百集』所収「風」や風流踊歌圏における風についても視野を広げておく必要がある。

98・尾花《おばな》の霜夜《しもよ》は寒からで　名残顔《なごりがお》なる秋の夜の　虫の音《ね》もうらめしや　手《た》枕《まくら》の月ぞ傾《かたぶ》く

尾花に霜の置く夜は、かえって寒くはなく、この秋の夜を名残惜しげに鳴く虫の音もうらめしい。手枕でながめる月も、はや西空に傾いた。

尾花　ススキ。「芒花《ヲハナ》、時珍云、ススキ。尾花、俗字」(合類大節)。**手枕**　ここでは自分の腕を枕にすること。

▼肩書「大」。出典未詳。天正狂言本「わかな」では、「女あまた出て、若菜摘みの歌をうたう」。その一つに「尾花の霜夜は寒むからで、名残り顔なる秋の夜の、虫の音もいとしげし、夢ばしさまし給ふな」とある(他の狂言歌謡でも「虫の音もいとしげし」などとある)。この98番は、「虫の音もうらめしや」と歌っており、97番との連鎖が意識された流れを見せているとしてよいのではないかと思われる。つまり、閨中で一人、我が手枕で月を見ていると解す。なお『宗安小歌集』に見える、「あちき花の下に　君としつとと手枕入れて　月を眺みような　思ひはあらじ」の手枕とは異なると解してよい。

99・大

風破窓《はそう》を簸《ひ》て灯《ともしび》消え易《やす》く　月疎屋《そおく》を穿《うが》ちて夢成り難し　秋の夜すがら所がら　物すさまじき山陰に　住むとも誰か白露《しらつゆ》の　旧《ふ》り行く末ぞあはれなる　あはれ馴《な》るるも山賤《やまがつ》の　友こそ岩木なりけれ　見ぬ色の深きや法《のり》の花心《はなごころ》　深きや法の花心　染めずはいかがいたづらに　その唐衣《からぎぬ》の錦《にしき》にも　衣の玉はよも繋《か》けじ　草の袂も露涙　移るも過ぐる年月は　めぐりめぐれど泡沫《うたかた》の　あはれ昔《むかし》の秋もなし

風が破れた窓を煽るので、灯火は消えがちになり、月光があばら家に差し込むので、ゆっくり眠ることもできない、と有名な詩にあるような秋の夜、このようなもの凄まじい山陰に私が住んでいることは誰一人として知る人もなく、年老いたその行く末は哀れなものです。哀れだと嘆いたとて、こうした賤しい山家住まいの身には、友と言えば岩や木だけ。容易に出くわすことができない、深い法華経の教えに心をそめないで、いたずらに月日を過していたならば、いくら錦の夜の衣を着る富貴な者でも、仏縁を結ぶことはできない。ましてやこうした貧しい身は、いつも涙して悲しい年月を、うたかたのように、はかなくめぐりゆくばかりで、悲しいかなもう昔のような秋にめぐりあうことはできない。

風破窓を簸て灯消え易く　晩唐・杜荀鶴《とじゅんかく》・七言律詩「旅中臥病」第三、四句(全唐詩・巻六九二)から取る。『百聯抄解』第十五にも杜荀鶴作として「風射二破窓一灯易レ滅月穿二疎屋一夢難レ成」とある。**簸て**　屑を除くこと。「臼ではたかれ、箕で簸られ」(狂言・呂蓮)。**法の花心**　「開くる法の華心　菩提の種となり」(謡曲『砧』)。

▼謡曲、金春禅竹作『芭蕉』の一節。楚国の「せうすい(小水)」のほとりで法華経を読誦する僧のもとに現われた女(シテ・芭蕉の精霊)が述べる部分。謡曲『芭蕉』を出典とする、肩書「大」の歌は、閑吟集には、99番(前シテ登場)、100番(前シテ、芭蕉の女が宿を所望)、253番(前シテ退場)がある。三箇所が「大」の肩書で切り取られているのはこの『芭蕉』のみであり、謡曲『芭蕉』のストーリーに沿っている。また閑吟集編者の好む「精霊・妖怪」の出現部分でもある。樹木精霊の科白であるが、次歌とともに無常の世の老人のなげきとして受け取ってよい。〝老人の歌〟の一つであるとも言える。後半にある「移るも過ぐる年月は　めぐりめぐれど泡沫の　あはれ昔の秋もなし」が無常観の決定的文句。「昔恋しや」の情動は閑吟集を貫いている。

100・大

惜《お》しまじな　月も仮寝《かりね》の露《つゆ》の宿《やど》　月も仮寝の露の宿　軒《のき》も垣穂《かきほ》も古寺《ふるでら》の
愁《うれ》へは崖寺《がいじ》の古に破れ　神《たましい》は山行《さんこう》の深きに傷《いた》ましむ　月の影も凄《すさ》まじや
誰か言つし　蘭省《らんしょう》の花の時　錦帳《きんちょう》の下とは　廬山《ろさん》の雨の夜　草庵《そうあん》の中ぞ
思はるる

まさか惜しんだりしないだろうね。露ですら月のために、仮寝の宿を惜しまない。軒も垣穂も古くなったこの庵とて、愁いは「崖ぎわの古寺を訪ねると、憂愁の心は破れんばかり」の詩の如く、また山里の寂しさは「深山を進むと気持ちはますます感傷的になる」の詩の通りであります。照る月の光もすさまじく、そうそう、誰でしたか「友人は蘭省にあって、花咲く春に錦の帳のもとで栄誉をきわめ、自分は廬山の草庵にあって、雨夜をわびしく過している」と詠じた、その草庵にも似たこの寺に、しばしの宿をお願いしたいのです。

惜しまじな「天王寺へまうでけるに　俄に雨の降りければ　江口に宿を借りけるに貸し侍らざりければ、よみ侍りける／世の中を厭ふまでこそ難《かた》からめかりのやどりを惜しむ君かなな」(新古今・巻十・羇旅・西行法師)。**軒も垣穂も…** 杜甫の詩「法鏡寺」

(五言古詩)の「身危適他州　勉強終労古　神傷山行深　愁破崖寺古」を引く。『謡曲拾葉抄』には「上ノ句は杜子美旅行の時、山中深く入って神を傷しめ愁たる義なり。下ノ句は崖陰の古寺に入て山行の愁を打破《ヤブリ》て心をなぐさむると云義也」とある。なお謡曲『泣不動』においても里人が、近江路の園城寺に到着したところで、この文をあてている。**蘭省の花の時…**　白居易の詩。『白氏文集』巻十七・律詩「廬山草堂夜雨独宿　寄㆓牛二李七庾三十二員外㆒」の次の部分を引く。「蘭省花時錦帳下　廬山雨夜草庵中」(蘭省《らんしょう》の花の時錦帳《きんちょう》の下《もと》　廬山《ろさん》の雨の夜草庵《そうあん》の中《うち》)。

▼99番に続いて、謡曲『芭蕉』の一節。女(芭蕉の精霊)が一夜の宿を頼む場面。この100番も、独立してうたわれる時、老境のなげきと見てよかろう。老いの風流の世界である。

101・小 二人寝《ふたりぬ》るとも憂《う》かるべし　月斜窓《しゃそう》に入る暁時《ぎょうじ》の鐘《かね》

たとえ共寝して聞いたとしても辛いことだよ。残月の光が斜めに窓から差し込むころ、寺から聞こえてくる暁の鐘の音は。

▼一人寝の侘しさをうたう恋歌。下句は元稹《げんじん》作「鄂州《がくしゅう》に厳潤《げんかん》が宅に寓す」の最後の一節。「鳳有高梧鶴有松　偶来江外寄行蹤　花枝満院空啼鳥　塵榻無人憶臥龍　心想夜閑惟足夢　眼看春尽不相逢　何時最是思君処　月入斜窓暁寺鐘」(三体詩・七言律詩)。元稹の詩文集『元氏長慶集《げんしちょうけいしゅう》』では、題に「時に潤在《かんあ》らず」と自注がある。時に厳潤は不在であった。宗安は、「二人聞くとも憂かるべし　月斜窓に入る暁寺の鐘」、隆達は、「二人《ふたり》聞くとも憂かるべし　竹の編戸に笹葺の雨」。元稹の詩を取り込む方向からすれば、宗安、隆達の「二人聞くとも」となるのであろうが、この閑吟集の小歌は、「二人寝るとも」と恋歌の印象をより強く打ち出した。

102 ・小 今夜《こよい》しも鄜州《ふしゅう》の月　閨中《けいちゅう》ただ一人《ひとり》見るらん

ああ今夜も鄜州の月を、妻は閨中からひとりさびしく眺めていることであろう。

鄜州　中国陝西省西安北部の富県茶坊鎮。安禄山の変がおこり、長安で捕われの身となった杜甫は、鄜州に残した妻子を思い歌った。たとえば、五言古詩「北征」では妻子眷族に逢いに鄜州へ帰ることを述べている。

▼杜甫の作品の中でも特に著名な五言律詩「月夜」の第一、二句の小歌化。「今夜鄜州月　閨中只独看　遥憐小児女　未解憶長安　香霧雲鬟濕湿　清輝玉臂寒　何時倚虚幌　双照涙痕乾」。ほぼ原詩のままであるが、あえて小歌化という点を言うなら「今夜しも鄜州の月」と、「しも」という強意の助詞を入れてうたう和歌の類型に頼っているところである。「今夜しもやそ宇治川にすむ月をながらの橋のうへに見るかな」(秋篠月清集・題水月)。「今宵しも雲居の月の光そふ秋のみ山を思ひこそやれ」(続千載・秋上・永福門院)。

103 小 • 清見《きよみ》寺《でら》へ暮《く》れて帰《かえ》れば　寒潮《かんちょう》月を吹いて袈裟《けさ》に洒《そそ》く

日が暮れて清見寺への帰り道を急ぐと、さむざむとした海の向うにぽっかりと月が出て、波しぶきが袈裟にふりかかる。

清見寺　三本とも「きよみでら」。駿河国廬原郡興津町（現・静岡県静岡市清水区）にある、臨済宗の名刹。セイケンジとも。清見潟に面して建つ月の名所。「（文明十七年九月）二十五日、自二山原一至二蒲原一、纔四里。其間或山或浜。有二清見関之清見寺一」（梅花無尽蔵・二）。「更級《さらしな》清見は道遠し　白良《しらら》も明石も近かからず　月見る夜頃のさがなれば　いさや今宵も広沢へ」（古今目録抄・紙背今様）。**洒く**「ソソク、雨ソソク」（日葡）。「く」は清音。

▼「寒潮月を吹いて……」の出典は「吾心安処是吾家　不隔京華与海崖　皇極青雲塵夢断　寒潮吹月洒袈裟」（続翠詩集、『続群書類従』所収。この表現に近い事例は吾郷『中世歌謡の研究』参照）。暮れた海辺を、清見寺へ帰る一人の僧。寒風に波高く、しぶきが袈裟にかかる。渺々とした東海の空に冬の月が出た。

104・小 残月清風　雨声《うせい》となる

残月にさわやかな風が吹いていたが、それもやがて、雨の気配を知らせる風音に変わってきた。

残月 あけがたまで残る月。「暁トアラバ、残月、在明……」(連珠合璧集)。「残月《ざんげつ》　残　月《アリアケノツキ》」(合類大節)。「残月　のこる月」(日葡)。

▼杜常《とじょう》「華清宮」(三体詩・七言絶句)。「行尽江南数十程　暁風残月入華清　朝元閣上西風急　都入長楊作雨声」をもとにしてできた小歌。玄宗・楊貴妃もいない、すでに荒れてしまった華清宮(離宮)を歌う杜常の詩の雰囲気は伝えている小歌(吟詩句に近い)である。月のある風景が動く。情念を綴る恋歌連鎖の中に103・104番が配置された。爽やかな編集である。

105 ・小 身は浮草《うきくさ》の　根も定まらぬ人を待つ　正体《しようだい》なやなふ　寝うやれ　月の傾《かたぶ》く

わたしは、浮草のように根も定まらない浮気なあの方を待っている。ああ正気の沙汰じゃないわねえ。もう寝るとしよう。月も西空に傾きました。

浮草　身の「憂き」を掛ける。**根**「寝」を掛ける。**正体**　正気。

▼「身は」の類型でうたっている。海辺に暮す海女か遊女か。「身は浮草の根も定まらぬ夫《つま》を待つ　正体《しやうだい》有明の月の傾く」(宗安)。「身は浮草よ　根も定めなの君を待つ　去のやれ月の傾くに」(天理本『おどり』・ややこ)。130・132番参照。関連して「十七八と寝て離るるは　ただ浮草の水離れ」(日本風土記・山歌・第四番歌)。

106・小

雨にさへ訪《と》はれし中の　月にさへなう　月によなう

雨の夜もいとわず訪うてくれた仲だったのに、今では月夜にすら来てくれない。

▼底本、肩書・圏点なし。他二本により補う。「月を踏んでは世の常候《ぞろ》よ　風雨の来《き》こそ尽期《じんご》よの」(宗安)。「雨の夜にさへ訪はるるが　月に訪はぬは心変りかの君は」(隆達)。中国・明代万暦二十年(日本の文禄元年)刊『全浙兵制考附日本風土記』所載「山歌」十二首の中にも、次のような近い小歌が認められる。「月にそひ花に来たるは道理かな　風雨の来《き》こそ尽期よの」。「尽期」は、いつまでも変わることはないと誓った究極の恋人。

107 ・小 木幡《こわた》山路《やまじ》に行《ゆ》き暮《く》れて　月を伏見《ふしみ》の草枕

木幡の山路を行くうちに日が暮れたので、今宵は伏見で、その名のとおり、月をながめながら臥《ふ》して、旅寝とすることにしよう。

木幡　京都府宇治市木幡。木幡も伏見も都から奈良に向かう道筋にある。「木幡《コワタ》」(易林本節)。「花の都を旅立ちて、伏見木幡の里を過ぎ」(謡曲『吉野桜』)。**伏見**「臥し見」を掛ける。**草枕**「野外で夜露にぬれて寝ること。詩歌語」(日葡)。

▼「木幡山路に行き暮れて月を伏見の草枕」(宗安、隆達)。「木幡山すそ野の嵐はげしくて伏見ときけどねられざりけり」(幸若・伏見常盤)。「こわた山路に行暮てふたりふしみの草まくら」(国女歌舞伎絵詞)。狂言では『靱猿』の猿歌としてこれが用いられている。また、両地名をうまく歌い込んだものに、「木幡山すそ野の嵐さむければ伏見のさともえこそねられね」(袋草紙・上)。

108・小　薫物《たきもの》の木枯《こがらし》の　漏《も》り出《い》づる小簾《こす》の扉《とぼそ》は　月さへ匂《にお》ふ夕暮

薫物の木枯の匂いが洩れてくる小簾のあたりは、月の光までもが美しくにおうようなこの夕暮の風情《ふぜい》です。

薫物　煉り香。香木を粉にして、その粉を何種類かねり合わせたもの。「薫《タキモノ》」(易林本節)。**木枯**　香名。『香道軌範』(慶長八年)に「名香四季分集。…冬…木嵐…」。『古今香鑑』(成立未詳)に「名香部、冬部、こがらし」。**小簾の扉**　扉の役割りをしているすだれ。「せめてやどれよ小簾もる月も、日ごろもとめし憂き涙」(松の葉・投節)。

▼薫物の木枯が匂う扉のもとにおとずれた貴公子を、静かに月光がつつむ。虫の音もかすかに。深まる秋の気配。「まさに王朝物語絵巻の世界であり、あられもない口説紛ひの小歌群の中に蘭奢待の香の漂ふ感さへある」(塚本邦雄『君が愛せし　鑑賞古典歌謡』)。閑吟集編集において影響を与えた人々、あるいは歌いかつ創作もし、さらには替歌も伝えてきた人々の中には、王朝文化を伝える風流貴族も少なくない。町衆や僧侶とも交流ある公家衆もいたことであろう。

109・大

都《みやこ》は人目慎《つつ》ましや　もしもそれかと夕まぐれ　月もろともに出《いで》て行く
月もろともに出て行く　雲井《くもい》百敷《ももしき》や　大内山《おおうちやま》の山守《やまもり》も　かかる憂《う》き身は
よも咎《とが》めじ　木隠れてよしなや　鳥羽《とば》の恋塚《こいづか》　秋の山　月の桂《かつら》の河瀬《かわせ》舟《ぶね》
漕ぎ行く人は誰《たれ》やらん　漕ぎ行く人は誰やらん

都は知る人も多いので、見られるのも憚られる。もしやあれが小野小町の老いさらばえた姿かと言われはせぬかと恥ずかしく、この夕まぐれに、月の出とともに都を出てゆく。宮中警護の人たちも、このような辛く悲しいわが身を、よもや見咎めはしないだろう。木《こ》の間《ま》隠《がく》れになっていてよく見えないが、あれが鳥羽の恋塚、秋の山であろうか。月夜の桂川の川瀬を舟で行くのはいったい誰なのだろう。

月もろともに出て行く　老いさらばえた小町が月の出とともに都を出てゆく。「あら恥かしや我姿、もしもそれかと夕間暮、月諸友《もろとも》に出て行く」（博多物狂）。「もろともに大内山は出でつれど入る方見せぬいざよひの月」（源氏・末摘花）を取り入れた表現。**雲井百敷**　雲居とも。次の大内山（皇居・宮中）を導く序。**大内山の山守も…木隠れて**　「人知れぬ大内山の山守は木がくれてのみ月を見るかな」（千載・雑上・従三位頼政）。

山守は宮中警護役。「木隠れてよしなや」に、しだいに都が遠く離れてゆく意を込める。**鳥羽**　京都市南区上鳥羽、伏見区下鳥羽。**恋塚**　遠藤滝口盛遠(文覚)と袈裟御前の悲恋を伝えている塚。**秋の山**　京都市伏見区。「在上鳥羽南。曽鳥羽法皇設離宮於斯処……西庭種楓樹賞秋色。秋山繾残」(雍州府志)。
▼観阿弥作と言われている謡曲『卒都婆小町《そとばこまち》』の一節。百歳の姥になった小町が、とぼとぼと都を出てゆく場面。「月」で110番へ。

110・大

夢路《ゆめじ》より　幻《まぼろし》に出《いず》る仮枕《かりまくら》　幻に出る仮枕　夜の関戸《せきと》の明け暮れに　都の空の月影を　さこそと思ひやる方の　雲居《くもい》は跡《あと》に隔《へだ》たり　暮れわたる空に聞こゆるは　里近げなる鐘の声　里近げなる鐘の声

寝ては夢路を辿り、幻に目覚めては明け暮れ旅をして、関戸あたりを通過し、都の空の月がさぞ美しかろうと思いを馳せるうちに、その都はすでに遠くなった。おりから暮れゆく空に鐘の音が聞こえてくるのは、どこか人里も近いのであろう。

関戸　京都府大山崎町、大阪府島本町あたり。関戸の院とも称す。山城と摂津の境界にある、道行・交通上の要所。「源公貞が大隅へまかり下りけるに、関戸の院にて月のあかゝりけるに、別れ惜しみ侍りて／はるかなる旅の空にも遅《をく》れねばうらやましきは秋の夜の月」（拾遺・巻六・別・平兼盛）。幸若舞曲『景清』下に「都を立ち出で、東寺四塚打ちすぎ、月はなけれど桂川　舟に乗らねど久我なわて、山崎、関戸ふしおがみ」。

▼謡曲『蟻通《ありどおし》』の一節。紀貫之は、和歌の道に交わりながら、住吉、玉津島《たまつしま》の明神に参っていないので、思い立ち、紀の路の旅に出てゆくところ。

111・大

東寺《とうじ》の辺《あた》りに出でにけり　東寺の辺りに出でにけり　昔誰《たれ》か作り道　昔誰か作り道　さて鳥羽殿《とばどの》の旧跡《きゅうせき》　さなきだに秋の山風吹きすさみ　憂《う》き身の露《つゆ》の袖《そで》の上　末は淀野《よどの》の真《ま》菰草《こもぐさ》　離《か》れ離《が》れなりし契《ちぎり》ゆへ　習はぬ旅の我が心　美豆《みず》の御牧《みまき》の荒駒《あらごま》を　細蟹《ささがに》の糸もて繋《つな》ぐとも　二途《ふたみち》かくる人《ひと》心《ごころ》　頼むぞ愚《おろ》かなりける　頼むぞ愚かなりける

東寺のあたりまで出てきたことだ。昔誰が作った道なのか、その鳥羽の作り道に出てゆくと、鳥羽離宮の秋の山から風が吹きすさみ、恋しい夫を尋ねてゆく旅でさえ、辛く悲しいわが身には、ひとしお涙で袖も濡れがちである。やがて通る淀野の真菰草が枯れるではないが、末は離れ離れの契りとなったので、あの方を求めて、慣れぬ旅を行く我が心の頼りなさ。美豆の御牧の荒駒を、たとえ蜘蛛の糸で繋ぎとめることができたとしても、二人の女に思いをかけるような男の心を繋ぎとめることなどできないのに、頼りにするとは愚かだった。

東寺　京都市下京区九条。教王護国寺、真言東寺派総本山。**昔誰か作り道**　朱雀大路を

南へのび羅生門旧の四つ塚から上鳥羽を経て久我畷に至る道。「いされこまつぶり（独楽）　鳥羽の城南寺の祭見に　われはまからじおそろしや　こりはてぬ　つくり道や四つ塚にあせる上馬の多かるに」（梁塵・四句神歌）。**鳥羽殿** 白河、鳥羽両上皇の離宮。**淀野** 京都市伏見区淀のあたり。**真菰草** 沼沢に群をなして自生するイネ科の多年草。はながつみ。真菰草が「枯れ」から「離れ」を引き出す。**美豆の御牧** 京都府久世郡にあった、天皇の御料馬牧場。「美豆御牧《ミヅノミマキ》　山城」（易林本節）。**荒駒を細蟹の糸もて繋ぐとも** 「篠蟹、ササガニ、日本呼蜘蛛云篠蟹」（文明本節）。「ささがにの糸より細き御声をあげ」（幸若・山中常盤）。「雲井にあれたるこまはつなぐとも　ふたみちかくるおとこたのまぬ」（高山歓喜寺蔵・秋月物語）。

▼肩書、三本ともなし。「大」を補う。謡曲『現在女郎花』（別名『頼風』（廃曲））の一節。小野蔵人頼風と契りをこめた京一条今出川に住む女が、訪れも絶えてしまった、頼風のことが気がかりになり、逢うために都を出て、道行きする部分である。未刊謡曲集所収角淵本とすべて一致する。現行曲「女郎花」の他、「嵯峨女郎花」ともその物語は異なる。『現在女郎花』では、頼風と逢瀬をもてなかった京の女は、放生河《ほうじょうがわ》へ身を投げるが、その女の塚の前に女郎花が一本、生い出てくる話が加わっており、この結末部分は謡曲『定家』における「葛」の出現を思わせるところでもある。

112
・小
残灯牖下《ざんとうゆうか》落梧《らくご》之雨《あめ》　是《これ》君を思ふにあらずとも　鬢斑《びんまだら》なるべし

灯かすかな窓辺で青梧《あおぎり》の落葉に降りしきる雨の音を聴くとき、たとえ君をなつかしむ身ではないとしても、その寂しさのあまり、鬢に白髪もまじることであろう。

牖　壁にあけた窓。その形に合う格子を嵌め込んだもの。**落梧之雨**　『真愚稿《しんぐこう》』に「何時坐聴落梧雨　牖掩夜灯秋意深」(いずれの時か、坐して聴く落梧の雨　牖《まど》は夜灯を掩《おお》いて秋意深し)。『滑稽詩文』に「日夜思君両鬢斑　江東遥望暮雲間」(日夜君を思いて両鬢まだらなり　江東遥かに望めば暮雲間)。

▼秋雨が梧《あおぎり》の落葉を打つ夜、君を思う。漢詩風を頼った佳品。心から信頼する、遠くに住む友を思う小歌として読むのがよい。情念の諸相を縫うように辿る小歌が多いなかにあって、ほうとするものがある。

113

・小 宇津《うつ》の山辺《やまべ》の現《うつつ》にも　夢にも人の逢《あ》はぬもの

駿河なる宇津の山辺の現《うつつ》にも夢にもと、歌があるように、現実にも夢のなかでも、あの方は逢ってくれないのだねえ。

宇津の山辺の現にも…『伊勢物語』九段「駿河なる宇津の山辺の現にも夢にも人に逢はぬなりけり」。宇津山は、駿河国安倍郡と志太郡の境(現・静岡市西端)にある。「現《うつつ》」を引き出す。

▼「宇津の山辺のうつつにも　夢にも人に逢はぬよの」(隆達)とも歌われている。逢ってくれない相手を恨んでいる。

114
・小
唯人《ただ》は情《なさけ》あれ　夢《ゆめ》の夢の夢の　昨日《きのう》は今日《きょう》の古《いにしえ》　今日は明日《あす》の昔《むかし》

なにはともあれ、人は情が第一よ。夢のようにはかないこの世のことだから。昨日は今日の古《いにしえ》、今日もまた明日から見れば過ぎ去った昔にすぎない。

▼「情」をうたう小歌群、114〜118番の一つ。はかない夢幻の世に情こそが、頼りとなるもの。昨日・今日・明日を流れてゆくこの夢幻・無常の世の真実が「情」であると言う。中世、戦乱の世における「情」の文化の浸透が見える。「朝の嵐、夕の雨、朝の嵐、夕の雨、今日また明日の昔ぞと、夕の露の村時雨、定めなき世にふる川の、水の泡沫《うたかた》われ如何に、人をあだにや思ふらん」(謡曲『放下僧』)。「昨日、今日の山路は、雲より雲に入る。あすや又きのふの雲におどろかん、けふはうつつの宇津の山越へ」(海道記)。「きのふはけふの昔　けふはあすのむかしといへり」(慶長見聞集・序)。「昨日みし人けふはなし　けふみる人もあすはあらじ　あすとも知らぬ我なれど　けふは人こそかなしけれ」(宝篋印陀羅尼経料紙今様)。

115・小 よしやつらかれ　中《なか》なかに　人の情《なさけ》は身の仇《あた》よなふ

ええままよ。私につれなくしてほしい。人の情というものは、かえって身の仇となります。

よしやつらかれ 辛く当ってほしい。または、辛い状態にあっても。ここで人の情を受けるということは、かえって身のためにはならない。**仇**「アタ。仇讎。害または損傷」(日葡)。

▼「人の情は身の仇、人のつらきは身の宝」(北条時代諺留)。「よしさらばこころのままにつらかれよさなきは人の忘れがたきに」(源平盛衰記・巻十七)。「よしや辛かれなかなかに　人のよいほど身の仇《あた》よの」(宗安)。

116

・憂《う》やなつらやなふ　情は身の仇《あた》となる

心苦しくつらいことだ。人の情はかえって物思いの種となってしまう。

▼「物思ひよなう　物思ひよなう　なかなか情は物思ひよの」(宗安)。114番に添えて、この小歌が認《したた》められている。情が人を生かせることを重々承知していながら、それが物思いの種となり、我が身を責める。情を恋情とのみ見るわけではない。はっきり情は身の仇という。

117・小情《なさけ》ならでは頼まず　身は数ならず

人の情のほかは頼りにいたしません。数ならぬ賤の身ですもの。

身は数ならず 自らを卑しい身分という。「月は濁りの水にも宿る　数ならぬ身に情あれ君」(隆達)。「とにかくに　我は数ならぬ身じゃほどに」(天理本『おどり』・文づくし)。

▼中世期にかぎらず、日本の情の文化形成・成熟を知る上で、閑吟集に記されたこれらの「情の小歌」は、意識しておきたい。96・114番を中心とする「情の小歌群」において、近世全国民謡集『山家鳥虫歌』所収の「鮎は瀬につく鳥や木にとまる　人は情の下に住む」をはじめ、具体的な展開を把握しておく必要がある。

118・情は人のためならず　よしなき人に馴《な》れそめて　出でし都も　偲《しの》ばれぬほどになりにける　偲ばれぬほどになりにける

小

情をかけるのは、その人のためになるばかりではありません。やがてわが身にも良き報いとなって返ってくるものです。もともと縁もないあなたに馴れそめて、今では昔住んでいた都を思い出すこともなくなってしまいました。

情は人のためならず「情ハ人ノ為ナラズ」(沙石集・第三)。「思ひ知らずや　世の中の情は人のためならず」(謡曲『葵上』)。「情《ナサケ》ハ人ノ為《タメ》ナラズ　沙石集ニ云。子孫イヨイヨ繁昌セリ。情ハ人ノタメナラズ、又北条五代記ニモ見ユ」(春風館本諺苑)。↓96番。

▼肩書、三本とも「小」。謡曲『粉川寺』(廃曲)の一節。都の男と粉川寺の稚児・梅夜叉との恋を謡っていて、二人が粉川寺で再会することができた場面である。「いぜんの稚き人はいづくに渡り候ぞ、是に渡り候ふ、(歌)情は人の為ならず、よしなや人に馴れそめて、出《い》でし都もしのばれぬ程になりにけり」。「歌」として、この部分が引かれている。閑吟集は他の事例と同様に、「大」(大和節)の肩書を入れなかったが、謡曲『粉川寺』の中の一場面が切り取られているのであるから、三本の肩書「小」は疑問であるとも言える。

119・小　ただ人には馴《な》れまじ物ぢゃ　馴れての後に　離るるるるるるるが　大事ぢやるもの

ただもう人に馴れ親しむものではない。いったん馴れ親しんだ後で離れるとなると、そりゃたいへんだから。

▼「る」を繰り返して、恋をする若者たちへの教訓歌を、言葉遊びの歌にした。継承したのは、『松の葉』(巻一・裏組・賤《しず》)の「たんだ人には馴れまいものよ　馴れての後は　るるんるる　身が大事なるもの　離るるが憂いほどに」。「る」を繰り返す小歌には「胸の間に蛍あるらん　焦がるるるるる　いつも夜な夜な憧《あこが》るる」(隆達)。「馴れ」について歌うものには、「中なかに　初めより馴れずは物を思はじ　忘れは草の名にあれど　忍ぶは人の面影」(淋敷座之慰《さびしきざのなぐさみ》・琴の歌品々)、「なまぜなまなか馴れずばかほど　物は思はじさりとては」(松の葉・古今百首投節)。

120
・田
浦《うら》は松葉《まつば》を掻《か》き始《はじ》まりの　嵐《あらし》を今朝は　取り掻き聚《あつ》めたる松の葉は　焚《た》かぬも煙《けぶり》なりける　焚かぬも煙なりける

浦ではいつも松葉を掻き集めているこの私も、年をあつめて、年寄りになりました。今朝も今朝とて、浦を吹く風が、松葉を一箇所に吹き集めてくれました。松葉を焚かずとも潮煙が一面にたちこめていて、ちょうどその松葉を焚く煙のように見えます。

浦　中世歌謡、特に閑吟集の風景を見る上で重要な地理上の視点の一つ。
▼肩書「田」、田楽節。出典不明。おそらく老夫婦が松樹のもとで落葉を掃く場面であろう。さてここから、139番あたりまで、中世海辺風景が、絵巻を見るように展開する。浦の落葉掻き・塩屋の煙・磯の細道・三保が洲・港町・船遊びする遊女・志那の近江船・阿波の鳴門船・人買船・売られてゆく女たち・阿波の若衆・沖の鷗・唐艪・鳴門浦・梶の音・松浦《まつら》の沖・唐土《もろこし》船。これらが、密接に重なり合いながら、また間隔を取りながら流れてゆく。人間模様がその情感や風俗、そして潮風に多様な感情をともないながら織りあげられてゆく、この連鎖がはじまる。

121・小《こ》塩屋《しおや》の煙《けぶり》　塩屋の煙よ　立つ姿までしほがまし

ほんにそなたは塩屋の煙、立ち姿まで、愛嬌があることよ。

塩屋　製塩のための小屋。「塩をつくる家。又は塩を売る家」(日葡)。**しほがまし**　愛嬌があること。彰本「しほかよし」として、「ま本非欤」と添えている。立ち姿まで愛嬌がある。

▼浦にある海士《あま》の小屋の様子。「つのをかが磯、塩焼く浦につきにけり。ある塩屋に入りて申すやう……」(室町時代物語・文正の草子)。「こころあらん人に見せばや、つのをかが、しほやのけぶりなみのよるべを」(寛永頃丹緑本・ふんしやうのさうし)。「君様は明石の浦の塩屋の煙　心と振と立つにしほがそろ」(隆達)。「須磨や明石の浦伝へ　かづく袖笠さらさらさ　塩屋のけぶり立つ振りまでもしほらしや」(寛永十二年跳記・手うち踊)。

122 ・小 潮《しお》に迷うた　磯《いそ》の細道

あの人の愛嬌にほれぼれして、そのせいで迷ってしまいました。磯伝いの恋の細道で。

潮　愛嬌の「しお」を掛ける。
▼「鮎《あゆ》の白干《しらぼし》、目元《めもと》のこ愛嬌《しお》に迷うた」(田植草紙・昼歌四番)とうたうように、「目元のこ愛嬌」をうたう型が多いのも特色。121番に引用した事例の他にも「浮き人は　顔の掛りは十五夜よ　見ても見あかぬ　目元のしほは唐の鏡よ」(奈良、篠原踊歌・花買ふて踊)、「からからさきの笑ひ顔　目元にやしほがへ　目元のしほに馴衣《なれごろも》」(松の葉・巻二・恋ごろも)、「わがうちびとは伊勢の浜育ち　眼もとに塩がこぼれかかる」(沖縄・吐咖喇《とから》、おしにわ踊。『吐咖喇列島民俗誌』)。近世歌謡の中の「しほに迷うた」系統は、中世流行歌謡を受け継いだにほかならない。細道が磯伝いに延びている。その磯の細道は、閑吟集の文化を象徴する風流の細道でもある。

123 ・小

何《なに》となる身《み》の果《は》てやらん　潮に寄り候《そろ》　片《かた》し貝《がい》

これから先どうなってゆくこの身なのでしょう。あの方を片思いするこのわたしは、潮に弄《もてあそ》ばれている片貝《かたがい》のようなものです。

なる身「鳴海《なるみ》」を掛ける。現在の名古屋市緑区の地名。歌枕。「植し早苗の黒田こそ秋は鳴海とうちながめ　三河の国の八橋の　くもでに物や思ふらん」(幸若・信田)。「なにと鳴海と聞くからに　磯辺の波に袖ぬらし」(同・腰越)。**片し貝** 合貝《あわせがい》の片方が離れて無いもの。片恋、片おもいを意味する。貝合せでは無対貝とも。「みるめはさてもかたし貝、きみに逢はでの浦に拾ふ」(拾菓集・金谷思)。

▼恋しく思う人と逢うこともないなげきを歌う。大枝流方『貝尽浦の錦』(寛延二年刊)には、「伊勢嶋や二見の浦のかたし貝あはで月日を待つぞつれなき」(夫木和歌抄・二十五・雑部七)、「我袖はいつかひかたのかたし介《かい》あふてふことも浪にしほれて」(後花園院御集・恋二十首・寄潟恋)など片し貝の歌を引用している。背景に貝合せの遊びがある。

124
・小潮汲《しおく》ませ　網曳《あみひ》かせ　松の落葉掻《か》かせて　憂《う》き三保《みほ》が洲《す》　倚《よ》るや波のよるひる

潮を汲ませ網を曳かせ、松の落葉までも掻かせて、ああ憂き身の三保が洲の暮しです。夜も昼も波が寄せては引いて。

潮汲ませ…松の落葉掻かせて 馴れていない、辛い仕事をわたしにさせて、といったニュアンス。**憂き三保が洲倚るや** 底本「うきみほかす崎《よる》や」。図本「うきみほかす崎《よる》や」。彰本「うきみほかす崎《よるさき》や」。「崎」に「よる」の振り仮名があるが誤。「倚」に改める。「三保」は、「みお」と発音。三保松原。静岡県静岡市清水区。「三保松原《ミホノマツバラ》」(運歩色葉)。「三保の松原、田子の入海」(説経浄瑠璃・をぐり)。**よるひる** 「寄る干る」に「夜昼」を掛ける。「潮汲ませ網曳かせ」と関わる。単調でわびしい海士の住む海辺の、倚せては返す波の音が聞こえる。

▼120番あたりからの海辺の風物によせて、憂き女の憂き身の上を嘆く小歌の群。背後に説経浄瑠璃、謡曲、古浄瑠璃等の、また貴種流離譚などの世界が見えてくる。たとえば著名な「あんじゅ」(さんせう太夫)、「てるて」(をぐり)など。やるかたなき多様な悲哀が見え隠れする。〃海辺の憂鬱〃がある。

125
• 田
汀《みぎわ》の浪の夜の潮《しお》　月影ながら汲《く》まうよ　つれなく命《いのち》ながらへて　秋の木《こ》の実の落ちぶれてや　いつまで汲むべきぞあぢきなや

汀に打ち寄せる夜の潮を、水に映る月ともども汲もうよ。なんということもなく平凡に命ながらえて、折しも秋になると、木の実が落ちるように、この海辺に落ちぶれて、いつまで潮を汲むことか。情ないことだねえ。

夜「寄る」を掛ける。**木の実**「この身」を掛ける。**落ち**「零落する」の意を掛ける。▼田楽能謡の一節。具体的な曲名未詳。ただ『文安田楽能記』に見える「水汲の能」の一節か(文安元年六月二十九日に「水汲の能」以下八番の能が上演され、その場の盛況を伝えている)。「つれなく命ながらへて」「秋の木の実の落ちぶれて」などからして、塩焼く浜で苦労する女がうたっている場面であろう。浅井家旧蔵本『曲海』の「ミキハノ浪ノヨルノシホ、月影ナカラクマフヨ……」を提示した井出幸男の説が、出典説の上ではもっとも新しい。

126
・大刈《か》らでも運ぶ浜川《はまがわ》の　刈らでも運ぶ浜川の　潮海《しおうみ》かけて流《なが》れ葦《あし》の　世を渡る業《わざ》なれば　心なしとも言ひがたし　天野《あまの》の里に帰らん　天野の里に帰らん

刈らなくても、浜辺の川は葦を海の方へ自然に運んでいくが、世渡りのなりわいだから、心ない仕事だと言ってやめてしまうわけにはいかない。さて今日も葦を刈って天野の里へ帰ることにしよう。

浜川　山川に対して海辺のあたりを流れる川。**天野の里**　讃岐。香川県大川郡志度《しど》町(現・さぬき市)。中世に見える地名。『謡曲拾葉抄』には「あまのの里は、志渡寺の寅卯の方也。あまの里ともいへり。海人が墓あり」。
▼謡曲『海士』の一節。藤原房前《ふささき》は、亡くなった母の追善のために赴いた讃州志度の浦で、天野の里から来た、海士に出逢い、その海士から土地の謂《いわ》れを聞く段が切り取られた。

127
・小

舟行けば岸移る　涙川の瀬枕《せまくら》　雲駛《はや》ければ月運《はこ》ぶ　上《うわ》の空の心や　上の空かや　何ともな

舟が進むと岸の風物は後ろへ流れて移ってゆくように見える。その川の流れではないが、私の恋の涙川は、瀬枕を越えて枕を濡らした。また空の雲が飛ぶと月が動いているように見える。その見上げる空ではないが、私の恋はほうとして上の空。どうにもいたしかたありません。

▼出典は禅宗で重んじられた『円覚経』「雲駛月運　舟行岸移」(吾郷『中世歌謡の研究』第四章において指摘)。「但看雲駛月運莫説舟行岸移」(仏光国師語録)。この小歌は、謡曲『現在江口』(廃曲)の一節でもある(『校註謡曲叢書』第一巻)。西行が初瀬への旅の途次、「江口」の遊女のもとに、一夜の宿を求めるくだりであり、道行きとして用いている。都から淀川を船で下ってゆくところ。肩書「小」。当時、よく知られたこの禅林風小歌を、謡曲『現在江口』が引用していると見るか。

128 ・大 歌《うた》へや歌へや泡沫《うたかた》の　あはれ昔の恋しさに　今も遊女《ゆうじょ》の舟遊《ふなあそ》び　世を渡る一節を歌ひていざや遊ばん

さあ歌えや歌え。うたかたのように儚いこの世だから、せめて昔を恋い偲びながら、いまもこうしてはなやかに続いている遊女の船遊びを、世を渡る手だてとして、さあ皆でたのしく遊びましょう。

泡沫　はかないもののたとえ。「泡トアラバ　みなわ共、うたかたともいふ」(連珠合璧集)。「ゆく河の流れはたえずして、しかももとの水にあらず。淀みに浮ぶうたかたは、かつ消えかつ結びて、久しくとどまりたるためしなし」(方丈記)。

▼謡曲観阿弥作『江口』の一節。江口は現在の大阪市東淀川区。淀川の河港。遊里としても栄えた。「江口ハ在リ二摂州西生郡《ニシナリノ》中島村一」(謡曲拾葉抄)。後段、江口の君の幽霊が二人の遊女の幽霊を伴なって現れ、遊女の川逍遥のありさまを見せ、罪業深き河竹の流れの女として生まれてきたことを悲しむ。そして「月も影さす棹の歌」として、この128番を歌う。ことばの連鎖としては、「うたへや」から「うたかた」、そのはかなさから「あはれ」へ、「昔の恋しさ」から「今も」へ、など技巧がある。酒宴では、「歌へや〳〵」「歌ひていざや遊ばん」などの文句が機能している。

129
・大
棹《さお》の歌　歌ふ憂《う》き世の一節《ひとふし》を　歌ふ憂き世の一節を　夕波千鳥声添へて
友呼びかはす海人《あま》乙女《おとめ》　恨《うらみ》ぞまさる室君《むろぎみ》の　行舟や慕《した》ふ覧《らん》　朝妻舟とや
らんは　それは近江《おうみ》の湖《うみ》なれや　我も尋ね尋ねて　恋しき人に近江の
海山も隔たるや　あぢきなや浮舟の　棹の歌を歌はん　水馴《みな》れ棹《ざお》の歌歌
はん

憂き世のさまを、舟歌の一節として歌おう。夕波千鳥が友を呼びかわす海人乙女に声を添えながら、世の恨みが増さりゆく室君の舟だと知ってか知らずか、後を追ってゆくことだ。同じ遊女でも、朝妻舟の遊女なら、それは近江の湖とて、恋しい人に逢うこともできよう。わたしもそれにあやかり尋ねてゆきたいのだけれど、ここは播磨の海、恋しい人に逢うこともかなわない。ああつまらないねえ。この浮舟のようなわたしたち。せめて舟歌でも歌おう。いつものあの歌、水馴れ棹の歌を歌おう。

棹の歌　船歌。「釣魚《チョウギョ》ノ火ノ影ハ　波ノ底ニ入リテ魚ノ肝ヲ焦《コガ》シ　夜舟ノ棹ノ歌ハ枕ノ上ニ音信《オトヅレ》テ客ノ寝覚《ネザメ》ニトモナフ、……」(海道記・四月十日)。**憂き世の一節**「世」に「節」を掛ける。節(よ、ふし)は、棹の縁語。**室君** 室津の遊女。室津は播磨国揖保郡室津(現・兵庫県たつの市御津町室津)。『法然上人行状絵図』参照。**朝妻舟** 朝妻は琵琶湖東岸、坂田郡朝妻(現・滋賀県米原市)。朝妻にいた遊女の棹さす舟。
▼肩書「大」。謡曲『室君《むろぎみ》』の一節。播州室の明神で、室君たちを船に乗せ、囃子物をして遊ぶはなやいだ神事があり、その模様が歌われている。なお謡曲『加茂』では、室津の加茂明神神職が次のように語る。「さても都の賀茂と当社室の明神とはご一体にて、御座候へどもいまだ参詣申さず候程に、このたび思ひ立ちて都の賀茂へと急ぎ候」とある。前の「江口」とこの「室」、遊女の船遊びの歌が二つ並んだ。瀬戸内海海辺の風景がさらに展開してゆく。

130・小身《み》は近江舟《おうみぶね》かや　志那《しな》で漕《こ》がるる

この身はさしずめ近江舟か。志那の港で漕がれています。

近江舟　近江(琵琶湖)で航行している舟。筑紫舟などと同じく、その地方で馴じまれた名称。「逢ふ身」を掛ける。「なにとか言ふうちに、大津松本ぢや。舟に乗りたいものぢやが(中略)、あゝそなたは近江舟に乗つたことはないか」(狂言・船渡聟)。**志那**　近江国栗太郡志那(現・滋賀県草津市)。山田・矢橋《やはせ》とともに中世繁栄した。「志那で」に「死なで」を掛ける。『大乗院寺社雑事記』長享元年、『言継卿記』弘治二年などにこの地名あり。また『蔭涼軒日録』の延徳四年からは蓮花《れんげ》の名所であったこともわかる。

▼中世小歌の代表的発想表現の一つ。浮き草のような儚い自身を嘆く歌が多い。遊女や海辺の潮を汲む女たちの独白である。海辺のそうした女たちの一人称が「身は」。そして130番と132番で、131番の小歌を中に挟む配列がはっきりしていて、編者が呈示する、風波立つ風景と儚い人生とが捉えられている。

131・小
人買《ひとか》ひ船《ぶね》は沖《おき》を漕ぐ　とても売らるる身を　ただ静かに漕《こげ》よ　船頭殿《せんどうどの》

人買船は沖を漕いで行きます。どうせ売られてゆくこの身ですから、せめて静かに漕いでください。船頭さんよ。

人買ひ船　人買いの商人が、買った人を乗せて運ぶ船。「南をはるかに見わたせば海満々たる大海に上下の船はおほかりけり。人買船のもしありて、わが子を買いとりゆくやらん、心細さはかぎりなし」(奈良絵風絵巻「ともなか」)。謡曲『婆相天《ばそうてん》』では、直江浦に西国船と東国船がやって来るが、それらは「此間に、もつぱら人を商ひ申し候」とある。人を売買する様がこうした作品によって描かれる。

▼当時「人買船は沖を漕ぐ」という言い習わしがあって、世間に囁かれていたのであろう。その慣用句をはじめに据え、続いて、買われた船中の人物(女や子ども)の、荒々しく船を漕ぐ船頭への、縋《すが》りながら嘆願することばをもってきて、一つの小歌が出来上がっている。歌い出しは客観的な説明のことば。なお「は」は人買船を強調し、限定する指定の助詞。「とても」から、人買船の中の女のことばと見てよい。「沖」ということばは、見捨てられた、救われない悲しさを響かせている。杉森美代子「地名からみた閑吟集の考察」参照。

132・小身《みみ》は鳴門船《なるとぶね》かや　阿波《あわ》で漕《こ》がるる

この身はさしずめ鳴門船のようなもの。阿波の海で漕がれています。いや逢うこともなく思い焦がれてばかりです。

阿波で漕がるる「逢はで焦がるる」を掛ける。

▼閑吟集以後も、流行歌謡として好まれた。「見る目ばかりに波立ちて、鳴門船かやあはでこがるる」(隆達)。「我は君ゆへ　叶はぬ恋に身をやつす　よその見る眼に波立ちて　鳴門船かや逢はでこがるる」(天理本『おどり』・片恋)。「あの様は雲のうへ人我が身はただ鳴門の船よ　あわでこがるる身ぞつらや」(尾張船歌・よし川)。この132番(鳴門船)に続いて、133番(阿波の若衆)、134番(沖の鷗)、135番(鳴門の浦の風景)、136番(泊り船の中の男女)、137番(瀬戸内海あるいは西国のいずれかの港の風景)、138番(松浦《まつら》の澳《おき》の唐土船)となる。琵琶湖の港町から瀬戸内海、松浦の澳へと歌の風景は広くなる。この先は、大陸・明国の、山歌にも象徴される広域な海辺の風景に通じていたのである。

133・小
沖の門中《となか》で舟漕げば　阿波《あわ》の若衆《わかしゅ》に招かれて　味気なや　櫓《ろ》が櫓が櫓が　櫓が押されぬ

沖合いを、舟を漕いでゆくと、阿波の若衆に手招きされて、気もそぞろ。じれったいよね、腰が萎えて櫓が押せないよ。

沖の門中　「トナカ。湾のまん中」（日葡）。**阿波の若衆**　若衆は男色の相手となる若者。若衆のなかでも、当時特に「阿波の若衆」が人々に知られていたのであろう。↓290番。▼当時、西国や瀬戸内海で、船乗り・海商・倭寇・水軍・海賊などと呼ばれた男たちの間では、阿波以外にも、地名を冠した若衆小集団があったことであろう。海上を行く船に向かって手招きをする若衆の風俗・身体・風景の語りぐさの蒐集があってほしい。以下は、風流踊歌群の事例。「沖のとなかで櫓を押せば、宿の姫子は出て招く　あじきろかいや　腰が萎えて櫓が押されぬ」（大阪・貝塚市、文政七年写『小おどり・わかさおどり』）。「あじきろかいでこ腰が萎えて　ろうが押されぬ」（岸和田市、天保二年写「神踊歌・わかさ踊」）。「伊予ぢや讃岐ぢやと沖乗る船も　女郎が招けば艫《とも》に着く」、「四国船々沖をば漕がで渚こぐ　しずかにおせや仲乗りの船頭殿　足がしとろで　ろがろでおうされぬ」（福岡・八女郡、はんや舞歌・四国船）。

134 ・小

沖の鷗《かもめ》は　梶《かじ》取る舟よ　足《あし》を艪《ろ》にして

沖に浮かんでいる鷗は、まるで足を艪にして梶をとっている舟のようなものだよね。

艪　三本とも「かぢ」の読み。彰は「ろ」の訓も並記。改める。
▼近世近代の民謡でも「沖の鷗が物言うたならば　便《たより》聞きたや聞かせたや」「沖の鷗に潮どき聞けばわたしゃ立つ鳥波に聞け」などと「沖の鷗」が歌われている。134番に最終句として、例えば「波の上」を加えれば、すぐに近世民謡調の七七七五調(三四・四三・三四・五)が出来上がる。134番は、すでにそうした韻律と情感をにおわせている。

135
・大
磯山《いそやま》に　暫《しば》し岩根《いわね》の松《まつ》ほどに　暫し岩根の松ほどに　誰《た》が夜舟《よぶね》とは白波に　梶音《かじおと》ばかり鳴門《なると》の　浦《うら》静かなる今夜《こよい》かな　浦静かなる今夜かな

磯山に来て、しばし松の木陰で待っておりますと、誰が漕ぐ夜舟かは知らないけれど、梶音だけが鳴っています。今夜の鳴門の浦は静かです。

▼謡曲『通盛《みちもり》』の一節。『申楽談儀』によれば、井阿弥《せいあみ》作。阿波の鳴門で、一夏の修行を行なっている僧が、「さてもこの浦は、平家一門、果て給ひたる所なれば痛はしく存じ、毎夜この磯辺に出でて、御経を読み奉り候。唯今も出でて弔ひ申さばやと思ひ候」と述べたあとに続く部分。「岩」のいに「居」を、「松」に「待つ」を掛け、「夜舟」に「呼ぶ音」を、「白波」に「知らぬ」を、「鳴門」に梶音が「鳴る」を掛けている。梶音だけが聞こえてくる夜の磯山の風景が、掛けことばの巧みな表現をもって、大和節の小歌になった。『平家物語』や『源平盛衰記』の、平通盛・小宰相入水の哀れ・恋・無常の物語と関わらせて解釈できよう。「松＝待つ」とあるのは、読経の時を待つ、の意もあり、通盛と小宰相の亡霊の出現を待つ、の意味もあった。

136 • 小 月は傾《かたぶ》く泊《とま》り舟　鐘《かね》は聞こえて里近し　枕を並べて　お取梶《とりかじ》や面梶《おもかじ》にさし交《ま》ぜて　袖を夜《よ》露《つゆ》に濡れてさす

月は西へ傾き、人里も近いのであろう、夜明けの鐘の音が、この泊り舟にまで聞こえてくる。二人枕を並べて、取り梶や面梶を取るように共寝して、袖が夜露に濡れることです。

取梶　船首を左方向にむけるときの舵の使い方。「面梶」はその逆の方向。
▼諸本すべて小歌。初句から『唐詩選』巻七に見える、次の張継《ちょうけい》作の七言絶句「楓橋夜泊」の影響を受けている。「月落烏鳴霜満天　江楓漁火対愁眠　姑蘇城外寒山寺　夜半鐘声到客船」。なお謡曲『三井寺』にも、「月落ち烏啼いて、霜天に満ちて冷《すさ》まじく、江村の漁火もほのかに、半夜の鐘の響きは客の船にや通ふらん。蓬窓雨したたりて、馴れし汐路の楫枕、浮寝ぞかはる此海は、波風も静かにて、秋の夜すがら月すむ、三井寺の鐘ぞさやけき」。一首は、浦の船着き場に碇泊している船中での情交の場面を、裏の意味をちらつかせながら歌っているように見える。

137・小 又湊《みなと》へ船が入るやらう　唐櫓《からろ》の音《おと》がころりからりと

また、港へ船が入ってきたのだろう。唐櫓の音が、ころりからりと聞こえてくる。

やらう「やらん」の訛り。**唐櫓**「シナの櫓。すなはちシナの大形の櫓」(日葡)。文庫(藤田)や集成などでも、次の138番の「唐土船」との関係から、唐櫓であろうとする。「空櫓」とする説もある。空櫓は港に入ってきて碇泊せんとする時に櫓を水中に浅く入れる漕ぎかたのこと。**ころりからり**「漕ぎ出せば　からろの音がからりころり」(古浄瑠璃・土佐日記)。「島陰ヨリモ艫ノ音ガ、カラリコロリ(中略)ト漕ギイデテ釣スルトコロニ」(鷺流享保本狂言・小舞・宇治ノ瀑)。

▼港町の女は、家の中に居て、ふと耳を澄ます。船が入港したようだ。唐櫓を漕ぐ音が聞こえる。「さ夜ふけてうらにからろの音すなりあまのとわたる雁にやあるらん」(夫木和歌抄・巻十二・秋部三)。「からろをす水の煙の一かたになびくにもあらぬうき身をやおもふ」(三条西実隆・雪玉集・巻十七)。

塩焼く洲浜、唐土船の着く港、この二つが中世小歌における海辺の風景である。室町時代の港町を捉えた、そこに生きる人々の哀感が、省略の手法で表現されている。流行歌謡の秀作。

138 ・小

つれなき人を　松浦《まつら》の澳《おき》に　唐土船《もろこしぶね》の　浮《う》き寝《ね》よなう

つれないあの人を待ちわびて、松浦の沖で碇泊している唐土船のように、一人憂き寝をすることよ。

松浦 肥前国の松浦。肥前半島北部、現在の唐津市あたり。

▼松浦の澳、東シナ海を前に碇泊している唐土船のように、女はつれないあの人をひたすら待っている。「来ぬ人を　来ぬ人を　今や〳〵と松浦船　憂き身こがるる須磨の怨みの」(天理本『おどり』・月光)。「便りとなれば早舟に、乗り遅れじと松浦潟、唐土船を慕ひしに」(謡曲『玉葛』)。たとえば謡曲『松浦鏡』では、ワキである旅の僧が次第で述べる「もろこし舟の名を留めし　松浦はいずくなるらん」ではじまる。『万葉集』巻五などで代表される松浦佐用姫《まつらさよひめ》・大伴狭手彦《おおとものさでひこ》伝説に関わる中世小歌と見ておくこともできる。

120番から辿ることができる長い海辺風景の連鎖の一群は、ぽつぽつと灯された一つ一つの情念を込めた歌謡の灯火のようだが、それらが尾を引いて連鎖しながら138・139番で終わることになる。厚く重く、広く深い民衆の思いや嘆き、さらには海の暮らしを描き出し、室町時代における東アジアの海洋文化の諸相が浮かび上がってくる。これほどの海辺小歌が、実によく蒐集されたものであると驚かされる。潮のさざめきと世の人の吐息の充満する見事な小歌の連鎖とその群は、ここに残された。

139・小《こ》来ぬも可《か》なり　夢《ゆめ》の間《あいだ》の露《つゆ》の身《み》の　逢ふとも宵《よい》の稲妻《いなずま》

来てくれなくてもよい。夢の世の露ほどの命。たとえ逢えたとしても、それは宵の稲妻のようなもの。

宵の稲妻　ここでは一瞬のよろこび。「風渡る浅茅が末の露にだに宿りもはてぬ宵の稲妻」(新古今・秋上・藤原有家)。「ありはてぬならひをしれとあだし野の露にやどかる宵の稲妻」(嘉元三年・続門葉和歌集・巻九・雑歌下)。「夢の世にまぼろしの身とうまれつ、つゆにやどかるよひのいなづま」(室町時代物語・雀のさうし)。

▼「来ぬも可なり」と、明確に、切迫した決意を述べた小歌。その発想は世の中を、人生を深く遠くまで見すかし得たから。宵の稲妻の如き一瞬の歓喜にすぎない一命を、しっかりと勇敢に認めたのである。閑吟集は、こうした決意の歌謡を、いくつも世に送っている。しかしそれに加えてなお、迷う人間らしいかなしさもうたう。「今はただ来ぬを習ひの夕《ゆふべ》とて思ひ捨《すて》てもなほまたれつゝ」(続草庵和歌集・巻三・待恋)。海辺小歌群の締め括りである。

140
・田

今憂《う》きに　思《おも》ひくらべて古《いにし》への　せめては秋の暮もがな　恋しの昔や
立ちも返らぬ老《お》いの波　戴《いただ》く雪の真白髪《ましらが》の　長き命ぞ恨みなる

今の辛さに思いくらべて、良かった昔の、せめて人生の秋の暮あたりにまで、返す術はないものか。恋しの昔よ、私の老いの波は引いてゆくことはなく、寄せてくるばかり。雪のような白髪で、このように長い命を保っているのは、まことに恨めしいことなのです。

▼田楽歌謡の一節。出典未詳。「立ちも返らぬ老いの波」は、閑吟集のいつも深奥にあるテーマにふれる。また「憂し」について、その使用は二つの場に分けられる(土井洋一・新大系・主要語彙一覧)。一つは恋の場で、逢う恋の「うれし」に対比される逢わぬ恋(193番)、見る恋にとどめる障碍《しょうがい》(67番)、後朝の別れ(101番)などによってもたらされる。今一つは「花も憂し嵐もつらし」(雲玉集)を承けた表現で、冷淡な世間の仕打ちを受け(28番)、語って慰む友のない(74番)、老境の身の心情として吐露される。いずれも事態解消の見込みのない重苦しい雰囲気を伴っている場合に分けられるという。144番まで「恨み」で連鎖している。

「いたづらにまたくれはつる年の浪立ちもかへらぬ老ぞかなしき」(元享三年・続現葉和歌集・巻六・冬)。「ある夜、真珠庵かたはら小寮にして小僧達聯句の次、一盃のもよほしに、予、隣寮に老の夕まどひ平臥し侍りしも、追《おひ》おこされて罷《まか》り出ぬ(中略)返しとく〳〵などせめられしかどなにごとをか言はむかたなし。田楽のうたひ物にや、恋しのむかしや、たちもかへらぬ老の波いただくゆきのましらがの、ながき命のうらみなる」(宗長手記・大永六年)。

141・大恨《うら》みは数《かず》かず多けれども　よしよし申すまじ　此花《このはな》を御法《みのり》の花になし給へ

あなたへの恨み言は、いろいろあるけれど、いやいや言うまい。この朝顔の花をこそ、仏前への手向け草としてください。

よしよし申すまじ「そのとおり、むしろ私は話すべきではないかもしれない、あるいは話さない方がよいのかもしれない」(日葡)。

▼謡曲『槿《あさがお》』の一節。都に帰ってきた旅の僧が、仏心寺という寺に寄って、雨の晴れ間を待っていると、どこからともなく女(実は、槿の精)が現れて、僧が萩の花ばかり賞翫するので、槿の花もあるではないかと言って、この141番の歌の如く恨み言を言う。僧も、唐朝の古《いにしえ》も、帽上の紅槿とて、紅の槿を簪《かんざし》の上に飾って曲をなした例もあると槿の故事を述べる。作品は「槿」の花も「この夢の中なる夢の世にあって」「草木国土悉皆成仏」のための「御法の花」であることをうたう。前歌の流れを受けて、無常観においても連鎖している。「槿」は朝顔、現今の「あさがお」の意味でとらえておく。

142・小《こ》

恨《うら》みはなにはに多けれど　又は我御料《わごりょ》を悪《あ》しけれと　更《さら》に思はず

恨みはなにごとにつけて多くあるけれど、この上あなたが不幸になればよいなどとは、けっして思っていない。

恨みはなにはに「恨み」に「浦見」、「何は」に「難波」と「なにやかや、あれこれと」の意を掛け、難波の縁で「悪しけれ」から「蘆刈《あしか》り」に続く。**又は**「この上なく、さらに」(日葡)。文庫(藤田)は「身」の誤かとしたが採らない。**我御料**「わごれう」の短縮形。↓77番。**悪しけれ**　彰本「悪しかれ」。「蘆刈れ」を掛ける。

▼『大和物語』第一四八段には次の二首がある。「君なくてあしかりけりと思ふにもいとど難波の浦ぞすみ憂き」「あしからじとてこそ人のわかれけめなにか難波の浦もすみ憂き」。『拾遺集』巻九・雑下にも、蘆刈説話の和歌(君なくて……)が見える。

143・小 葛《くず》の葉《は》　葛の葉　憂《う》き人は葛の葉　恨みながらも恋しや

葛の葉、葛の葉。あのつれない人といったら、葛の葉。葛の葉が裏を見せるように、ああぁの人を恨みながらも恋しい人。

葛の葉 風が吹くと葉が裏返り、白く目立つ。「くずトアラバうらむる、かへる、はふ」「恨トアラバ、文、葛」（連珠合璧集）。中世小歌としては「信田の森の　恨み葛の葉」（宗安）、「いつしか人の秋風に、うらみ葛の葉の露ぞこぼるる」（隆達）。「恨みは葛の葉の　帰りかねて執心の面影」（謡曲『砧《きぬた》』）。「秋風の吹きうらがへす葛の葉の恨みてもなほ恨めしきかな」（古今・恋五・平貞文）。

▼「憂きながら人をばえしも忘れねばかつ恨みつつ猶ぞ恋しき」（新古今・恋五・よみ人知らず）。別れた人に対する女の心情。ふと漏らしたように表現。

144
・大《よ》四つの鼓《つづみ》は世の中に　四つの鼓は世の中に　恋といふ事も　恨《うらみ》といふ事も　無き習ひならば　独《ひと》り物《もの》は思はじ　九《ここの》つの　九つの　夜半《やはん》にもなりたりや　あら恋しのわが夫《つま》の　面影《おもかげ》立ちたり　嬉《うれ》しやせめて実《げ》に　身代《みがわ》りに立ちてこそは　二世《にせ》の甲斐《かい》もあるべけれ　この牢《ろう》出づることあらじ　なつかしのこの牢や　あらなつかしのこの牢や

鼓で四つの時を打ちましょう。世の中に恋も恨みもないのなら、このようにひとり悲しい思いに責めたてられることもなかろうに。そうこうしているうちに、九つの夜中になった。ああ恋しい夫の面影が目の前に現われた。うれしい事。せめて恋しい夫の身代りに、妻のわたしが牢の人になってこそ、二世を契ったかいもある。この牢を出てゆくまい。夫が入れられていたところだと思うと、なつかしいこの牢なのだ。

四つ　午後十時ごろ。「世の中」を導く。**九つ**　午前零時ごろ。
▼謡曲『籠太鼓《ろうだいこ》』の一節。夫の身代りで入牢した妻が、狂気のすえ、時を知らせる番

人の鼓を借りて打ち鳴らしながら、夫を慕う段《くだり》。恋と恨みで、141番からの情念の波を受けた。九つの時点で、夫の面影が立つ。妻の打つ鼓の神秘な呪力。狂気の妻は鼓を打ち鳴らす状態に入った段階で巫女となった。夫と妻の深い愛が、こうした呪的な世界を背景に展開する。

145・小《そ》添ふてもこそ迷《まよ》へ　添ふてもこそ迷へ　誰《たれ》もなう　誰に成《なり》とも添ふてみよ

おたがいに思い合って連れ添うたつもりでも、心の迷いはおこるもの、誰にでもね。だからそんなに迷わずに、誰とでもいいのだから、ともかく連れ添うてごらんよ。

▼独り身の女に、先輩格の女が一言述べたおもむきがある。「そうじて人には添うてみよ、馬には乗つてみよと申しまするが」(鷺賢通本狂言・縄綯《なわない》)。

146 • 小 添ひ添はざれ　などうらうらとなかるらう

連れ添うにしても添わないにしても、あの方といったら、どうしてはればれと穏やかでいてくれないのかしら。

うらうらと　穏やかに晴れている様子。心ののどかなさま。当時の理想とした人の雰囲気。「せめて見る目はうらうらと」(隆達)。「あさおの小鳥が露にしよぼぬれてなうら〳〵と鳴いて通る」(田植草紙・朝歌二番)。

▼「せめて見る目はうらうらと、おもひをも色に見せばや」(福岡・八女郡、はんや舞歌。『俚謡集』)。この「うらうらと」を通して福岡県八女郡はんや舞の歌謡の伝承とも関わる。

147・小

人気《ひとけ》も知らぬ　曠野《あらの》の牧《まき》の　駒《こま》だに捕《と》れば　終《つい》に懐《なつ》くもの

人の気配さえ知らない荒野の牧場で育った馬でさえ、捕えて手塩にかけて育ててやれば、やがては懐《なつ》くものだよ。

人気　三本とも「人気《け》」。**曠野**　諸本「あら野」。「曠野《アラノ》」(易林本節、温故知新書)。**牧**　三本「真木」。牧の意。**懐くもの**　「なるヽ物」(図本)、「なつく《るヽ》物」(彰本)。阿本、つまり底本では「なつく物」。「懐くもの」とする。

▼『後撰集』に「陸奥《みちのく》のおぶち(尾駮)の駒も野がふにはあれこそまされなつくものかは」(巻十八・雑四・よみ人知らず)。「陸奥の荒野の牧の駒だにも捕れはとられて馴れ行くものを」(千五百番歌合・恋二)とも。「小笠原みづの御牧に荒るるむまもとればぞなつくこのわが袖とれ」(奥義抄)。「陸奥の荒野の牧の駒だにも捕らば捕られて馴れゆくものを」(長秋詠藻・下)。

荒々しく跳ねまわる野生の馬も、情愛を込めて育てさえすれば、やがて言うことを聞き分けて、人に懐いた良馬になるように、たとえ粗野な気の荒い女であったとしても、丁寧に情愛をもって接すれば、やがて懐くものであるの意。

148 ・小

我をなかなか放《はな》せ　山唐《やまがら》とても　我御料《わごりょう》の胡桃《くるみ》でもなし

いっそのこと、放して自由にさせておくれ。わたしは籠の中の山唐のような、囲われ者。それでもあなたが来て慰めてくれるのなら我慢もできようが、あなたが来てくれるこの身ではなくなったのだから。

山唐 底本「山唐《やまから》」。飼い鳥。胡桃を廻したりして遊ぶ。「山がら飛来りて　我はよろづこざかしきやうに候へども　何とやらんさして歌などに読まれ申さず　さりながら〈籠の内も猶うらやまし山がらの　みのほどかへす夕顔の宿〉といふ歌は　玉葉に入たり」(鳥獣戯歌合物語)。**我御料** 二人称。**胡桃**「来る身」を掛ける。

▼「身は山雀《やまがら》　放せよ我を　松の実ばかりで　胡桃でもなし」(隆達)は同類型の小歌。「松の実」に「待つ身」、「胡桃」に「来る身」を掛けている。人々に近《ちか》しい駒から山唐へ。

149
・小

身は破《やぶ》れ笠《がさ》よなう　着もせで　掛けて置かるる

わたしは破れ笠のようなもの。着もしないで、ただ掛けて置かれています。

着もせで「来もせで」を掛ける。気をもたせて、生半可に放っておくことを言う。「破れ菅笠《すげかさ》締め緒が切れて更に着もせず捨てもせず」(糸竹初心集)。「身は破れ笠　着もせで　すげなの君や　掛けて置く」(隆達)。**掛けて**　笠を軒に掛けての意と、相手を騙す意の「かける」を掛ける。

▼笠を歌い込む歌が二首続く。

150・小笠《かさ》を召せ　笠も笠　浜田《はまだ》の宿《しゅく》にはやる　菅《すげ》の白い尖《とが》り笠を　召せなう
召さねばお色の黒げに

笠はいかがですか。笠も笠、浜田の宿ではやる白い尖り笠をお召しになりませんか。お召しにならないと、日焼けをして色が黒くなりますよ。

浜田の宿　島根県浜田市。日本海に面した、海上陸上の要衝。
▼笠の売り口上。「小原木買わひ黒木召せ」(天理本『おどり』)。「塩くむひめごはかさをめせ、いろがくろなる、笠を召せ」(京都・久多、風流踊歌。『花笠踊歌本』)。「柳の下のお稚児さま　御色が黒くは笠を召せ」(鷺保教狂言伝書・小舞・柳の下)。「笠を召せ笠を召せ　召さねばお顔が黒い」(巷謡篇・土佐じよや)。

151・小

色が黒くは遣《や》らしませ　もとより塩焼《しおや》きの子で候《そろ》

色の黒いのがよくないのなら、私を追い出しておくれ。もとより塩焼きの家の子なんですもの。

遣らしませ「追い込み」と称する、狂言の曲尾の常套句「遣るまいぞ　遣るまいぞ」と対照。**塩焼き** 海水を煮て塩をつくることを業とする人。

▼「をれはきよすのものなるか　のと（能登）のはりまへゑんにつく　のとのありまやなにをしよの　はまをならしてしおをくも（中略）塩くむひめこはかさをめせ　いろがくろなる　かさをめせ」（京都・久多、塩汲踊。『花笠踊歌本』）。「色が黒くは晒《さら》しませもとよりも　塩焼きの子ぢやもの」（宗安）。

152
・狂

引《ひ》く引く引くとて鳴子《なるこ》は引かで　あの人の殿《との》引く　いざ引く物を歌はんや　いざ引く物を歌はん　春の小田《おだ》には苗代《なわしろ》の水引く　秋の田には鳴子引く　名所都《みやこ》に聞こえたる　安達《あだち》が原の白真《しらま》弓《ゆみ》も　今この御代に留《とど》めた浅香《あさか》の沼にはかつみ草　信夫《しのぶ》の里には綟摺石《もじずりいし》の　思ふ人に引かで見せめや　姉歯《あねは》の松の一枝《ひとえだ》　塩釜《しおがま》の浦は雲晴れて　誰も月を松島や　平泉《ひらいずみ》は面白　いとど暇なき秋の夜に　月入るまでと引く鳴子　いざさし置きて休まん　いざさし置きて休まん　なほ引く物を歌はんや　なほ引く物を歌はんや　浦には魚取る網を引けば　鳥取る鷹野《たかの》に狗《いぬ》引く　何よりも何よりも　契りの名残りは有明の　別れ催《もよお》す東雲《しののめ》の　山白《しら》む横雲《よこぐも》は　引くぞ恨みなりける

引く引く引くと言っても、肝心の鳴子は引かないで、なんと誰かさんの殿御を引く。さあこれを手始めとして、引く物尽しを歌いましょう。春の田では、苗代作りの水を引く。秋の田では鳴子を引く。都人にも知られた安達が原では、白真弓も引くもので、今の世にも名を残している。浅香の沼にはかつみ草、信夫の里には綟摺石の乱れ、その思い乱れるあの方に、根引きしないままで見せたい見事な姉歯の松の一枝。松と言えば、塩釜の浦は雲も晴れて、誰も皆、月を待つという名所松島。平泉はまたおもしろい名所。ひとしお暇もないほど忙しい秋の夜長、その上鳴子も月が西山に入るまで引く手をやすめることはできませんが、さあここらで、しばらく引く手を休めましょう。さてまた引く物尽しをはじめよう。浦で魚捕る網を引けば、鷹狩の野では鳥を捕る犬を引く。そしてなによりも、契りの名残り尽きない有明の別れを催す横雲、明け方の山にその横雲がなびいて恨めしいことです。

鳴子 →26番。**安達が原** 岩代国(福島県安達郡)・安達太良《あだたら》山麓。謡曲『安達原』では鬼女伝説が語られる。白い檀《まゆみ》の木で作られた白真弓が名産。「陸奥《みちのく》の安達の真弓わが引かば末さへ寄り来《こ》忍びしのびに」(古今・巻二十・神遊びの歌)。「檀。木名也。和名万由美」(和名抄)。**浅香の沼** 福島県安積郡(現・郡山市)にあったと伝えられる。「みちのくのあさかのぬまの花かつみかつみる人に恋ひやわたらん」(古今・恋四・よみ人知らず)。**信夫の里には綟摺石の** 58番にも。福島県信夫郡の歌枕。「綟摺石」は福島市山口の文字摺観音境内の石。「みちのくのしのぶもぢずりたれゆへにみだれんと思ふ我ならなくに」(古今・恋四・河原左大臣)。**姉歯の松の一枝** 宮城県栗原市金成《かんなり》町梨崎南沢にあった松。「栗原のあねはの松の人ならば都のつとにいざと言はましを」(伊勢物語・十四段)。**塩釜の浦** ↓58番。「君まさで煙絶えにし塩釜のうら寂しくも見えわたるかな」(古今・巻十六・哀傷・紀貫之)。

▼狂言『鳴子』の小歌と関わる。天正狂言本「なるこ」以下、諸本に見える歌詞とほぼ対応させることができるが、同一のものはない。本来、引く物尽《づく》しで、独立した「物尽し」の小歌であったのかもしれない。当時すでに狂言『鳴子』の小歌としてもっとも親しまれていたので、肩書も「狂」としたか。陸奥の歌枕を並べ、掛けことば、縁語など駆使。「別れ催す東雲の」あたりから次歌の「立ち別れ行く都路や」の小歌へ流れるように連鎖の工夫が認められる。

153・小　忘るなと　たのむの雁《かり》に友《とも》なひて　立ち別れ行く都路《みやこじ》や　春《はる》は誘《さそ》ひてまた越路《こしじ》

忘れないでね、のことばを心の頼りとして、田の面の雁と一緒に都を指して旅に立つ。春はまた雁を誘って、この越路を訪れることにしようか。

たのむ「田の面《も》」に「頼む」を掛ける。**春は** 難読箇所。彰本の傍訓によって「春は」と読む。**越路** 難読箇所。北陸地方、北陸道の呼称。「来し」を掛ける。
▼越路の人に別れて、都へ旅立つ男の歌。「忘るなよたのむの沢を立つ雁も稲葉の風の秋の夕暮」(詞書「帰雁を」・新古今・春上・摂政太政大臣)。久保田淳『新古今和歌集全評釈』によると、「本歌」は「みよしののたのむのかりもひたぶるにきみがかたにぞよるとなくなる」(伊勢物語・十段)。

154・小《こ》 思へば露の身よ　いつまでの夕《ゆうべ》なるらん

思えばはかない露の身です。いつの日の夕《ゆうべ》まで、長らえることができるのでしょうか。

思へば 三本とも「里へは」。彰本はその右に「思へはカ」とする。よって改める。
▼人の命の儚さを、短くうたう。「とても消ゆべき露の玉の緒　逢はば惜しからじ」(宗安)、「とても消ゆべき露の身を　夢の間なりと夢の間なりとも」(隆達)、「夜夜に落てかはる露の玉よりもたのみがたなさや人の心」(琉歌・哀傷歌)。

155・小 身は錆太刀《さびたち》　さりとも一度　とげぞしようずらう

私は錆がきた太刀のようなもの。けれども一度はきっと、この恋の思いを遂げてみせる。

錆太刀 老い衰えた男が、自分をこのように表現。「わしは備前屋の錆《さ》び刀《がたな》　おもひなほしてとぎほしや」(巷謡篇・高知・安芸郡土佐をどり歌・槙が島)。**とげぞしようずらう** 太刀の縁語「研げ」に、思いを「遂げる」を掛ける。「しようず」は「せうず」の転。ショウズと読む。

▼相手の女への恋の執念。あるいは不遇の男がいつかは出世してみせると決意した歌と見ることもできよう。「我は備前のさび刀　思ひ廻せば伽欲《とぎ》しや」(女歌舞伎踊歌、新謡曲百番・歌舞妓)。

156・小

奥山《おくやま》の朴《ほお》の木《き》よなう　一度は鞘《さや》になしまらしよ　なしまらしよ

おまえは、奥山の朴の木よ。一度はわたしの太刀を納める鞘にしてさし上げよう。

朴の木「朴《ホウ》ノ木《キ》」(運歩色葉)。「山谷の木で、刀の鞘を作るのに用いる」(日葡)。**鞘**『和漢三才図会』に次のようにある。「思うに鞘とは、刀の入る室である。厚朴《ほうのき》で作る。軽軟で刀を鏽《さび》させない。大抵は黒漆か朱漆で。摺剝・敲鞘・鮹の数品がある」(巻二十一・兵器・征伐具)。

▼男が歌っている。155番の太刀とこの鞘は男女の情交を暗に言っている。

157・ふてて一度《いちど》言うて見う　嫌《いや》ならば　我もただそれを限《かぎ》りに 小

すねて、一度だけ言ってみよう。もしあの人がそれでもいやだと言うのなら、わたしもそれをかぎりに諦めるわ。

ふてて すねて、の意。強情に(強気に)なって、とも。「破れたる笠を首にかけ、ほそき杖をたよりとし、南都をば立出《たちいで》て、ふてて都へ登りけり。奈良坂や般若寺のあたりにて、打手の勢にぞ行きあひける」(幸若・上山宗久本・景清)。「乳母《うば》、腹立て夫を呼び出す。二人して腹立てふてる」(天正狂言本・京金《きょうきん》)。「強情を張る」(日葡)。**一度**「ただそれを限りに」に、決意が滲む。文庫(藤田)は「筆《ふで》で一度言うて見う……」とするが、採らない。**見う**「ミユウ」と読む。

▼悩んだあげく「ふてる」という行為で、あの人の気持ちをたしかめてみようとしている。編者はこうした若い女の心の襞をうたう歌も捨てなかった。

158・大

末枯《うらが》れの　草葉に荒《あ》るる野《の》の宮《みや》の　草葉に荒るる野の宮の　跡《あと》なつかしきここにしも　その長月《ながつき》の七日《なぬか》の日も　今日《きょう》にめぐり来にけり　物はかなしや小柴垣《こしばがき》　いとかりそめの御住《おんす》まひ　今も火《ひ》焼屋《たきや》のかすかなる　光や我が思ひ　内《うち》にある色や外《ほか》に見えつらん　あらさびし宮所《みやどころ》　あらさびし此《こ》の宮所

草葉も枯れはてて、荒れゆく野宮《ののみや》のなつかしいこの旧跡には、あの忘れられない九月七日が今日こそめぐってきた。小柴垣が立っているのもはかなく見え、火焼屋には今も昔のとおり、幽かな火影が見える。ああその火影は、私の執念の火が、体から抜け出たのではないかと疑われることだ。まことに寂しい宮の有様ではある。

野の宮　京都市嵯峨野、小倉山西麓。斎宮になるために、皇女が潔斎をしてこもる宮所。**長月の七日**　『源氏物語』は、陰暦九月七日、光源氏と六条御息所《みやすどころ》が野宮ではじめて逢った日としている。**小柴垣**　鳥居の両袖部分に作られた、低い柴で出来た垣。**火焼屋**　神饌《しんせん》を用意するために絶えず火を燃やし続けている神聖な小屋。

▼謡曲『野宮《ののみや》』の一節。諸国一見の僧が、嵯峨野に至り、野宮の旧跡に来て、昔に変

わらぬ黒木の鳥居、小柴垣のありさまを見ていると、一人の女性(実は六条御息所の亡霊)が忽然と現れる段。

前歌の庶民的かつ俗な雰囲気をもつ小歌から一変、『源氏物語』の世界へ。次に賢《さか》木《き》の巻から、源氏が野宮の六条御息所を訪ねてゆく部分を、少し引いておく。「ものはかなげなる小柴垣を大垣にて板屋どもあたりあたりいとかりそめなめり。黒木の鳥居どもはさすがに神々しく見わたされて(中略)火焼屋かすかに光りて人け少なくしめじめとして(下略)」。

159
・大
野の宮の　森の木枯《こがら》し秋更《ふ》けて　森の木枯し秋更けて　身にしむ色の消え返り　思へば古《いにし》へを　何《なに》と忍《しの》ぶの草衣《くさごろも》　着てしもあらぬ仮《かり》の世に　行き帰るこそ恨《うら》みなれ　行き帰るこそ恨みなれ

野宮の森の秋は深まり、木枯しが身に染むにつけて、この身に染み込んでいた華やかな色香は、秋の草木の色あせるように消えはてて、忍ぶ草の衣を着るというのではないが、思えば古を偲ぶ手立てとてない。戻ってきても、なんの甲斐もないこの仮の世と、そしてあの世とを、行ったり帰ったりして、迷わねばならぬこの身の定めが恨めしい。

更けて「吹きて」を掛ける。**消え返り**　草木とともに、六条御息所の色香の衰えてゆくことを掛ける。**忍ぶ**　忍草の忍ぶと思い偲ぶをかけるを掛ける。**着て**「来て」を掛ける。**仮の**「刈り」を掛けて、草の縁語とする。

▼前歌に続いて、謡曲『野宮』の一節。折しも晩秋の野宮に、里女(実は六条御息所の亡霊)が登場する場面。ストーリーとしては、158番の一節よりも前にくる。

160 ・小

犬飼星《いぬかいぼし》は何時候《なんどきぞろ》ぞ　ああ惜《お》しや惜しや　惜しの夜やなう

犬飼星さんいま何時、ああこのたまさかの、逢瀬の時間が過ぎてゆくのがとても惜しいのです。

犬飼星は　「牽イヌカヒボシ」(枳園本節、温故知新書)。「牽牛星。イヌカイボシ。北方之宿。在㆓天河之西㆒」(合類大節)。「は」は、特に犬飼星に指定し強調した言いかた。**何時候ぞ**　語頭濁音の「ぞろ」。底本は「何時ぞ」で、「候」なし。他二本により補う。▼肩書、底本「大」は誤。他二本により「小」。前半は「お月さまいくつ」などと同様、伝承されてきた唱え言。恋人との逢瀬の時間が、少なくなってゆくことを惜しんでいる。唱え言や伝承童謡の一句を取り入れている中世歌謡の一つ。たとえば「降れ降れ雪よ……」(249番)、「鳶鳶舞ひ上れ……」(田植草紙・昼歌二番)など。↓補注。

161・大

優《やさ》しの旅人《たびびと》や　花は主ある女郎花《おみなえし》　よし知る人の名に愛《め》でて　許《ゆる》し申すなり　一本《もと》折らせ給へや　なまめき立てる女郎花　なまめき立てる女郎花　うしろめたくや思ふらん　女郎《じょろう》と書ける花の名に　誰偕老《たれかいろう》を契《ちぎ》りてん　かの邯鄲《かんたん》の仮枕《かりまくら》　夢は五十年《いそじ》のあはれ世の　ためしもまことなるべしや　ためしもまことなるべしや

旅人よ、あなたは心優しいお方。この女郎花はまこと主ある花だけれど、花の由来を知っておられることに免じて、一本折り取ってゆかれることをおゆるしします。なまめいたる姿で立っている女郎花だから気に掛かることだろう。女郎と文字に書く名前だから、戯《たわむ》れの花だと思って、誰が偕老の契りを交わしたのであろうか。花の蒸し粟色から思い出したが、あの邯鄲の仮寝の枕に結んだ五十年の栄華も、泡のようにはかない夢でしかなかったというあわれな世の例《ためし》も本当のことなのであろうか。

女郎花　オミナエシ科の多年草。夏・秋に黄色の花を多数つける。女性のたとえ。よ

し　由来。　**なまめき立てる**　「秋の野になまめきたてる女郎花あなかしがまし花もひととき」(古今・巻十九・誹諧歌・僧正遍正)。「女郎花うしろめたくも見ゆるかな荒れたる宿にひとり立てれば」(同・秋上・兼覧王)。　**偕老**　夫婦が老いるまで仲よく連れ添うこと。　**邯鄲の仮枕**　↓173番。　唐の李泌『枕中記《ちんちゅうき》』に見える盧生の夢枕の故事から、儚いもののたとえ。　**夢は五十年のあはれ世のためしもまこと**　李泌『枕中記』には主人公の盧生は五十余年、位は高く勢いは盛んで大いに出世したとある。近い例としては、『太平記』巻二十五・黄粱の夢の事に、「つらつら夢の中の楽しみを、数ふれば遥かに天位五十年を経たり」。

▼肩書「大」。謡曲『女郎花《おみなめし》』の一節。肥前国松浦潟の僧が、都見物に出かけた途中、石清水八幡宮に立ち寄ると、折しも男山の麓には秋草の花が咲きそろっていたが、その中で古歌にも詠まれてきた女郎花が美しいのを愛《め》でて一本、折り取ろうとする場面。次の和歌や漢詩が用いられている。「女郎花憂しと見つつぞ行き過ぐる男山にし立てりと思へば」(古今・秋上・ふるのいまみち)。「花色如㆓蒸粟㆒　俗呼為㆓女郎㆒　聞ㇾ名戯欲ㇾ契㆓偕老㆒　恐悪㆓衰翁首似㆒ㇾ霜　源順」(本朝文粋・巻一。和漢朗詠集・巻上)。

162 ・小

秋《あき》の時雨《しぐれ》の　又は降《ふ》り降り　干《ほ》すに干されぬ　恋の袂《たもと》

時雨が降り続くように、この身もむなしく旧《ふ》り衰えて、干す暇とてなく、秋の私の袂は恋の涙で濡れることです。

秋「飽き」を掛ける。**降り**「老いる」意の「旧《ふ》り」を掛ける。
▼恋のなげきを歌う、中世小歌の典型的な一つ。室町時代物語『いづみしきぶ』(丹緑本。吉田小五郎蔵)に見える次の歌がもっとも近いようである。「君恋ふる涙の雨に袖濡れて干さんとすれば又は降り降り」(道命阿闍梨《どうめいあじゃり》)。「出でて干せ今宵ばかりの月かげに降り降りぬらす恋のたもとを」(和泉式部)。ともに「降り降り」で贈答歌となっていて、止めどなく涙が流れて袂が濡れるのです、を受けて、「今宵ばかりの月影」を受けて袂を干せ、と歌っている。

163
・大
露時雨《つゆしぐれ》　漏《も》る山陰《やまかげ》の下紅葉《したもみじ》　漏る山陰の下紅葉　色添《そ》ふ秋の風までも
身にしみまさる旅衣《たびごろも》　霧間《きりま》を凌《しの》ぎ雲を分け　たづきも知らぬ山中《やまなか》に　お
ぼつかなくも踏み迷《まよ》ふ　道の行方《ゆくえ》はいかならん

露と時雨が降る山陰の、紅葉の下葉も色づき、それにつれて吹く秋風が旅を行くこの身にもしみ入るように感ぜられます。霧の中を過ぎ、雲間を分け、頼りとてない山中に踏み迷うてゆきます。これからの道中は、さていかなることになるのでしようか。こころもとないことです。

たづき　たより、方法、手がかり。「おちこちのたづきもしらぬ山中《やまなか》におぼつかなくも呼子鳥《よぶこどり》かな」(古今・春上・よみ人知らず)。
▼金春禅鳳作謡曲『一角仙人《いっかくせんにん》』の一節。旋陀夫人《せんだぶにん》が、一角仙人の栖家を尋ねて、山中深く入ってゆくところ、そのままを小歌化。「露時雨《つゆしぐれ》漏る山陰の下紅葉濡るるとも折らん秋のかたみに」(新古今・秋下・藤原家隆。千五百番歌合にも)。『今昔物語』巻五・一角仙人被ㇾ負ㇾ女人、従ㇾ山来㆓王城㆒語第四。『太平記』巻三十六「一角仙人の事」等参照。

164・小 名残《なご》り惜《お》しさに　出《い》でて見れば　山中《やまなか》に　笠の尖《とが》りばかりが　ほのかに見え候《そろ》

名残り惜しくて、門口まで出て見たら、山中にあの人の笠の尖りだけが、ほのかに見えるだけ。

笠の尖り 「鋒《トガル》尖《同》」（易林本節）。「尖り笠　山高帽子に似た形で、尖頭のついた笠」（日葡）。ここは笠の尖端が、向こうの山道に見え隠れしている。

▼歌い手（女）と相手（男）の距離関係、位置関係を想定してみることができる。『延享五年小歌しやうが集』の「恋しさに又《また》ちよと出て見たりや　笠のとがりが見え隠れ」が、この中世小歌を継承しているが、近い発想の民謡には次がある。「是《これ》よりとなりを見わたせば　帆かけ船こそ通りける　殿御の船かやなつかしや　あまりこひしさに出て見れば　笠の小鈴が隠れ候《そろ》」（京都・久多、風流踊歌。『花笠踊歌本』）。「娘をやりてあと見れば　加賀の笠かすみに見えつ隠れつ」（静岡・北伊豆地方、苗取歌）。

165

・小

一夜《ひとよ》馴《な》れたが　名残《なご》り惜《お》しさに　出《い》でて見たれば　奥中《おきなか》に　舟の速さよ
霧の深さよ

たった一夜、馴染《なじ》んだだけだけれど、名残り惜しさに出てみると、沖を行くあの人の舟の速いこと、そして朝霧の深いこと。

出でて見たれば「妻戸のなるも　妻か様かと思ふて　走り出《で》て見れば　君は梢の松風か」（上覧踊歌《じょうらんおどりうた》・奈良教育大学国文学研究室蔵『御家踊歌』）。**舟の速さよ霧の深さよ**「はかた小女郎が出て招く　まねく嵐に船の早さよ　今朝の出舟は帆柱よさの　よさのをの嵐に　海や島もとよ」（徳島・名西郡加茂野、若宮神社神踊歌）。

▼港の恋の別れ歌。戦国時代の港歌。「……の……さよ」は情感を搾り出すような表現の型。閑吟集をはじめとするこのような表現は、近代・北原白秋の抒情の世界にも取り入れられている。

166 ・月は山田《やまだ》の上にあり　船は明石《あかし》の沖《おき》を漕《こ》ぐ　冴《さ》えよ月　霧には夜舟の迷《まよ》ふに

小

月は山田の上に照っている。わたしの漕ぐ船はいま明石の沖あたり。月よ冴えておくれ。夜舟は霧に迷うもの。

山田　兵庫県・須磨と明石の中間、山田川が明石海峡に流れ込むあたり。山田の浦。**明石**　播磨国の一郡。「須磨や明石の浦の様、塩焼く海士《あま》の心にもさも面白う候なり」(謡曲『絃上《げんじょう》』)。

▼165番と同様、名残り惜しさに、男を見送って、戸口に立った女の歌か。あるいは、後半が明石の沖を帰ってゆく男の心中の思いか。前半は、客観的に状況説明をしているが、後半「冴えよ月　霧には夜舟の迷ふに」は、逆に、船中の人、見送られている男の強い意志、願いが込められている。「冴えよ月」と命令形を用いることで、船中の男が心の中で祈っている、と見ることが可能である。→131番。

中世小歌は、特に海辺の人の情念を、強く受け止めている。海辺の時代、海洋の時代を背景として、そこに多様な抒情の風景が流れているのが閑吟集の魅力だと言える。

167・小 後影《うしろかげ》を見《み》んとすれば　霧《きり》がなう　朝霧《あさぎり》が

後影を見ようとしたら、霧が、ああ朝霧がたち込めて。

▼後朝の別れを歌った佳品。朝霧があの人の後ろ姿を隠す。別れの朝。説明はすべて省略している。165番あたりから霧が出て、流れはじめ、やがて167番を包んだ趣きである。「帰る後影を見んとしたれば　霧がの　朝霧が」(宗安)、「帰る姿を見んと思へば霧がの朝霧が」(隆達)、「はるばると送りきて　帰る姿を見んとおもへば　きりがのあさぎりが」(狂虎明本・万集類・座禅)など、微妙な相違をもって伝えられている。『山家鳥虫歌』には「情ないぞや今朝《けさ》立つ霧は　帰る姿を見せもせで」とある。「情ないぞや」と冒頭に置いて、また別の系列の伝承となっていることがわかる。『田植草紙』系歌謡として、次の歌がある。「今朝　田に下る時、殿にもの言ふたかの　霧ア深いアレ殿は見えず　なぜにものが言われよにア」「見るに見られぬ　あの朝霧の深いに」(広島・安芸系田植歌。『田植とその民俗行事』)。

168
・田

秋はや末《すえ》に奈良坂《ならざか》や　児《こ》の手柏《てがしわ》の紅葉《もみじ》して　草末枯《くさうらか》るる春日野《かすがの》に　妻《つま》恋
ひかぬる鹿の音《ね》も　秋の名残《なご》りと覚えたり　秋の名残りと覚えたり

はや晩秋となって、奈良坂の児の手柏も紅葉し、草がしだいに枯れてゆく春日野には、妻を恋い求めて鹿が鳴くにつけても、ああ秋も終りになったなあと、しみじみ思われる。

奈良坂 山城から奈良へ出る坂道。般若寺がある。秋はや末になる、の「なる」に「奈良」を掛ける。↓157番の注参照。**児の手柏** ヒノキ科の常緑樹。葉が児の手に似るのでこの名がある。鱗状で表裏の区別がないので、二心《ふたごころ》あるものの譬えとされることもある。**鹿の音** 秋に牡鹿が牝鹿をもとめて鳴く声。

▼田楽能謡の一つ。曲名等未詳。「奈良山の児手柏《このてがしは》の両面《ふたおもて》にかにもかくにもねぢけ人の徒《とも》」(万葉・巻十六・三八三六)。「今は昔に奈良坂や　児の手柏の二面　とにもかくにも古里の」(謡曲『雲雀山《ひばりやま》』)。

奈良晩秋の風景。シテ登場あるいは道行きの場面であろうか。169・170番と「鹿」で連鎖する。

169

・小夜《さよ》小夜　小夜更《ふ》け方《がた》の夜《よ》　鹿《しか》の一声《ひとこえ》

さよさよ、さよと、夜は更けて、あわれ、鹿の一声。

▼あわれな悲しげな鹿の鳴き声が、枕元に聞こえてくる。秋の夜は更けてあわれの感あり。余韻ある小歌の一つ。「月に鳴き候　あの野に鹿がただ一声」(宗安)。「さらぬだに秋は物のみ悲しきを涙もよほす小男鹿《さほしか》の声」(山家集・上・秋)。

170・めぐる外山《とやま》に鳴く鹿《しか》は　逢《あ》ふた別れか　逢はぬ恨《うら》みか 小

里近い山をめぐりめぐって鳴いている鹿は、牝鹿に逢って別れを惜しむ声か、それとも逢えなかったことを恨む鳴き声なのだろうか。

めぐる 外山をめぐる鹿。

▼「恋ほどつらき物はなし故をいかにとたづぬるに逢うて別れの恋やらん　逢はで怨《うら》むる恋やらん」(浄瑠璃十二段・ふきあげ)。「いつも暁《あかつき》鳴く鹿は　逢はで鳴く音か逢うて別れを鳴く音か」(隆達・編笠節唱歌)。『田植草紙』朝歌二番では「朝霧にさしこめられて小牡鹿《さおしか》が　行くかたのふては和歌を読む」、「掻《か》い田のおきにこそ鹿や伏し候よ　恋ひする鹿は太《ふと》う鳴いて候よ」とうたわれる。中世の流行歌における鹿と、農耕儀歌謡の鹿がこのように見えていて、対照させることもできる。

171
・狂
逢ふ夜《よ》は人《ひと》の手枕《たまくら》　来《こ》ぬ夜はおのが袖枕《そでまくら》　枕あまりに床広《とこひろ》し　寄《よ》れ枕《まくら》こちよれ枕よ　枕さへに疎《うと》むか

逢えた夜はあの方の手枕、あの方が逢いに来ない夜は自分の袖を枕にして。枕よ、わたし一人ではこの床はあまりにも広すぎます。枕よこちらへ寄っておいで、もっと寄って来てよ。枕までもが、わたしをうとましく思うのかね。

手枕「枕の役をするように、片方の腕を他人の頭の下に置いてやること。詩歌語」(日葡)。**袖枕** 着ている自分の袖を枕とすること。「〈宝治二年百首〉衣笠内大臣／せきあへずなみだにぬるる袖まくらかわかずながらいく夜経ぬらん」(夫木和歌抄・巻三十二・雑部十四)。

▼狂言歌謡として、「合夜《あふ》は人の手枕　こぬ夜はおのが袖まくら　まくらあまりて床ひろし　よれまくら　こちよれまくら　まくらさへうとむな　なよ枕」(天正狂言本・恋のおふぢ)。「あふ夜は君が手枕　来ぬ夜はおのが袖枕　枕あまりに床広し　寄れ枕こち寄れ枕　枕さへ疎むか」(天理本狂言抜書・枕物狂)。

171番から184番まで、「枕」の小歌が蒐集され、大きな群をなしている。

172
・小

一夜《いちや》窓前芭蕉《そうぜんばしょう》の枕　涙や雨と降るらん

窓辺の芭蕉の葉に、一晩中降りそそぐ雨のように、とめどなく涙が枕をつたう。

芭蕉の枕 芭蕉の葉は破れやすいことから、儚いもののたとえ。「昨日の花は今日は夢と　人間の不定《ふぢやう》　芭蕉泡沫《はうまつ》の世の習ひ」(謡曲『葵の上』)。「芭蕉泡沫電光朝露に替らぬ身の　終《はて》は枯野の草の原」(早歌・真曲抄・無常)。また、『中華若木詩抄』に「芭蕉ノ雨ハカナシイモノナレドモ」などとある。

▼三本とも肩書なし。「小」を補う。小歌。前半の出典は明らかでないが、「灯前一夜涙如雨　他時有時可焦思　塩竈烟兮松島浦」(滑稽詩文)などに近い。この小歌においては無情を第一に出して、さびしいかなしいもの、待つ恋の、儚い女の心情を象徴する。枕元の窓から雨に打たれる芭蕉が見えるのである。

173 ● 吟

世事邯鄲枕　人情灔澦灘

（世事《せいじ》邯鄲《かんたん》の枕《まくら》　人情《じんせい》灔澦《えんよ》の灘《なん》）

世間のことは、すべてあの邯鄲の夢枕の如く儚《はかな》く、人の心というものは、灔澦の灘所を行くように難しいものだ。

世事「世事《せいじ》」（天文十七年本色葉）。「世帯に同じ」（日葡）。ここでは、人生を含めて、世の中のことすべて。「世事《せいじ》は今《いま》より口《くち》にも言《い》はじ」（和漢朗詠集・巻下・閑居）。**邯鄲枕** 邯鄲は中国河北省邯鄲。邯鄲の枕は、『枕中記《ちんちゅうき》』において語られている、仙人呂翁が持っていた枕。盧生はその枕で眠り、自分の人生の栄枯盛衰を夢見る。その時間たるや、宿の主人が炊いている蒸黍が、いまだ炊き上がっていないほどの短時間であった。**人情** 迷情《めいせい》、有情《うせい》などと同じく「情」は「じょう」ではなく「せい」と読む。**灔澦灘** 長江（揚子江）上流「瞿唐峡《くとうきょう》」の入口にある難所。灔澦堆《えんよたい》（巨礁）が、川幅の中央に屹立していて、航行する船人にとって、難儀かつ恐怖の場所。つまり灔澦堆の巨大な岩石によって生じる難儀。

▼肩書「吟」。邯鄲の枕と灔澦灘という二つの風物、風景を置いて、ずばり人生を突く。「世事」「人情」の真実を、古来有名な伝説と名所を置いて歌う。→補注。

邯鄲の枕で眠っている盧生の像(校注者撮影). この像は明代のものであったが, 文化大革命時に破壊, のちに復元された.

灧澦堆(『三峡古桟道(上)』より). 1959年, 船の航行安全のため爆破, 現在はない.

174 ● 吟

清容不落邯鄲枕　残夢疎声半夜鐘
（清容《せいよう》落《お》ちず邯鄲《かんたん》の枕　残夢《ざんむ》疎《そ》声半夜《せいはんや》の鐘《かね》）

一人寝のはかない夢に現われた恋人の姿は、少しも衰えることなく美しかったが、やがてその声も、残夢の中に、かすかに遠ざかり、夜中の鐘の音が枕元に響いてきた。

清容　美しい姿。五山詩では「一見清容」で美しい恋人を見る、の意。

▼この吟詩句については、すでに先学によって直接の出典が指摘されていて、「光厳老人詩」の題「寄人」とある次の詩句がある。「清容不落邯鄲夢　残雨疎灯半夜鐘」。「夢」は「枕」、「雨」は「夢」に入れ替えている。『鎌倉建長寺龍源菴所蔵詩集』の一つ。作者の光厳についてはほとんど不明であるが、『五山文学新集』の解説によると、応永ごろの人か、とも言う。

『枕中記』では、173番に引いた邯鄲の枕の伝説も含めて、盧生が夢中で、清河（河北省）の名門・崔氏の美しい娘を、妻として娶《めと》ることになるので、この173番から174番への連鎖の上では、「清容」は、その美女を想起させる、と見ておくのも一説か。173番から174番へ、邯鄲の枕の伝説で流れている。

175・小 人を松虫　枕にすだけど　寂しさのまさる　秋の夜すがら

来ぬ人を待つ独り寝の枕近くに、松虫が群《むら》がって鳴いているよ。それを聞くにつけても、秋の夜のさびしさは、募《つの》るばかりです。

松虫「松」に、人を「待つ」を掛ける。**夜すがら**「夜もすがら。一晩中」(日葡)。

▼夜更けて、松虫のいや繁く鳴き続けるにつれて、それになぐさめられることもなく、一人待つ身の寂しさはだんだん増してゆく。「秋の野に人まつ虫の声すなり　我かとゆきていざとぶらはむ」(古今・秋上・よみ人知らず)。「来むといひしほどや過ぎぬる秋の野に誰まつ虫ぞ声の悲しき」(後撰・秋上)。「聞くからによその袂もぬれてけり人まつ虫の夜すがらの声」(菊葉和歌集・巻五・秋の下・よみ人知らず)。

176
・小
山田作《つく》れば庵寝《いおね》する　いつか此田《このた》を刈り入れて　思ふ人と寝《ね》うずらう　寝にくの枕や　寝にくの庵の枕や

山の田を作っているので、いつも山小屋で寝泊り。稲刈りをすませて、思うあの娘と共寝《ともね》するのは、さていつの日だろう。それにしても、ああ寝にくい、この山小屋の枕だねえ。

庵寝　山に田を作っていると、植え付けから刈り取りまで、特に水利の按配を見たり、夜など獣に荒らされることがないように、見張りが必要であるから、田のそばに仮小屋を建てて番をする。
▼狂言『鳴子』でも歌われる。「山田作れば庵寝する　寝《ぬ》るれば夢を見る　覚《さ》むれば鹿の音を聞く　寝にくの枕や　寝にくの庵の枕や」(天理本狂言抜書・鳴子)。「山田づくりの鹿の声　山田づくりの鹿の声　やら面白の鹿の声　ヨーいつかこの稲刈り上げいつかこの稲刈りあげて　いとし殿御に添わりよやら　添わりよやら」(兵庫・養父郡大屋町、大杉ざんざか踊・さおおどり)。

177・小
咎《とが》もない尺八《しゃくはち》を　枕《まくら》にかたりと投げ当てても　さびしや独寝《ひとりね》

咎もない尺八を、枕にかたりと投げ当てたところで、どうなるというものでもない。ああ独寝のさびしさよ。

尺八　当時流行していた一節切《ひとよぎり》の尺八。→21番。「尺八の一節切こそ音もよけれ　君と一夜は寝も足らぬ」（隆達）。「尺八の一節切こそ音もよけれ　君と一夜は寝も足らぬ　あら心なの君さまや」（松の葉・葉手・京鹿子）。
▼尺八は、男が共寝の枕上《まくらがみ》に置いていったものである。さびしさのあまり、女がその尺八を投げたら枕に当たった。あとは、また一人ぼっちの静けさ。女の心情・行動が歌われている。この女が投げた尺八は、このところ、訪れて来なくなった相手の男が枕元に置いていった、恋の証拠の品である（忘れた、という表現で歌われる場合が多い）。こうした恋愛習俗が、この小歌の背景・環境としてある。密やかな恋の民俗文化である。

178
・小 一夜《ひとよ》来《こ》ねばとて　咎《とが》もなき枕を　縦《たて》な投げに　横《よこ》な投げに　なよな枕よ　なよ枕

一夜訪れなかったというだけで、枕を縦に投げたり横に投げたりして。なあ枕よ、枕よ。迷惑を被《こうむ》っているのはお前の方だよね。

なよな　相手に話しかけたりするときの間投詞。「なよや」（催馬楽《さいばら》）。「なよな」（鳥虫歌）。

▼一夜来なかった男が、次の夜、女のもとを訪れた場面。男は、女が怒っていることを十分見抜いていて、まともに受けとめずに、枕に話しかけて、枕に同情して、その場をすり抜けようとしている。同型で宗安にも見える。「悋気《りんき》心か枕な投げそ　投げそ枕に咎はよもあらじ」（隆達）。「君が来ぬにて枕な投げそ　投げそ枕に科《とが》もなや」（吉原はやり小歌そうまくり）。「とっちゃ投げ　とっちゃ投げ　枕を投げた　投げた枕にゃ　とがはない」（静岡・北伊豆地方、田植歌。『日本庶民生活史料集成』）。

179 ・小 引《ひ》けよ手枕《たまくら》　木枕《きまくら》にも劣る手枕　高尾《たかお》の和尚《わじょう》の　高尾の和尚の　手枕

避《よ》けておくれよ　この手枕の手を。ごつごつして、木枕にも劣る手枕だねえ。噂《うわさ》に言う高尾の和尚の手枕って、こんなのだったのかなあ。

木枕 胴が木でできている枕。**高尾** 京都市北部、真言宗高雄山神護寺のこと。「高尾《タカヲ》」(枳園本節)。**和尚** 真言宗では「わじょう」(呉音)と言う(因みに禅宗では「おしょう」)。具体的に、「高尾の和尚」は、「神護寺二世、真済《しんぜい》」であるとする説(武石彰夫『仏教歌謡』)がよい。真済(延暦十九(八〇〇)―貞観二(八六〇)年)は空海に師事、両部大法を受け、伝法阿闍梨となる。空海のあと高雄山神護寺を主管。「世言、真済惑色而成魅焉」(元亨釈書・第三・慧解・高尾峰真済。『新訂増補国史大系』)。神護寺は空海の力により寺観がととのえられ、やがて真済によって発展、文覚が鎌倉期に再興した。

▼若い恋人同士の共寝の場面。女の科白。相手の男の手枕が、あまりに無骨なのでこのように言った。また、高尾の和尚を、袈裟御前との恋愛譚の風聞もある荒法師の文覚と見る可能性もあるか。

180 ・小
来《く》る来る来るとは　枕こそ知れ　なう枕　物言《ものい》はふには　勝事《しょうじ》の枕

あの人が今宵来てくれることを、枕よ、おまえが一番よく知っているよね。ねえ枕よ、もしものを言って、そんなことを、わたしに教えてくれるようなことにでもなったら、そりゃあ、たいへん頼りになる枕ということになるよ。

来る来る来る　積極的に「来る」という言葉を重ねて、相手を自分のもとへ確実に来させようとする。呪的な力を増幅させている。**物言はふには**　ものを言うことにでもなれば、の意。**勝事**　「すぐれた事」(日葡)。

▼恋人の来訪を待つ女の歌。夜ごとの睦言や恋の涙を知っている枕に話しかけている。この180番には、呪的な恋のおまじないの雰囲気がある。枕が呪物であり、戦国の世の、恋の呪術の意識の中に、枕が取り入れられている。「枕くら枕　物《むん》だ言な枕　加那か仲は仲、言なよ枕」(奄美大島、八月踊歌)。「包めども枕は恋を知りぬらむ涙かからぬ夜半しなければ」(千載・巻十三・恋三・久我内大臣)。

181・小 恋の行方《ゆくえ》を知ると言へば　枕に問ふもつれなかりけり

二人の恋のこれからの成り行きを、枕は知っているというので、問うてはみたものの、無情にも答えてはくれないよ。

つれなかりけり「つれない　オモテカタシ(面難し)。無情なこと。また同情の心がなくてきびしいこと」(日葡)。

▼枕で恋の卜占をしている。しかし枕は答えてくれない。暗々のあるいは幽かな灯の下の多様な呪術が、あるいは「おまじない」が、時には妖術が、生まれてはまた消えていったのであろう。呪術は現実に効果が現れてこそはじめてその意味がある。これは枕のまじないから、目覚めた女の科白であろう。「つれなかりけり」という呟きから、枕の呪性から解き放されつつある様子がうかがえる。こうしたところも、閑吟集を読むおもしろさである。

182・小《こ》

衣衣《きぬぎぬ》の砧《きぬた》の音《おと》が　枕にほろほろほろほろとか　それを慕ふは　涙よなふ　涙よなふ

後朝、衣を打つ砧の音が、枕あたりにほろほろほろほろと響いてくるよ。それにつれて、涙がほろほろとこぼれます。

衣衣の… 衣衣(後朝)は、男女が逢った翌朝、重ねて脱いであった着物を、各自着て別れてゆくこと。「き」音で砧《きぬた》を導く。**砧** 布地を打ってやわらかくしたり、つやを出したりする、石や木の台。「礁《キヌタ》　砧同」(易林本節)。謡曲『砧』では、砧を打つ場面が、次のようにある。「月の色　風の気色　影に置く霜までも　心凄き折節《おりふし》に　砧の音夜嵐　悲しみの声　虫の音交りて落つる露涙　ほろほろはらはらはらといづれ砧の音やらん」。**ほろほろ** 砧を打つ音と、涙が落ちる様。「涙がほろほろと落ちた」(日葡)。

▼世阿弥の名作『砧』の中から生まれた小歌か。「衣々の枕にはらはらほろほろと、別れを慕ふ涙よの涙よの」(宗安)。

183・大

君《きみ》いかなれば旅枕《たびまくら》　夜寒《よさむ》の衣打つつとも　夢ともせめてなど　思ひ知らずや恨めし

遠い旅の空にあるあなた、夜寒にわたしが思いを込めて砧を打っていることを、現実には無理だとしても、せめて夢でなりとも、どうして知って下さらなかったのですか。恨めしいことです。

衣打つつとも　衣を砧で「打つ」と「現《う》つつ」を掛ける。

▼謡曲『砧』の一節。夫の帰国をひたすら待ち続けて、ついに狂い死にをしてしまった妻の亡霊が、梓の弓に掛けられて、現れ出て、夫へ遺恨を述べる部分。明らかに、182番を受ける配列も、歌謡文芸として印象に残るところである。この謡曲の前半には、『漢書』蘇武伝にある雁書の故事が引用されているところも汲み取っておくのがよかろう。

184・ここは忍ぶの草枕　名残りの夢な覚《さ》ましそ　都の方を思ふに
小

ここは世を忍ぶという名の信夫の里。名残りつきない旅寝の夢を覚まさないでください。遠い都がまた恋しく思い出されるから。

忍ぶ　→58番。「都忍ぶの里」。

▼肩書三本とも「小」。しかし謡曲『横山』(古名、草刈)の一節。物語は武蔵国・横山十郎晴尚の一家が、本領ことごとく召し放されて没落してゆくところからはじまるが、晴尚が、草を刈り愛馬を育てる場面で、次のようにある。「あたり近き武蔵野へ立ち出で、草を刈りて、此馬の命を助けばやと思ひ候。いや妾出でて刈り候ふべし。それこそ思ひ寄らぬ事にて候。侍の町にとつて、馬に草かふ事は苦しからず候。かまへてあやしさうに外面《そとも》へばし御出ふな。やがて参り候ふべし。是処は忍ぶの草枕、名残の夢な覚しそ、都の方を思ふに」(日本名著全集『謡曲三百五十番集』)。謡曲『横山』が、晴尚の草刈りの場面で、当時の小歌「ここは忍ぶの草枕」を取り入れて利用したのであろうか。十四首に及ぶ「枕」の小歌群はここで終る。

185
・小 千里《せんり》も遠からず　逢はねば咫尺《しせき》も千里よなう

逢いに行くときは、千里の道のりも遠いとは思わない。けれどせっかく訪れても、逢うことなく帰るようなことになると、その道のりは、たとえわずかな距離でも、千里を行くような気持ちになる。

咫尺 近い距離。「咫尺千里」（禅林句集。天草本金句集）。「咫尺千里　李白」（禅林句集・四言）。また「咫尺、近き意也。咫ハ八寸也」（易林本節）。

▼底本、肩書「田」は誤。図本・彰本によって「小」とする。成句の「咫尺千里」が小歌化された。「訪へば千里も遠からじ　訪はねば咫尺も千里よの」（宗安）。「こなた思へば千里も一里　逢はず戻れば一里が千里」（鳥虫歌・山城他）などが各地に伝承。近世近代の多様な場でこの類型が恋歌の発想表現として民衆に浸透していった。「思うて通えば千里も一里　逢わず戻れば又千里」（石川・珠洲郡、雑歌。『珠洲郡誌』）。

186

・小　君《きみ》を千里に置いて　今日《きょう》も酒を飲《の》みて　ひとり心を慰《なぐさ》めん

君と千里もの遠くに離れていて、ああ今日もまた一人で酒を飲んで、寂しさを紛らせることにするか。

▼曲舞《くせまい》『水汲《みずくみ》』に「君を千里に置いても今は酒をのみ、我と心を慰むる」。まず一解として男の呟き。「君」を「親友」と見る。また「君」を恋しい女性と見て、遠く隔たって暮らさねばならないある男の嘆きの歌。ここから酒の歌が連鎖。

187・田

南陽県《なんようけん》の菊《きく》の酒《さけ》　飲めば命《いのち》も生《い》く薬《くすり》　七百歳を保《たも》ちても　齢《よわい》はもとの如くなり　齢はもとの如くなり

南陽県の菊の酒は、飲むとますます元気になる妙薬の酒。七百歳になっても、もとの若さを保つことができる、ということだ。

南陽県の菊の酒　中国河南省南陽県(現・南陽市)を流れる白河の支流、菊水(菊花の雫が落ちて、この川の水となるという)の水で醸した酒。また河南省開封では、現代も十月二十八日以後、菊花花会が盛大に行われていて、色とりどりの菊が飾られる。

▼春日若宮田楽歌謡「菊水」の一節。「南陽県の菊の水、南陽県の菊の水、飲めば命もいく薬、七百余歳を保ちても齢はもとの如くなり」。謡曲『菊水慈童』にも「南陽県の菊の水」以下ほぼ同文で見える。酒盛りの場では、今日振舞われている酒を、めでたい祝いの酒、つまり南陽県の菊酒と見立て、それにあやかる祝いの酒としたか。

188

・上《うえ》さに人の打《う》ち被《かず》く　練貫酒《ねりぬきざけ》の仕業《しわざ》かや　あちよろり　こちよろよろよろ　足腰《あしこし》のたたぬは　あの人の故《ゆえ》よなう

頭上に人が被く練貫絹のような、口あたりの良い上等の酒を、ついたくさんいただいたからなのか、あっちへよろり、こっちへよろり、よろよろと。足腰が立たなくなったのは勧め上手なあの方のせいだよねえ。

上さに 未詳。彰本は「うへさ」の「う」の左に「か歟」。「あちよろり」「こちよろ」は「アチよろり」「コチよろり」。**練貫酒** 練貫は生糸を経《たて》、練糸を緯《よこ》として織った絹織物。練貫布。まろやかな味の白酒。ねり酒。「ネリザケ。日本の白酒の一種」(日葡)。「筑前国、練酒」(蔭涼軒日録・文正元年二月十日の条)。「博多名物ねり酒、遊女柳町ニ有」(万金産業袋)。「練酒、筑前博多之練酒得名」(和漢三才図会)。**足腰のたたぬは** 三本ともに「腰《あしこし》のたたぬは」。

▼酒盛りで主人から、上等の練貫酒をすすめられ、ついたくさん頂戴して酔っぱらってしまった、男の科白か。酒盛りにおいて、その日のうまい酒で、つい深酒になったことを歌うか。

189 ・小

きづかさやよせさにしざひもお

（「おもひざしにさせよやさかづき（思い差しに差せよや盃）」の逆さ歌）

思いを込めて、その盃に差しておくれ。

おもひざし 思い差し。思いを込めて、特定の人、これと思う人に差す盃。その多くは恋の思いを込めて差す。思い差しを要求していることを周囲の人々にも知られないように、逆さにした。「思ひ取り」と一対のことば。「きみの長は聞こしめし、あら面白の笛ざふらふや（中略）みづからひとつ給はつて　只今の笛の殿に、思ひ差し申さう」（幸若・烏帽子折）。「君も御出ましまして、女房達のお酌にて、上に盃すはりければ、しもは以上八人なり。三献の酒すぐれば、後には互ひに入り乱れて、思ひ差し、思ひ取り、自酌、自盛りの楽遊び、舞ふつ歌ふつ飲むほどに」（幸若・高館）。

▼酒盛りでの逆さ歌。謎歌。→273番。この事例は、中世の武家を中心として、広い階層の人々における酒盛・酒宴での盃事の型をよく伝えているとしてよかろう。加えて「南陽県もこれなれや。互ひの命ながらへて、親子あふむ盃、思ひとり、思ひざし、共に袖をぞ返しける」（謡曲『浜平直』）。→補注。

190
・大

赤《あか》きは酒《さけ》の咎《とが》ぞ　鬼となな思《おぼ》しそよ　恐れ給はで　我に相馴《あいな》れ給はば　興《きょう》がる友と思《おぼ》すべし　我もそなたの御姿《おんすがた》　うち見には　うち見には　恐ろしげなれど　馴れてつぼいは山伏《やまぶし》

顔や体が赤いのは酒のせいです。鬼ではないかしらなどと思わないでください。怖がらないで、わたしに馴れてくだされば、きっとわたしをおもしろい友達だとお思いになることでしょう。あなたがたのお姿も、ちょっと見には恐ろしそうだけれども、馴れてしまえば、かわいい山伏さんたちだねえ。

赤きは酒の咎ぞ　顔や体が赤いのは酒のせいだ。謡曲『大江山』では、「飲む酒は数そひぬ、面も色づくか」。室町時代物語古絵巻『大江山酒呑童子』では、「頭と身は赤く」、巻子本『大江山酒典《(ママ)》童子』では「ふ(伏)したけ二丈ばかりにて　へんしん《(ママ)》(全身)は　朱《しゅ》をぬりたるがごとく」。**興がる友**「風変わりで、突飛な人」(日葡)。「この滝は、様かる滝の、興《けう》がる滝の水」(梁塵・四句神歌)。「やれやれあれはけうがつた者じやが、あれがすまふをとるか」(狂虎明本・蚊相撲)。**うち見には**　ちょっと見には。**つぼい**　かわいい。→281番。

▼酒呑童子物語の中では、酒呑童子自身の科白。自身、鬼であることが見破られないように、赤いのは酒のせいだ、赤い鬼だとは思うな、と言っている。酒宴では、酒のせいで赤くなってしまった、鬼ではないのだ、と言う。酒宴での、おもしろい言い逃れ。酒の場での奇に富んだ発想。だれもが知っている酒呑童子伝説を持ち出した。

191 ・早

況《いわ》んや興宴《きょうえん》の砌《みぎり》には　何《なん》ぞ必ずしも　人の勧《すす》めを待たんや

ましてや興宴の最中には、どうして、人の勧めがないと、酒が飲めないということがあろうか。

▼早歌『宴曲集』巻五「酒」の一節。「香炉《かうろ》峯《ほう》の雪の朝　簾《すだれ》を巻上《まきあ》げて　誰かは是を勧めざらん　されば唐の太子の賓客も　あの酒功讃に徳をのべ　晋《しん》の劉伯倫《りうはくりん》は又　つねに一壺の酒を持し　戦場に臨ても　勇《いさめ》る色に誇《ほこる》とか　古徳も多く愛しき　賢人もさすが捨てざりき　いはんや興宴の砌には　何ぞ必ずしも　人の勧《すすめ》をまたんや　自《みづか》ら榼《かう》のほとりによらむ」。興宴の最中では、人の勧めを待つまでもなく、自ら酒樽のそばに寄って、美味な酒をおおいに飲むことにしよう。多くの人々を誘ってともに酒をたのしもうの意。勧酒歌。酔った武家の男達の、盃を持つ腕や肘が目の前を動くような雰囲気があっておもしろい。

192

・大

あの鳥《とり》にてもあるならば　君が行来《ゆきき》を鳴く鳴くも　などか見ざらん　返すがえすもうらやましの鶏《にわとり》や　げにや八声《やこえ》の鳥とこそ　名にも聞きしに明け過ぎて　今は八声も数過ぎぬ　空音《そらね》か正音《まさね》か　現《うつつ》なの鳥の心や

わたしがあの鶏であったなら、あなたの往き来を鳴きながらでも、どうして見ないでおこうか(きっと見ます)。かえすがえすも羨ましい鶏だよ。鶏は夜明けにしばしば鳴くので、八声の鳥という異名もあると聞いているが、もはや夜も明けきっているのに、なんと八声どころか、たくさん鳴いている。うそ鳴きか本当に鳴いているのか、まあ正気でない鶏の心だよ。

空音　偽ってまねた鳴き声。正音に対する。

▼肩書「大」。謡曲『逢坂物狂《おうさかものぐるい》』(廃曲。『申楽談儀』に「世子作」として作品名が掲げられているところには「逢坂」とある)のシテ(相坂の関で羯鼓《かっこ》を打って、面白く狂って見せる男盲者、実は関の明神)の科白の一節。後朝の道行の小歌。この小歌としての一節の中には、次の三首の和歌に関わる表現がある。「相坂《あふさか》のゆふつけ鳥にあらばこそ君が往来《ゆきき》を鳴く鳴くも見め」(古今・恋四・閑院)、「夜を籠《こ》めて鳥の空音《そらね》にはかる

とも世に逢坂《あふさか》の関はゆるさじ」(後拾遺・雑二・清少納言)。「思ひかね越ゆる関路に夜を深み八声《やこえ》の鳥に音をぞ添へつる」(詞書「隔関路恋といへる心をよめる」・千載・恋五・前中納言雅頼)。

193
• 小 憂《う》きも一時《ひととき》　うれしきも　思ひ醒《さ》ませば夢候《ゆめぞろ》よ

辛いことも、嬉しいことも、ほんのひとときのことでした。醒めた気持ちで振り返ってみれば、ああ、みな夢であったなあ。

思ひ醒ませば 醒めた心で思い出してみると。**候よ**「ぞろよ」と読む。
▼人生をふと振り返った。「うれしきも」の次に来る「ひととき」は省略。恋歌とのみ見る必要はない。広く人生を生きる諦観、さとりと受け取ってよい。人生を振り返って得る「夢」のようなもの。室町小歌の世界を抱え込んだ代表的小歌の一つとしてよい。173番にも通じる。あるいは186番から191番まで群をなした酒宴歌謡群の後に配置されたところも読み取るべきであろう。人生がひとときの出来事であった。「思ひ思ひて逢ふも夢　なげくまいよの別れをも」(隆達)。

194
・大

このほどは　人目《ひとめ》を包《つつ》む我が宿の　人目を包む我が宿の　垣穂《かきほ》の薄《すすき》吹《ふ》く風の　声をもたてず忍び音に　泣くのみなりし身なれども　今は誰をか憚《はばか》りの　在明《ありあけ》の月の夜ただとも　何か忍ばん杜鵑《ほととぎす》　名をも隠さで鳴く音かな　名をも隠さで鳴く音かな

これまでは、人目を避ける我が宿であったので、垣根の薄を吹き過ぎてゆく風のように声もたてず、忍び泣くばかりであったのだが、もう今となっては、誰に憚るところがあろうか。有明の月夜をただひたすらに鳴き明かす時鳥《ほととぎす》のように、こうなれば、もう自分の名を隠すようなことはせずに、泣き明かします。

▼世阿弥作、謡曲『清経』の一節。淡津三郎が、主君平清経が平家の世の没落をはかなみ、入水したことを、形見に残されていた鬢の髪をもって、都にいるその妻に知らせに来た場面。

195 ・小

篠《しの》の篠屋《しのや》の村時雨《むらしぐれ》　あら定《さだ》めなの　憂き世やなう

粗末な篠葺きの屋根に、降ったり降らなかったりする時雨のように、ああ定めないこの世ではあるなあ。

篠屋 屋根を篠竹で葺いた簡素な家。**村時雨** 降ってはやみを繰り返す初冬の雨。

▼「篠《ささ》のしの屋の村時雨《むらさめ》」（図本）、「篠《ささ》の志の屋の村時雨」（彰本）。底本は振仮名なし。前歌の「人目を包む我が宿の」を承けて、侘住《わびず》まいの篠屋の歌を置いた。「げにやとよりも　定めなき世の習ひぞと」（謡曲『善知鳥《うとう》』）。「定めなき世の習ひ　人間憂ひの花盛り」（同『隅田川』）。

196・小

せめて時雨《しぐれ》よかし　ひとり板屋の淋《さび》しきに

せめて時雨《しぐれ》てくれ。板屋にただ一人、寂しくてならない。

▼来ぬ人を、それでも待ち続ける女の呟き。副詞「せめて」が効果的。「板屋」に「時雨」の寂しさを歌う例。「住みなれぬ板屋の軒の村時雨音を聞くにも袖は濡れけり」(太平記・第三・先皇六波羅還幸の事)。「夜時雨のにはかに荒くせしに待つ人ありし頃／いとどしくもの思ふ夜半のひとり寝におどろくばかり降る時雨かな」(新拾遺・冬・赤染衛門)。

197・小 せめて思ふ二人《ふたり》 独《ひと》り寝もがな

思い合う二人。せめてたがいに、相手を思う一人寝をしたいものだねえ。

▼「せめて」と「独り寝」で前歌と連鎖。「二人であればよかったのに」という意味を加えて、時雨が通りすぎてゆくさびしさを強調。せめてたがいに相手への恋情を抱いて、いまは独り寝としよう。「思ふ独り寝もがな」の「思ふ」が省略されている。「村時雨」「定めなの」「憂き世」「ひとり板屋」「淋しきに」が強く心に残る連鎖。「せめて」という発想がそうした世界と結びついている。

198 ・小

独り寝しもの　憂《う》やな　二人寝寝そめて　憂やな独り寝

一人寝をしたよ。辛いなあ。二人寝をしはじめてから、辛いなあ、独人寝なんて。

▼「独り寝じもの」とも読める。上覧踊歌《じょうらんおどりうた》に次の歌もある。「君をただ、ただただ思ひわびつつ、独り寝て、辛かりし、辛かりし、人をや妬《や》く独り寝て」(伊達家治家記録躍歌)。「独り寝じ物憂やな　二人寝初《そ》めて　憂やな独り寝」(宗安)。二人寝を知って、一人寝を憂いものと言っている。「独り寝しもの」としても、「独り寝じもの」としても、結果としてこの歌い手は「二人寝」の良さを知ったのである。

199・小

人の情《なさけ》のありし時　など独り寝をならはざるらん

あの方の愛があった間に、どうして独り寝を習っておかなかったのだろう。

▼今では寂しく独り寝に泣く女の歌。恋の歌だが、人生、教訓の意味も引き出せるか。「人の情のありし時　など独り寝を習はざるらう」(宗安)。

200 ・小

二人寝しもの　ひとりもひとりも　寝られけるぞや　身は習《なら》はしよなう
身は習はしのものかな

二人で寝たことだよ。でもこうなった以上、なんとか独りでも寝られるものだよ。人の身なんて習慣なんだよね。なれてしまうものさ。

身は習はし 人は習慣でどうにでもなる。『諺苑』(春風館本)にも「身ハナラハシ」。▼「身は習はし」と繰りかえして、自分に言い聞かせている。二人寝のその女と別れた男の歌。「手枕のすきまの風も寒かりき身は習はしの物にぞありける」(拾遺・恋四・よみ人知らず)の後半を取り入れている。和歌では、この『拾遺集』の歌を本歌として、「里はあれぬむなしき床のあたりまで身はならはしの秋風ぞ吹く」(新古今・恋四・寂蓮法師)がある。継承歌謡として「独りも寝けるもの　寝られけるものを習はしよの　身は習はしのものかの」(宗安)。

201
・小
独《ひと》り寝《ね》はするとも　嘘《うそ》な人はいやよ　心は尽《つ》くいて詮《せん》なやなう　世の中の嘘が去《い》ねかし　嘘が

たとえ独り寝はするとも、真実のない人と二人寝はいやだよ。女が愛を込めて尽くしたとしても、なんの甲斐もありません。世の中の男の嘘が消えてなくなればよい、嘘が。

詮なや「センナイコト、無益ナコト」(天草本平家物語・言葉のやわらげ)。

▼男の嘘に翻弄されて、ついにこの女、いまは居丈高《いたけだか》に嘘のお祓いをする巫女《みこ》の心境になった。10・17番などとともに、嘘の小歌群の一つとしてよい。『温故知新書』には「人間ヨノナカ」とある。↓補注。

202・小

ただ置いて霜《しも》に打たせよ　夜更《よふ》けて来たが憎いほどに

そのままそこで、霜に打たせておけばよい。夜更けてから、やって来るとは、憎らしいから。

▼きっと他の女のもとからの帰りであろうから。（頼りにしているあなただからこそ）仕置きは実行せねばならない。女の歌。遊女側からの発想。「厳粧狩場《けしやうかりば》の小屋並び　しばしは立てたれ閨《ねや》の外《と》に　懲《こ》しめよ　宵のほど　昨夜《よべ》も昨夜《ようべ》も夜離《よが》れしき　悔過《けくわ》は来《き》たりとん　悔過は来たりとん　目に見せそ」（梁塵）。「つゆにうたせうや　夜更けて来たがにくいに　何とおこさじ　寝忘れたら物し（ママ）」（田植草紙系歌謡『苅田本御歌惣志』）。「直《ただ》置いて、雨に打たせよ、それがしが咎はなふ、といふたれば、夜更けて来たが憎ひほどに」（狂虎明本・花子）。「ただおいて霜に打たせよ　科《とが》はの　夜更けて来たが憎いほどに」（隆達）。

203
・小
とてもおりやらば　宵《よい》よりもおりやらで　鳥が鳴く　添《そ》はばいく程《ほど》　味《あじ》気《き》なや

どうせ来てくれるのなら、宵から来てくれればよいものを。そうこうしているうちに、もう鶏が鳴く。二人寄り添って寝たところで、ほんの束の間。

おりやらば「おりやる」について、新大系(土井)は、「居る」の敬語動詞形と「来る」の敬語動詞形に分けた上で、後者と説明。↓267番。

▼隆達節では「とても名の立たば　宵からおりやれ　よそへの忍びの　帰るさはいや」と歌っている。

204

・小 霜《しも》の白菊《しらぎく》　移ろひやすやなふ　しや頼むまじの　一花心《ひとはなごころ》や

あの方の心は、霜の置いた白菊のように、移ろいやすいものだよ。えい、頼りにはするまい。あのような浮気心の人など。

白菊「菊とあらば　霜　しら菊　うつろふ」(連珠合璧集)。白菊は霜にあうと、花びらが変色してしまう。**しや**　相手を軽蔑したり罵ったりする時、また奮起したり急いだりする時などの感動詞。**一花心**　俗に言う浮気心。
▼「いつしかとうつろふ色の見ゆるかな花心なる八重の白菊」(六百番歌合・冬)。「一花心　そがな人ぢや　それやさうあらうず　そがな人ぢや」(宗安)。「咲く花も千代九重八重桜　何ぞ我が身のひとはな心」(隆達・編笠節唱歌)。→25番。

205・小

霜の白菊は　なんでもなやなう

霜の置いた白菊は、日々色褪せてゆきますが、そのように、移り気な、心変わりが感ぜられるあの人のことなど、もうどうでもいいのです。

▼前歌を受けて連鎖させた。前歌の「しや頼むまじ」としっかり言い切った段階から時間的経過もあって、むしろ冷めた諦めの関係であるのか。

206 ・小

君来《こ》ずは濃紫《こむらさき》　我が元結《もとゆい》に霜《しも》は置くとも

あなたがお越しになるまでは、閨にも入らず待っております。濃紫の元結に霜が置くと白くなるように、たとえ老いて髪が白くなっても、ひたすら待ち続けます。

濃紫　濃い紫。三本とも「小紫《こむらさき》」。「Comurasaqi こむらさき。Coimurasaqi 濃い紫」(日葡)。**元結**　髪の髻《もとどり》を結ぶ細い糸や紐。

▼「君来ずは閨《ねや》へも入らじ濃紫《こむらさき》我が元結に霜は置くとも」(古今・恋四・よみ人知らず)の第二句「閨へも入らじ」を抜き取ったかたち。

『万葉集』に、近い発想表現として次の二つがある。「居明《ゐあ》かして君をば待たむぬばたまのわが黒髪に霜は置くとも」(巻二・相聞・八九)、「待ちかねて内には入らじ白細《しろたへ》布のわが衣手に霜は置きぬとも」(巻十一・二六八八)。また次も参照。「もとゆひの霜をいとはば女郎花わが挿頭《かざし》にはならじとや思ふ」(匡房集・女郎花)。「君来ずは閨へも入らじ小紫　わが元結に霜は置くとも　またの頼みをゆふ霧や」(松の葉・巻二・小むらさき)。

物語文中には、「たゝ何事も　一すちに思ひさためぬ世の中や　風もまたきに　糸すゝき　はや乱れつつ　うちなびき　夕暮ことをまつむしの　ふきくる笛を　しるべ

にぞ　ねやへもいらで　元結に霜をくまでも　待ちければ……」(永禄十三年奥書「音なし草子」)がある。

207 ・早

索々《さくさく》たる緒《お》の響《ひび》き　松の嵐も通ひ来て　更《ふ》けては寒き霜夜《しもよ》の月を　緱山《こさん》
に送るなり

琴の調べが聞こえ、松風も吹いて来て、夜更けて寒い霜夜の月が、緱山の方へ傾いてゆきます。

索々　絶え絶えに。さびしく音がひびくさま。真名序に「流水の淙々たる、落葉の索々たる」。**緒**　琴の緒。「琴トアラバ、松風……」(連珠合璧集)。**緱山**　中国河南省偃師《えんし》市府店鎮にある山。緱氏山《こしさん》とも。洛陽の東南、嵩山《すうざん》の西にある。嵩山の一峰という見方もあるが、別の山と考えた方がよいか。

▼早歌『宴曲集』巻一・月の一節。「この和琴　緩く調べて　潭月に臨むのみならし　索索たる絃の響き　松の嵐も通ひ来て　深《ふけ》ては寒き霜夜の月を　緱山《こうざん》に送るなり　瀧《りょう》水《すい》　氷咽《むせ》んで　流るゝ事をや得ざるらむ」。『和漢朗詠集』巻下・管絃に、次の如くある。「一声鳳管　秋驚秦嶺之雲　数拍霓裳　暁送緱山之月　連昌宮賦」。

なお『全唐詩』に見える作品に「太子晋」「緱山」「月」が一連のものとして取り扱われている詩もある。それは仙人の伝記である『列仙伝』の世界になる。

208
・小
霜《しも》降《ふ》る空の　暁月《あかつきづき》になう　さて我《わ》御料《ごりょう》は帰らうかなう

霜が降るような寒い、この明けがたの月の光の中を、あなたは帰ってゆくのね。

暁月　明け方の月。「あかつきづき」と見るのがよい。

▼「霜トアラバ、ふる、月、……」「暁トアラバ、残月、在明」(連珠合璧集)。相手を送り出す、女の心情が滲む。「霜夜の月」から「暁月」、「緱山に送るなり」から「帰らうかなう」へ対応。

209

・吟

鶏声茅店月　人迹板橋霜

(鶏声茅店《けいせいぼうてん》の月《つき》　人迹板橋《じんせきはんきょう》の霜《しも》)

にわとりの鳴き声を聞きながら、寒々とした空に残る冬の月をながめて、田舎の宿を出発した。ふと見ると、こんな早朝にもかかわらず、板橋の上に置いた霜の上には、だれかがすでに通っていったのであろう足跡がある。

茅店　茅葺《かやぶ》きの田舎の家。旅籠。**板橋**　板を渡しただけの粗末な橋。劉学鍇撰『温庭筠全集校注』に「板橋在商州北四十里」。

▼肩書「吟」。晩唐の詩人、温庭筠《おんていいん》、字飛卿作、彼の屈指の名作と言われている五言律詩「商山早行」の一節(第三、四句)。『三体詩』から引用する。「晨起動征鐸　客行悲故郷　鶏声茅店月　人跡板橋霜　槲葉落山路　枳花明駅墻　因思杜陵夢　鳧雁満回塘」(晨《あした》に起きれば征鐸《せいたく》動き　客行《きゃくこう》故郷を悲しむ　鶏声茅店《けいせいぼうてん》の月　人跡板橋《じんせきはんきょう》の霜　槲葉《こくよう》山路《さんろ》に落ち　枳花駅墻《きかえきしょう》に明らかなり　因《よ》りて思う杜陵《とりょう》の夢　鳧雁回塘《ふがんかいとう》に満つ)。五山詩文からの歌謡(吟詩句)化も指摘されている(吾郷『中世歌謡の研究』)。

歌謡の主人公は、異郷の地を旅している趣きがあり、ふと故郷を偲んでいるのであろう。所は商山の旅籠(木賃宿のある村あるいは町)。商山は陝西省商県(長安の東南)

商山早行(『中国楊柳青・木版年画集』より)

にある。『太平記』には、先帝を隠岐国へ流す、その遷幸道行文中に、『南院国師語録』から引いたと見られる「或時ハ鶏唱抹過茅店月、或時ハ馬蹄踏破板霜」が見える。

中国においては、この詩がめでたい年画になっている。上図は清代の作品ではあるが、こうした民間の信仰・風俗等の民俗にささえられた事例は、明代に遡って見ておくことも必要である。「商山早行」から、五山詩文を通して、当時の小歌が生まれたかどうか。明代には、多様な人々が東シナ海を動いたのであり、五山の文化圏を介さないで日本にもたらされた可能性も十分考えられる。その頃の海洋・海辺文化の中の閑吟集を想定することも必要である。

210
・小
帰《かえ》るを知らるるは　人迹板橋《じんせきはんきょう》の霜《しも》の故《ゆえ》ぞ

私の後朝の帰りが人に知られることになるのは、板橋に残る霜の上の足跡のせいだよね。

▼前歌を、恋人達の、後朝の別れをにおわす歌にして受けた。朝に帰ってゆく男の呟き。近世民謡では、殿御が、峠を越えて逢いに来ることを期待する歌に、「あの山見れば殿が来る　殿が来ば板橋かけて渡らしよう」(東京・西多摩郡、麦打歌)がある。

211・小

橋へ廻れば人が知る　湊《みなと》の川の潮が引けがな

橋の方へ廻れば人に知られてしまう。湊の川の潮が、はやく引けばよいのに。

湊 河口のあたり。「湊トアラバ、海と河の行あひ也。湖にもあり、河、田、塩むかふ、袖、さわぐ、春、秋」(連珠合璧集)。

▼恋の通い路をうたう。「橋へ廻れば人が知る」には、前歌209・210番の「人迹板橋霜」の印象があるものとして配列されたのであろう。河口あたりの浅瀬を渡って、あの人はやってくる。川原、川伝《づた》いに人々の通路ができている。「笹分けば袖こそ破れめ利根川の　石は踏むともいざ川原より」(神楽歌・篠)、「下毛野安蘇《しもつけのあそ》の川原よ石踏まず空ゆと来むよ汝が心告れ」(万葉・巻十四・三四二五)、「大空ゆ通ふ我すら汝《なれ》ゆゑに天の河路をなづみてぞ来し」(万葉・巻十・二〇〇一)。河口付近、潮が引いた頃、そこが逢う瀬を待ちこがれる人達の通い路となった。恋愛習俗の中の地理。

212・小《こ》 橋の下《もと》なる目々《めめ》雑魚《じゃこ》だにも　独《ひと》りは寝じと上《のぼ》り下《くだ》る

橋の下のめだかでさえ、独りでは寝まいと相手を求めて、上り下りしている。

橋の下 三本とも「下」、「もと」と訓む。**目々雑魚** メダカ。「䲚　メヽジヤコ」(文明本節)。「丁斑魚　東武にてめだか、京にてめめざこ」(物類称呼)。**独りは** 「は」は三本とも「に」。改めた。

▼橋の下のめめじゃこの生態を、情歌に取り入れた。「高島やゆるぎの森の鷺すらも独りは寝じとあらそふものを」(古今六帖・六)。「よるぎの森の白さぎだに(中略)独りはねじとて身を揺る」(越後国刈羽郡黒姫村、綾子舞歌)。

213
・小 小川《こがわ》の橋《はし》を　宵《よい》には人の　あちこち渡る

小川《こがわ》の橋を、宵には人が、あちらこちらへ渡ってゆきます。

小川「こがわ」。京都市上京区・小川《こがわ》のこと。『洛中洛外図』(町田家蔵本)に「こ川」とあり。『雍州府志』(一)に、「北自㆓二股川㆒入洛、歴㆓百々橋下㆒流㆓小川通西入家下㆒出㆓自一条㆒、経友橋与堀川合流」。**宵には** 底本、図本で「よ」を「こ」に読めないこともない。その場合は「こひには」、つまり「恋には人の」となる。

▼『徒然草』八十九段「奥山に猫またといふ物」に「ある所にて夜ふくるまで連歌して、ただひとり帰りけるに、小川《こがは》の端《はた》にて音に聞きし猫また、あやまたず足元へふと来て……」とある。

214・大

都《みやこ》の雲居《くもい》を立ち離《はな》れ　はるばる来ぬる旅をしぞ思ふ　衰《おとろ》への憂《う》き身《み》の果《は》てぞ悲しき　水行く川の八橋《やつはし》や　蜘蛛手《くもで》に物を思へとは　かけぬ情《なさけ》のなかなかに　馴るるや恨みなるらん　馴るるや恨みなるらん

都を離れ、ああはるばると旅をしてきたなあと、心細く思うにつけ、衰えた罪人としての、我が身の成れの果てが悲しい。八橋の下を流れる水が、蜘蛛手に流れていたように、あれこれと多く心悩ますとは、思いもかけなかったことで、あなたの情に馴れ親しんだことが、いまとなってはかえって恨めしいことになりました。

都の雲居を立ち離れ「雲トアラバ、たつ、ゐる、へだつる…」(連珠合璧集)。都からはるかに遠く離れて。「雲」は「立ち離れ」と縁語。**はるばる来ぬる…**「唐衣きつゝなれにし妻しあればはるばる来ぬる旅をしぞ思ふ」(伊勢物語・九段)。**水行く川の八橋や…**「三河国八橋といふ所にいたりぬ。そこを八橋といひけるは、水ゆく河、蜘蛛手なれば、橋を八つ渡せるによりてなむ八橋といひける」(伊勢物語・九段)。「思ひかけぬ」から「かけぬ情」を引き出す。

▼謡曲『千手《せんじゅ》』の一節。鎌倉に護送されてきた平重衡《しげひら》が自分の憂き身を、千手に語っ

ている場面。罪人の自分に情をかけてくれる千手であればあるほど、重衡にとって、その情愛が心の痛みとなることを歌っている。

215
・小
鎌倉《かまくら》へ下《くだ》る道に　竹剝《たけへ》げの丸橋《まるはし》を渡《わた》いた　木が候《そうら》はぬか板が候はぬか
竹剝げの丸橋を渡いた　木も候へど板も候へど　憎い若衆《わかしゅ》を落ち入らせうとて　竹剝げの　竹剝げの　丸橋を渡いた

鎌倉へ下る道に、割り竹の丸木橋を渡した。木が無いからか、板が無いからか、割り竹の丸木橋を渡したとはね。木もあるけれど、板もあるけれど、あの憎らしい若衆を落ち入らせようと思って、それで竹の丸木橋を渡したのさ。

竹剝げの丸橋　割り竹を、いくつか束ねて作ってある粗雑な橋。つるつる滑る。**憎い**　憎くなるほど好きな。**若衆**　男色の相手としての若者。**落ち入らせうとて**　橋から落ちることと恋に落ちることを掛ける。「つれなのふりや　すげなの顔や　あのやうな人がはたと落つる」(隆達)。「若い衆は　落ちよ落ちよと袖を引く　袖はやあ　落つともやあ　此の身や落ち候か」(落葉集・巻一・春霞踊)。「栗原を通ればていと落《お》つる栗あり　破れたる袖でたまらざりけりやれ　一つ落ちつるさようつ山のわさ栗　しぎやう落つるは生い端の栗の習いか」(田植草紙・晩歌三番)。
▼三本とも肩書「小」。近世民謡には「竹の丸橋、様となら渡ろ」の系列は各地にある。

216
・放

面白《おもしろ》の海道下《かいどうくだ》りや　何と語ると尽《つ》きせじ　鴨川《かもがわ》白河打渡《うちわた》り　思ふ人に粟《あわ》田口《たぐち》とよ　四の宮河原《みやがわら》に十禅寺《じゅうぜんじ》　関山《せきやま》三里を打ち過ぎて　人松本《まつもと》に着くとの　見渡せば　勢田《せた》の長橋《ながはし》　野路《のじ》篠原《しのはら》や霞《かす》むらん　雨は降らねど守山《もりやま》を打ち過ぎて　小野《おの》の宿《しゅく》とよ　磨針嶺《すりはりとうげ》の細道　今宵《こよい》は此処《ここ》に草枕《くさまくら》　仮寝《かりね》の夢をやがて醒《さめ》が井《い》　番場《ばんば》と吹けば袖寒《そでさむ》し　伊吹颪《いぶきおろし》のはげしきに　不破《ふわ》の関守《せきもり》戸ざさぬ御代《みよ》ぞめでたき

さてもおもしろの海道下りや。それは、語り尽くせないほどありますよ。鴨川、白河を渡って行きますと、思う人に出逢えるという粟田口よ、京の町を出て、山科の四の宮河原や十禅寺、そして逢坂の関のあった関山三里を越えて、人を待つという、大津の松本に着きました。そこから東方を見ると、瀬田の長橋、遠くに野路篠原の地が、霞んで見えるのです。雨は降らないけれど、漏るという名が付いてある守山を過ぎ、小野の宿も越えて行くと、やがて難所の磨針峠の細道に掛かる。今宵はここで旅の仮寝とすることにしよう。さて、やがて草枕の夢も醒めて、醒が井から番場を通って行くと、ばんばと袖に吹き荒《すさ》ぶ、伊吹颪を身に受けて、やがて不破の関に着きました。その不破の関守は戸を閉すこともないというこの太平の御世となって、まことにめでたいかぎりです。

面白の… 放下歌謡の歌い出しの定型。**鴨川** 京都市東部を流れる川。北の雲ヶ畑を源とし南流。賀茂川。**白河** 京都市左京区を流れる。東山を源とし祇園で鴨川に合流。**粟田口** 京都市東山区。「花の都を立ち出でて、加茂川、白川、打ちわたり、人を尋ぬる門出には、粟田口こそうれしけれ」(幸若・山中常盤)。**四の宮河原** 京都山科、逢坂山の西。仁明天皇第四宮、人康親王の旧跡にちなむ。**十禅寺** 四の宮にあった人康親王の御所。**人松本に着く** 松本は大津市の湖畔の地名。交通上、主要な船着場。謡曲『自然居士』の用例からも、人商人の集散する港。松に、人を待つを掛ける。**勢田の長橋** 琵琶湖勢多川の口に掛けられた長橋。「瀬田長橋を駒もとどろと打ち過ぎて」(近江名所図会)。東方からは、すべてこの瀬田の長橋を渡って、都に入る。「勢田《セタ》」(易林本節)。**野路篠原** 「野路」は三本とも「野寺」。底本、図本は「傍訓、のでら」。改める。草津市内・野路あり。「雲雀あがれる野路の宿　露もたまらぬ守山　おもかげ見する鏡山」(幸若・景清・下)。**小野の宿とよ磨針嶺の細道** 彦根市小野町として残る。『近江輿地志略』に「小野は昔の駅舎にして繁昌の地なりしとぞ」。「磨針峠の細道」(幸若・腰越)。「小野の細道こがれきて摺針山にあがりつつ都の方をながむれば」(幸若・山中常盤、景清、腰越)。**醒が井** 滋賀県米原市にある。夢が「醒める」の掛けことば。**番場**「ばんば」と吹く風の音に掛ける。**伊吹**「伊吹《イブキ》山、江州」(運歩色葉)。伊吹山は、近江と美濃の間に聳える。「是はまちかき北近江、伊吹の裾に住居する」(幸若・伊吹落の表現)。
▼放下歌謡の型。↓19番。謡曲『放下僧』では、「面白の花の都や　筆に書くとも及ばじ」ではじまり「小切子の二つの竹の節々を重ねて、打ち治めたる御代かな」で結ぶ。〈都名所尽し〉である216番に見える〈海道下り〉の歌。橋を歌い込む歌群はここまで。

217

・小 靨《えくぼ》の中へ　身を投げばやと　思へど底の邪が怖い

いっそ、あの人のえくぼの淵へ、身を投げ入れようかと思ったけれど、やはり底に住んでいる、蛇、いや邪心が怖いよ。

靨「ヱクボ」(運歩色葉)。「媚《ヱクボ》同 䶈 同 靨」(温故知新書)。『田植草紙』にも「いとしい顔のゑくぼや　ゑくぼにほうづきそえいで」(晩歌四番)。**邪**　邪心の「邪」に「蛇」を掛ける。

▼『華厳経』には、女人について「外面似菩薩、内心如㆓夜叉㆒」とある。男の独白。邪心の虜となる愚かな我が身に気付いた。

218

小・今朝《けさ》の嵐《あらし》は　嵐では無《な》げに候《す》よの　大井川《おおいがわ》の河瀬《かわせ》の音ぢやげに候よなう

今朝の嵐は、どうやら嵐ではなさそうだよ、大井川の河瀬の音のようだよ。

無げに候「げ」は「気《げ》」。様子。らしい。「候《す》」は「候《そろ》」「そう」の転「す」。**大井川** 京都嵐山の下を流れる大堰川。上流保津川、下流桂川。「大井川《ヲ、イガワ》　嵯峨」（黒本本節）。

▼大堰川辺の宿での明けがた、共寝した男へ女が話しかけている。遊女の口調と見るか。「今朝の朝寝は　朝寝ではなげに候《す》よの　過ぎし夜の名残りげに候《す》よの」（宗安）。「今朝の嵐は　嵐ではなきぞよの　大井川の汀《みぎわ》の瀬の　切戸の石の波の打つげにそよの」（天理本『おどり』・万事）。この218番から冬の部に入る。

219・小

水が凍《こお》るやらん　湊河《みなとがわ》が細《ほそ》り候《す》よなう　我らも独《ひと》り寝《ね》に　身が細り候よなう

河の流水が凍ってきたようだ。河口あたりの流れが細くなったよ。わたしも独り寝のわびしさに、身が細くなりました。

湊河　河川が海へ流れ込むあたり。河口。

▼氷が張って流れが細くなっている風景と、独り寝に身が細る、さむざむとした自分を結び合わせてうたっている。凍ってゆく湊河に恋や人生を重ねている。海辺、河口に暮らす女の呟き。海女・遊女の発想した小歌であろう。「朝日影の如く」とか、帯が「二重廻りが三重廻る」に加えて、「そなた思えば身がほそる　三味線の糸よりほそるほそる」(長崎・黒丸踊歌他)。この219番を近世調にすると次のようになる。「水が凍るか　湊河が細る　わしも独り寝に身が細る」。近世調にはいまだ隔りはある。

220
・大 春《はる》過《す》ぎ夏《なつ》闌《たけ》てまた　秋《あき》暮《く》れ冬《ふゆ》の来《き》たるをも　草木《くさき》のみ只《ただ》知らするや　あら恋しの昔や　思ひ出は何に付《つ》けても

春が過ぎ夏も行き、また秋も暮れ、やがて冬になる。そうした季節の移り変わりもただ草木だけが知らせてくれる。ああ昔が恋しい。思い出は何かにつけてよみがえってきます。

▼謡曲『俊寛』の一節。場所は九州薩摩潟鬼界が島。三名の流人・丹波少将成経《なりつね》、平判官入道康頼《やすより》、僧俊寛の三人が、集って酒を飲み都を偲ぶ場面。風景を縫いつつ、思い出が甦る。「かくて春過ぎ夏闌《た》けぬ。秋の初風吹きぬれば」(平家・巻一・祇王)。「かくてはるすぎなつもたけ、秋もくれゆくなごりとて、鳥羽の新御所には、よいより人びと参られて」(古浄瑠璃・西行物語)。

221・大 げにや眺《なが》むれば　月のみ満てる塩釜《しおがま》の　うら淋《さび》しくも荒れはつる　跡《あと》の世までも潮染《しおし》みて　老の波も帰るやらん　あら昔恋しや　恋しや恋しやと　慕へども願へども　かひも渚《なぎさ》の浦千鳥　音《ね》をのみ鳴くばかりなり
音をのみ鳴くばかりなり

見渡すと、まこと月光だけが満ちている塩釜の浦は、ものさびしく荒れはててしまった。今となっても、ただ潮汲みに馴染んでいるこの身に、老いの波が繰り返し押し寄せてくるばかり。ああ昔が恋しい恋しいと、いかに慕っても願ってもなにの甲斐もなく、渚の浦千鳥のように、声をあげて泣くばかりです。

塩釜 陸奥。宮城県塩竈市。松島湾内の塩釜湾。**うら淋しくも**「君まさで煙たえにししほがまのうらさびしくも見え渡るかな」(古今・哀傷・紀貫之)。**老の波** 寄せる波のように年老いてゆくこと。「老の波つゐによるべき岸なればそなたをしのぶ身とはしらずや」(源三位頼政集)。「よせかへるいづこもわが身あらいそになにむつまじき老のしらなみ」(宗長手記・下、七十九述老懐歌十首の内)。『謡曲拾葉抄』には「老人の面にしは(皺)のよるを、波のよるにたとへたり」とある。**かひも渚の浦千鳥** 甲斐も

「無き」を「渚」に掛ける。「おもひいづるかひも渚の浦千鳥」(天理本絵巻・鼠の草子)。

▼世阿弥作、謡曲『融《とおる》』の一節。東国から来た旅の僧が、京都・六条河原の院に来て休んでいるところへ、一人の潮汲みの老翁(実は源融の亡霊)が現われ、陸奥の塩竈の浦を摸してその庭を作ったことなどを語る場面。『伊勢物語』八十一段、『今昔物語』巻二十七・川原院融左大臣霊宇陀院見給語第二、など参照。独立した歌謡としては、閑吟集がテーマの一つとした老いを嘆く歌謡群の一つ。

222
・小
逢《あ》はで帰れば　朱雀《しゅじゃく》の川原《かわら》の衢明《ちどりあけ》立つ　在明《ありあけ》の月影　つれなや　つれなやなう　つれなと逢はで帰すや

あの人に逢えなくて帰ってくると、朱雀の川原の千鳥の群れがしきりに鳴いて飛びたつ。有明の月よ、つれないぞ。逢えないままで、無情にも、わたしを帰らせるというのか。

朱雀の川原　朱雀大路に沿って流れていた川と言われている。ここに言う朱雀の川原は、七条近辺か(新大系・地名固有名詞一覧参照)。「朱雀が川の千鳥が、夜深に鳴いて目を覚《さ》ます」(宗安)。

▼近い発想の和歌として、「千鳥鳴く川辺の茅原《ちはら》風冴えて逢はでぞ帰る有明の月」(壬《み》二《に》集・下・恋・藤原家隆)。在明の川原を、恋の相手に逢えずに帰ってゆく男の呟き。夜明けの空に残っている有明の月に、「つれないぞ。わたしを、逢えないままで帰すというのか」と、未練ある恋情を投げ掛けてみたのである。

223
・小須磨《すま》や明石《あかし》の小夜千鳥《さよちどり》　恨《うら》み恨みて鳴くばかり　身がな身がな　一つ浮世《うきよ》に一つ深山《みやま》に

逢えないで帰る道すがら、須磨や明石の浜辺を行くと、さ夜千鳥が鳴く。わたしもあのつれない人を恨んで泣くばかり。ああこの身が二つあればよいのに。一つは浮世に、一つは深山に。

▼出家隠遁を志しながらも、浮世の恋への執着を断ち切れぬ男の気持であろう。「身がな」を二度用いて、僧として暮す決断に至っていない。「身がな身がな　ひとつ都に田舎にもまた」(隆達)、「有馬出る時身《ときみ》をがな二つ　跡に置く身とサン帰る身と」(尾張船歌・有馬節)などと、同様の歌いかた。

224
・田
深山烏《みやまがらす》の声《こえ》までも　心あるかと物さびて　静かなる霊地《れいち》かな　げに静かなる霊地かな

深山烏の声までも、なにか心ありげで、古びた趣もあって、まことに静かな霊地ではあるよ。

深山烏　深山に棲む烏。山烏。「からすニハ……みやま」(連歌付合の事)。「高野山奥之院を守護すると伝えられる霊烏を指すか」(集成)とも。**霊地**　霊験ある特別な土地。具体的に「高野山」。
▼肩書「田」については未詳。田中允編『未刊謡曲集』(五)に所収されている「高野《こうや》之巻」の一節に見えている。「念仏三昧の墨の袖　捨る憂身を奥の院　深々としてかすかなる　太山烏の声までも　閑なる霊地哉　実静なる霊地かな」。鴻山文庫蔵『曲海』所収謡物「高野巻」にも、ほぼ同文が認められる(田中允)。「深深たる奥之院深山烏の声さびて　飛花落葉の嵐風まで　無常観念のよそほひ……」(謡曲『高野物《こうやもの》狂《ぐるい》』・『乱曲久世舞要集』)。この歌から227番まで「烏」で連鎖。なお、『中楽談儀《さるがくだんぎ》』には「高野の古き謡に春秋を待つにかひなき別れかな」など、「世子作」とする二十二ほどの作品名の列挙の中に「高野」がある。

225 • 小 烏《からす》だに　憂《う》き世厭《いと》ひて　墨染《すみぞめ》に染めたるや　身を墨染に染めたり

あの烏でさえ、憂き世を厭い、身に墨染の衣をまとったのであろうか。きっとそうなのであろう。

墨染「坊主が上に着る黒い色の衣。墨染めの衣」(日葡)。「あはれなるかな　白妙の袖は　墨ぞめの衣にやつしかへ」(鴉鷺《あろ》合戦絵巻・大成第二)。「はなのころもをすみぞめの　さくらとこそはなりにけり」(室町時代物語・墨染桜)。「籠済《ろうさい》を褒美《ほうび》したまふその唱歌は、「山がらす何をいとひて、すみぞめの浅きにあらであたらこの世を」などうたふなり」(昔々物語)。

▼墨染衣の烏がうたわれる。中世小歌圏としては対照的に、『田植草紙』朝歌に、「うらうらと鳴いて通る烏」。これは、朝露に濡れた、農耕文化が捉えた「ハレの烏」である。

226
・吟

丈人屋上烏　人好烏亦好
（丈人屋上烏《チヤウシンオクシヤウノカラス》　人好烏亦好《ヒトモヨシカラスモマタヨシ》）

長老の家の屋根に烏がとまっている。その人柄が立派なので、烏までが好ましく見える。

丈人　丈は杖《つえ》。尊厳ある長老の称。
▼肩書「吟」。訓み下し文は、右記の如く彰本には書かれているが、底本、図本にはなし。原典は、杜甫「奉贈射洪李四丈」と題する次の詩。「丈人屋上烏　人好烏亦好　人生意気豁　不在相逢早」（清代、仇兆鰲《きゅうちょうごう》注『杜甫詳註』）。おそらく当時、一般に常套的に語りぐさにされ、小歌にも歌われていたのであろう。人物次第で、その人に関係するすべての評価がかわるということ。

227 ・小　音《おと》もせいでお寝《よ》れ　音もせいでお寝れ　烏《からす》は月に鳴き候《そろ》ぞ

静かにおやすみなさい。烏は、月の光を夜明けかと思って鳴いているだけですよ。

お寝れ　女房詞「御夜《およ》る」(寝る)を活用させた命令形。「明日は出やうず物　舟が出やうずもの、おもたげもなくおよる殿御よ」(狂言大蔵虎寛本・靱猿《うつぼざる》)。

▼三本とも肩書・圏点なし。加える。女が、月夜烏の声に驚いて帰ろうとした同衾の男を引き留めている。狂言諸本「音もせでおよれ〳〵　月にからすが啼き候よ」(天正狂言本・十夜帰り)。「音もせでおよれ〳〵　烏は月になき候ぞ」(天理本狂言抜書・花子)。「お寝れ音もせでおよれ　烏は月に啼き候よ」(宗安)。

「肥後国安蘇郡俗信誌」(『旅と伝説』六巻五号)に、この227番に関わる呪術の報告がある。闇夜に烏鳴きを聞けば何かの悪難がその身に降りかかると言われているが、この難をさけるために、次の歌を三度詠めばよい、と。「闇夜烏の鳴く声聞けば　月夜烏はいつも鳴く」(熊本県・宮地町字石田。現・阿蘇市)。「闇夜烏の鳴き声聞かず　月夜烏はいつも鳴く」(同宮地町字古屋、同前)。これは、民間における呪歌としての伝承を見た事例。

228 小・名残《なごり》の袖《そで》を振り切り　さて往《い》なうずよなう　吹上《ふきあげ》の真砂《まさご》の数　さらばなう

名残り尽きない袖を振り切って、さあ帰ろうか。風が吹き上げる砂浜の砂の数ほど、あなたが愛しくてならない。さらばよ。

名残の袖　名残りを惜しみながら、別れること。「ただ名残こそ惜しう候へ。墨衣思ひたてどもさすが世を出づる名残の袖は濡れけり」(謡曲『高野物狂』)。**吹上の真砂の数**　「これは住吉さかひ　宇治の湊　和歌吹上や玉津島」(幸若・文学)。近世期のこの系統での代表は、「いとし殿御に逢ひたいことは　川の真砂でかぎりなひ」(鳥虫歌・佐渡)。「外の海府の石名の浜の砂の数よりや殿は可愛い」(同・盆踊歌。『佐渡の民謡』)。

▼別れ難く、名残り惜しい気持ちを、浜の真砂の数ほどの数の多さで表現する。

229
・小袖《そで》に名残を鴛鴦鳥《おしどり》の　連《つ》れて立たばや　もろともに

名残を惜しみながら別れてゆくことです。あの鴛鴦のように連れだって、ぱっと飛びたちたいものです。

鴛鴦鳥　名残惜しの「惜し」を掛ける。鴛鴦は常に雌雄寄りそう、恋する鳥。「鴛鴦《エンワウ》和名類聚」(撮壌集・鳥名)。「常に恋するは、空には織女《たなばた》流れ星　野辺には山鳥秋は鹿流れの君達《きうたち》　冬は鴛鴦《をし》」(梁塵・巻二・三三四)。

▼前の小歌から「名残の袖」で連鎖する。「立ち歌」。『五節間郢曲《ごせちかんえいきょく》』殿上淵酔の場の歌謡には「いざ立ちなん鴛鴦の鴨鳥　水増さらばとくぞまさらむ」とある。

230 ・大

風に落《お》ち　水には紛《まが》ふ花紅葉《もみじ》　しばし袖に宿《やど》さん　涙の露の月の影　涙の露の月の影　それかとすれば　さもあらで　小篠《おざさ》の上の玉霰《たまあられ》　音も定かに聞こえず

風に散り、水には紛れてわからなくなってしまう花や紅葉も、涙とともにしばしはこの袖に留めておこう。涙の露に宿る月影を、恋しい人の面影かしらと思って見ると、そうではなくて、目も衰えてさだかに見えず、篠の上に落ちる霰の音も、耳もさだかに聴こえないことだよ。

紛ふ 三本とも「まがふ」と読める。謡曲では「浮かぶ」。一案、謡曲にならって「浮かぶ」。**花紅葉** 花や紅葉。**小篠の上の玉霰** 「霰トアラバ、玉あられ、玉ざさ……」(連珠合璧集)。

▼謡曲『昭君』の一節。40番と同様の場面だが、ここでは、「冬の心」がうたわれていて、次の「世間《よのなか》の無常観」の小歌と合流する。

231
・小

世間《よのなか》は霰《あられ》よなう　笹《ささ》の葉《は》の上の　さらさらさつと　降るよなう

この世は霰のようなもの。笹の葉の上に降りかかる霰のようなもの。さらさらさっと降ってきては、またたくまに過ぎてゆくものだ。

降る「経る」を掛ける。

▼前歌「小篠の上の玉霰」を受けた。この世の流れが、無常にも、刻一刻留まることを知らず移り過ぎてゆく。そのはかなさを、笹の葉に降りかかっては散って消えてゆく霰で象徴した。「なう」が「の」になって宗安、隆達にもある。

232
・大凡人界《およそにんがい》の有様《ありさま》を　しばらく思惟《しゆい》してみれば　傀儡棚頭《かいらいぼうとう》に彼我《ひが》を争《あら》ひ　まこといづれの所ぞや　妄想顛倒夢幻《もうそうてんどうゆめまぼろし》の世の中に　あるをあるとや思ふらん

そもそも人間界のありさまを考えてみるに、傀儡の使う操り人形が、小さな棚車《ほうしゃ》の舞台の上で、たがいに争っているようなもので、まことにつまらないことである。誤った迷いの心で、道理をさかさまに考えて、夢幻の世の中なのに、目前に見えるものすべてを、本当に実在するものと思っているようだ。

思惟　対象を思考し分別する心作用。**傀儡棚頭に彼我を争ひ**　「傀儡」は操り人形、「棚頭」は棚車(山車)の上のこと。「傀儡棚頭論彼我　蝸牛角上闘英雄」(夢窓国師語録・下・一)。「只看棚頭弄傀儡」(禅林句集・十四字)。**妄想顛倒**　誤った想念、真理に悖《もと》った見方。邪念。誤謬。「妄想《マウサウ》」(枳園本節)。「妄想顛倒の嵐はげしく、悪業悩の霜あつく」(発心集・上)。

▼謡曲『苅萱《かるかや》』(廃曲)の最終部分。出典引用については吾郷『中世歌謡の研究』に詳しい。高野山で、父親の苅萱が一子松若と再会。母を弔い、世の妄想転倒夢幻を述べ

る。禅林の虚無的な人生観が滲む。およそ人界のありさまは、これ、たかが棚頭に動く傀儡にすぎない、と言い放ち、虚無・夢幻の人生が歌われている。人間が傀儡棚頭の争い、妄想顚倒の嵐の中に生きていることを認識すべきであると伝えている。

233 ・小

申したやなう　身が身であらうには　申したやなう

この気持ちを申し上げたい。それ相応の身分であったなら。申そうものを。

身　身分の低い数ならぬこのわたし。「身は近江舟かや」(130番)、「身は鳴門船かや」(132番)など。

▼あの方へ恋情を打ち明けたいのだけれど。ここは身分が低い女の独白。次の小歌「身の程の」へ通じる。

234
・小　身《み》の程《ほど》の　なきに慕《した》ふもよしなやな　あはれ一村雨《ひとむらさめ》の　はらはらと降れかし

数にも入らぬ卑しいこの私が、泣いても慕ってみても、どうにもいたしかたのないことです。ああせめて、村雨がひとしきり、降ってほしいものです。

なきに 底本・図本「なきも」。彰本により「なきに」と改める。また「無き」に「泣き」を掛ける。**村雨** にわかに降ってくる雨。**はらはらと** 村雨の降る様子に、涙の落ちるさまを重ねる。

▼「名残《なご》り惜《お》しやつれなやうゝ　はら〳〵おろと　いづれ誰《た》が情《なさけ》ぞむら（村）雨《さめ》」、「抱《だい》て寝《ね》る夜の暁《あかつき》は　離《はな》れがたなの寝肌《ねはだ》やうゝ（う）　はらはらおろと　いづれ誰《た》が情《なさけ》ぞむら雨《さめ》」（天理本『おどり』・ややこ）。↓195・196番。女歌舞伎踊歌系の中に継承されている。たとえば神戸市須磨区車《くるま》に伝承されている百石踊では、「そらそらふるふる　はらはらといづる　たがなさけのむらさめ　いよおぼろ月夜のあまのはら」（『兵庫県民俗芸能誌』）。

235
・小 あまり言葉《ことば》のかけたさに　あれ見さいなう　空《そら》行く雲の速《はや》さよ

あまりにも言葉をかけたくて、あれごらん空行く雲の、あんなにも速く飛んでゆくよ。

▼全体を一人の人物の科白と解釈する。「空行く雲をごらん、あまりにも言葉をかけたいばかりに、あんなに速く飛んで行くよ」と、口ずさんだ若者がいる。空の雲を見上げながら言ったのである。秋空を飛んでゆく一枚《ひとひら》の雲を、そのように見立てた。二人の男女が小高い丘の上か、川原の堤に寄り添って座っている。お互いに、ほのかな好感をもってはいるものの、まだその心を告白したことはない。やっと二人きりで逢うことができたのである。

「雲」を擬人化して捉えている。相手にはやく言葉をかけたい心情を、風に乗る雲に託した。男の科白。282番の「あまり見たさに」とともに、「あまり言葉のかけたさに」の句だけを説明文と見るのは不自然である。

236 小
・芳野川《よしのがわ》の　よしやとは思へども　胸《むね》に騒《さわ》がるる　田子《たご》の浦波《うらなみ》の　立ち居《たい》に思ひ候もの

吉野川ではないけれど、これでよいのであろうかと思ってはみるものの、胸騒ぎがしておさまらない。田子の浦波の立つではないが、立っても居ても思い続けているのです。

芳野川「よしや」を出すための序。吉野川。↓14番。「流れては妹背《いもせ》の山のなかにおつる吉野の川のよしや世の中」(古今・恋五・よみ人知らず)。「吉野川よしや人こそつらからめはやくいひてしことは忘れじ」(同・躬恒《みつね》)。**田子の浦波**　田子の浦は駿河湾に注ぐ富士川の河口のあたり。「駿河なる田子の浦波たたぬ日はあれどもきみを恋ひぬ日はなし」(古今・恋一・よみ人知らず)。
▼ええままよと思いながらも、常に心から去ることのない恋の思い、ざわざわと押し寄せる、晴れやらぬ情感を、吉野川と田子の浦という二つの歌枕の中からおこる波の音として取り入れて歌っている、印象的な小歌の一つ。

237
・小田子《たご》の浦浪《うらなみ》　浦の浪　立たぬ日はあれど　日はあれど

田子の浦の波、浦の浪の立たない日は、ひょっとしたらあるかもしれないけれど、あなたの事を恋い慕わない日はありません。

田子の浦　↓236番。「駿河なる田子の浦波たたぬ日はあれどもきみを恋ひぬ日はなし」(古今・恋一・よみ人知らず)を省略した形。「日はあれど」以下を切り捨てたのは、余情を言外に含める手法。

▼124番の「憂き三保が洲　倚るや波のよるひる」とともに、海辺浦波の代表的情歌。閑吟集における海辺・浦を辿る風景の一齣《こま》。

238・小石《いし》の下《した》の蛤《はまぐり》　施《せ》我《が》今世《こんせ》楽《いらく》せいと鳴く

石の下に棲む蛤は、我に現世の楽をあたえよ、と鳴いている。

石の下の蛤　蛤は生涯、砂や石の中に埋もれて生きる。「かのはまぐりと申は、いさごの中に、棲む物にて候に」(秀祐之物語)。**今世**「わどのを持ちてこそ、こんせい、ごせ、をもたのもしく」(大山寺本曽我物語・河津が討たれし事)を参考として、「今世」を「こんせい」と読む。**施我今世楽せいと鳴く**「我に現世における楽を与えよ、我に現世の楽を施《ほどこ》せ、と鳴く」。楽《らく》の世《よ》を我に与えよ、と、石の下で蛤は鳴いているのである。呪文であり、経文のような成句。暗に世に現れない不遇の身をなげいている。

▼これまで出典等についてはよくわからなかったが、植木朝子によって『請観世音菩薩消伏毒害陀羅尼呪経』が明示された。↓補注。

239 ・吟

百年不易満　寸寸彎強弓
（百年満《はくねんみ》ち易《やす》からず　寸寸強弓《すんすんごうきゅう》を彎《ひ》く）

人間は、わずか百年の寿命を保つことすら容易ではないのに、一寸一寸、力を振り絞って強弓を引くがごとく、心身ともに苦労が絶えないものである。

百年「百年《はくねん》の歓楽も命終れば夢ぞかし」（謡曲『邯鄲』）。「百年《はくねん》富貴は塵中の夢、一寸の光陰は沙裏の金」（謡曲『盛久』）。

▼吟詩句。蘇軾《そしょく》（蘇東坡《そとうば》）の「次前韻寄子由一首」の第三、四句。「我少即多難　邅回一生中　百年不易満　寸寸彎強弓　老矣復何言　栄辱今雨空……」。「百年」は、人の一生、生涯。しかもわずか百年。永劫の時間の流れから見て、たった百年。きわめて短い時間の意味。戦国の世を生きた人々、特に武士の呟きと見ておいてもよい。238番「施我今生楽せい」から展開して、連鎖している。「彎強弓」は「楽せい」と相対している。一寸一寸絶えまなく全身全霊で強弓を引きしぼる。苦労辛苦の一生を送った武士達のふと漏らした呟き。乱世に生まれた歌謡文芸を摑むには、吟詩句小歌にも注目が必要である。

240 ・小 我御《わご》料《りょ》に心筑紫《こころつくし》弓《ゆみ》　引くに強《つよ》の心や

おまえに、真実、心を尽くしてきたのに、筑紫弓ではないけれど、精いっぱい引いても、靡《なび》こうともしない、強情だなあ。

筑紫弓　筑紫産の弓。「筑紫弓」の「つくし」に「心を尽くす」を掛ける。世に聞こえた強弓。「筑紫にきこふる　強弓を十ちやうそろへ参らせければ　二三ちやう押し並べ　はらはらと引き折って」(幸若・百合若)。「胴の骨の様態は、筑紫弓のじようばりが　弦を恨み　ひと返り反つたがごとくなり」(説経浄瑠璃・をぐり・鬼鹿毛讃めの段)。

▼閑吟集にも、そして風流踊歌群、『田植草紙』系歌謡群にも、弓の歌はかなりあって、おもしろくすぐれた歌も多い。閑吟集では、強弓、筑紫弓、白木の弓、弓張型と続く。239番から243番まで「弓」で連鎖。

241 ・小 取《と》り入れて置《お》かうやれ　白木《しらき》の弓《ゆみ》を　夜露の置かぬ前《さき》に　取り入れうぞなう

取り入れておこうよ、あの白木の弓を。夜露で濡れないうちに、取り入れておこう。

白木の弓　塗りを施していない弓。夜露や雨は禁物。「白木弓」(易林本節)。「荒木　白木　皆白木」(延宝版・武家節)。

▼これは男側の発想。恋しい相手(女性)を他の男に取られてしまわないように、の意を込める。「置きて行かば妹はまかなし持ちて行く梓の弓の弓束にもがも」(万葉・巻十四・三五六七)、「おくれ居て恋ひば苦しも朝狩の君が弓にもならましものを」(同・三五六八)。「思ふ弓やごぜ引かばやわり来いやれ、我が差いた弦ならば引かば来ひやれ(下略)」(田植草紙・晩歌一番)。「陸奥《みちのく》の梓の真弓我が引かば　やうやう寄《よ》り来《こ》忍び忍びに」(神楽歌・採物・弓・末)など。風流踊歌群より「弓になりたや白木の弓に花のしんくが持つ弓に」(讃岐大野村、豊後踊・小笹)。

242 ・さまれ結《ゆ》へたり　松山《まつやま》の白塩《しらしお》　言語《ごんご》神変《じんべん》だよ　弓張形《ゆみはりがた》に結へたりよ　あら神変だ

小

ともかく結びました。(祈りの場には)白塩の山を造って、松を挿して、摩訶不思議。弓張りの形に結んだではないか、あら神変不思議なことだよ。

さまれ さもあれ、の変化。ともかく。**結へたり** 「結ひたり」の変化か。松の枝と枝を結んだのか。**言語** 「言語《ゴンゴ》」(運歩色葉)。「ごんご」(日葡)。**神変** ことばでは言い表わすことができないほど不思議なこと。「言語神変だよ」は「祈りの言語(ことば)は不思議だよ」。「此おきなこそ、ここにひとつの酒を持つ。そのなをじんぺんきどくしゅと」(奈良絵本・酒呑童子・中)。「小夜の中山にて　薬あたへられし女はうは　是もくまの丶こんけんの御使にて　てんのさほひめにて御入候也。何も神変奇特是にすぎたる事あらじ」(室町時代物語・あかしの物語)。

▼難解歌。松の枝を結ぶ(結松)習俗をともなう祈禱あるいは祭礼の一場面を、興味深く見ている立場での歌。巫祝の光景。巫女は居丈高に祈っている。

243
・小

いと物細《ものほそ》き御腰《おんこし》に　太刀《たち》を佩《は》き矢負《やお》ひ　虎豹《とらひょう》を踏む御脚《おんあし》に　藁沓《わらぐつ》を召《め》された　抖《くく》ればがさと鳴り候《そろ》　賤《しず》が柴垣《しばがき》えせ物

とてもほっそりとした精悍な御腰に、太刀を佩き矢を負い、虎豹の皮を踏む、高貴な御脚に、なんと藁沓をお召しになった。くぐればがさっと鳴るよ。賤家の柴垣ときたら、なんとまあしょうのない柴垣だねえ。

いと物細き御腰　若者の細い精悍な腰。**虎豹を踏む御脚**　敷物としての虎豹の皮を踏む。「藁沓を召された」とともに貴公子の日常であり、恋の忍びの風体である。**抖れば**　「抖藪《クヽル》」(枳園本節)。「くくれば」(清音)。**えせ物**　似非者。柴垣を罵倒。真鍋『中世歌謡評釈　閑吟集開花』参照。

▼「召された」まで鷺保教狂言伝書・小舞に見え、「是ハ神宮皇后ノ心持ナル由云伝ル」とある。「いと物細き御腰に　太刀を帯き矢を負ひ　虎豹を踏む御足に藁履を召されて　挑《くく》ればがさと鳴り候　賤が柴垣似非物」。稲田秀雄「狂言小舞『柴垣』考」参照。ここでは一貴公子が賤家の女へ忍び寄る有様。太刀・矢が前歌までの弓と連鎖。

244 ・小 嫌《いや》中すやは　ただ　ただ　ただ打て　柴垣に押し寄せて　その夜は夜もすがら　現《うつつ》なや

どうして嫌などと言いましょう。ただもうひたすら柴垣のもとによって、打って合図してください。その夜は一晩中、わたしも正気の沙汰ではありません。

ただ ひたすら。深く気持ちを込めて。中世小歌の副詞。垣を打つ擬音語でもある。

現なや 正気ではない。「打つ」から「うつつなや」。

▼「打て柴垣に」に関して、『梁塵秘抄』巻二・神社歌・稲荷十首「稲荷山三つの玉垣打ち敲《たた》き　我が願事《ねぎごと》ぞ神も応へよ」。この出典は、『後拾遺集』巻二十・神祇・恵慶《えぎょう》法師「稲荷によみてたてまつりける」の詞書のある「稲荷山みづの玉垣うちたゝきわがねぎごとを神もこたへよ」。これは『恵慶法師集』にもある（初句「稲荷のや」。四句「わがねぎごとに」）。恋歌として、また稲荷の神域における呪術的信仰の行為を具体的に詠み込んでいることにおいて、特色ある表現の小歌としてよい。その異様なパッションは、244番にも残る。「あなたのこなたの　そなたのこちの　あらうつつなや柴垣に押し寄せて　うつつなの衆」（宗安）。以下、馬場光子『走る女』所収「柴垣の歌」以下に詳述されている論考参照。↓補注。

245・小

薄《うす》の契《ちぎり》や　縹《はなだ》の帯《おび》の　ただ片結《かたむす》び

はかない契りでした。縹の帯の、ただ片結びのような。

縹の帯　縹色は薄い藍色。露草の花で染める。直射日光にあたると褪めやすい。「縹《ハナダ》色《イロ》」(運歩色葉)。「石川の高麗人《こまうど》に帯を取られて　からき悔《くい》する　いかなる帯ぞ　縹の帯の　中はたいれなるか」(催馬楽・石川)。

▼「縹」「片結び」が「薄《うす》の契」を象徴している。「縹」は色褪せしやすい。「石河やあだに契りや結びおきしはなだの帯の移りやすさは」(続後拾遺・巻十二・恋三・後鳥羽院下野)。「修辞の上でも大胆な省略と微妙な暗示が、「縹」を核として前後に響きあひ、薄明りの中の花のやうに匂ひ立つ。閑吟集切つての秀歌であり、なまじ詰らぬ旋律などつけて歌つてもらはぬ方がよい」(塚本邦雄『君が愛せし　鑑賞古典歌謡』)。また植木朝子『中世小歌　愛の諸相』においても、豊かな和歌等の用例を用いて、この歌の解説鑑賞を行なっている。

246・大

神は偽《いつわ》りましまさじ　人やもしも空色《そらいろ》の　縹《はなだ》に染めし常陸帯《ひたちおび》の　契《ちぎ》りかけたりや　構へて守り給へや　ただ頼め　かけまくもかけまくも　かたじけなしやこの神の　恵みも鹿島野《かしまの》の　草葉《くさば》に置ける露の間も　惜《お》しめただ恋の身の　命ありてこそ　同じ世を望《たの》むしるしなれ

神に偽りはありますまい。人はひょっとしたら、空事《そらごと》を言うかもしれないけれど、この空色の縹に染めた常陸帯を奉納してお祈りをしているのですから、どうかお守り下さい。ああただひたすらにお頼み申せ。この神の恵みを頼み、人は鹿島野の草葉の露のようにはかない一生ではあるが、恋する身を大切にすることだ。命があってこそ夫婦おたがい、世にあることを頼む甲斐もあるものだ。

空色の縹に「空事」を掛け、同系の色の縹を導く。**常陸帯**　正月十四日に常陸鹿島明神で行われた、男女の縁を卜占する神事。帯に意中の人の名を書いて神前に供え、神主がその縁を占う。「東路《あづまぢ》の道のはてなる常陸帯のかごとばかりも逢はむとぞ思ふ」(新古今・恋歌一・よみ人知らず)。「常陸帯トアラバ、かしまの神、か事　祈る、むすぶ」(連珠合璧集)。**構へて**　きっと、必ず。**かけまくも**　口に出して言うのも。**鹿島**

野　茨城県。鹿島明神の鎮座するところ。

▼三本とも肩書なし。「大」を加える。謡曲『常陸帯』(廃曲)の一節。まず神(鹿島明神)に、偽りはありますまいが、人が常陸帯の神事(卜占)を行い祈願を込めた上は、どうかお守りください、と神に誓約を求め迫っている。「ただ頼め」からは男に憑いた明神の口調。

247 大

・まことの姿はかげろふの　石に残す形だに　それとも見えぬ蔦葛《つたかずら》　苦しみを助け給《たま》へと　言ふかと見えて失《う》せにけり　言ふかと見えて失せにけり

本当の姿は、かげろうの如く消えはてて、墓石すら、蔦葛に這いまとわれて、形も見えないものとなっている。どうかこの苦しみから私を救ってください、と言ったかと思うと、その人の姿はふと消えてしまった。

▼金春禅竹《こんぱるぜんちく》作『定家《ていか》』の一節。蔦葛が這いまとわった、式子《しょくし》内親王の墓の前で、里の女が諸国一見の僧にその由来を説明したあと、忽然と消えてゆく、この能の前段の最後の場面である。式子内親王がこの里の女となって現われたのだが、僧に、死しても迫る定家の激しい妄執から、助け給えと願っているのである。定家葛伝説をもとに作られた禅竹の名作である。情念が蔦葛となって這い纏わる愛欲の発想伝承は、広く国内外に認められる。

248
・小水に降《ふ》る雪　白《しろ》うは言はじ　消え消ゆるとも

我が恋は、水に降る雪。あからさまにその人の名は言うまい。たとえまたたくまに消えてしまうようなことになろうとも。

▼「我が恋は」の歌い出しを省略した形。「我が恋は　水に降る雪　白うは言はじ　消え消ゆるとも」（宗安）。「水の面に降る白雪のかたもなく消えやしなまし人のつらさに」（金葉・恋下・藤原成通）。

249 ・小 降《ふ》れ降れ雪よ　宵《よい》に通ひし道の見ゆるに

降れ降れ雪よ、あの人が宵に通って来た足跡が見えないように。

▼雪が降る風景の中で、子どもたちの「降れ降れ雪よ」の唱え言を取り入れて、この恋歌ができた。「降れ降れこゆき、といはけなき御けはひにて、おほせらる、聞こゆる」（讃岐典侍日記・三五段）。「ふれふれこゆき　たんばのこゆき、といふこと」（徒然草・一八一段）。「ふれふれ粉雪　墻《かき》や木のまたにたまれ粉雪」（世話重宝記・序文）。「ふれふれこんこ」（岐阜）、「降る降る雪が」（同）、「雪よふれふれ」（兵庫・奈良）など。この唱え言は「わらべうた」でもある（日本伝承童謡集成）。この249番の発想が、近世近代では、次のような俗謡ともなって定着する。「主《ぬし》を返したその足跡を　どうかかくして今朝の雪」（庄内俚謡集）。吾郷寅之進・真鍋昌弘『わらべうた』参照。

250
・大
夢通《かよ》ふ道さへ絶えぬ呉竹《くれたけ》の　伏見《ふしみ》の里の雪の下折《したお》れと　詠《よ》みしも風雅《ふうが》の道ぞかし　げに面白や若竹《わかたけ》の　はり竹の簓《ささら》ならば　夢の通《かよ》ひ路絶《た》えなまし　千秋万歳《せんしゅうばんぜい》の栄華《えいが》も　破竹《はちく》の内のたのしみぞ　味気《あじき》なの憂《う》き世《よ》や　夢さへ見果《みは》てざりけり

昔の歌人が「夢通ふ道さへ絶えぬ呉竹の伏見の里の雪の下折れ」と詠んだのも、風雅の心からでおもしろい。ほんとうに竹の雪折れの音でさえ、夢が破られるのであるから、割り竹のささらの音ならなおさら、通い路の夢も絶えてしまうであろう。さて千秋万歳の栄華もやはり割り竹のような一瞬のたのしみにすぎない。ああつまらない憂き世ではあるなあ。夢でさえも、終りまで見果てることができないとは。

夢通ふ…　藤原有家の歌。新古今・冬。詞書に「同じ家にて、所の名を探りて冬の歌よませ侍りけるに、伏見里の雪を」とある。**雪の下折れ**　雪の重みで、呉竹が折れる音がする。**若竹のはり竹の**　底本、図本。彰本は「わり竹のはり竹の」(「は」に「わ」を書き添える)。割り竹は大成によると「丸竹の先を割って音響を出すようにしたもの」と言う。**味気なの憂き世や**　→52番他。

▼出典未詳。大和猿楽の作品の一節。『留春《りゆうしゆん》』(留春という桑門《そうもん》が花の都で簓《ささら》や鞨鼓《かっこ》の芸を見せる作品。廃曲)に、この250番の一部分「千秋万歳の栄花も、八九の中の楽みぞ、あぢきなのうき世や、夢さへ見果てざりけり」が取り入れられている。

251・早

見るかいありて嬉しきは　契《ちぎ》りし今朝《けさ》の玉章《たまずさ》　除目《じもく》の朝《あした》の上書《うわがき》

見る甲斐があってうれしいのは、契ったその翌朝の、女のもとから届けられた文。除目の日の朝の任官通知文書の宛名書き。

除目 任官の人名を記した目録。またはその任官を行う儀式。**上書** 任官の通知文に自分の名前が追い書きされてあること。

▼早歌「朝」の一節。「起き憂き朝の床の上に、見るかひ有てうれしきは、契りし今朝の玉章《たまづさ》、除目《ぢもく》の朝《あした》の上書」(宴曲集・第五・朝)。『枕草子』にも、「とくゆかしきもの」の中に「除目のつとめて、かならず知る人のさるべきなきをりも、なほ聞かまほしき」(一五九段)とある。

252・小

しやつとしたこそ　人は好《よ》けれ

人は、しゃきっとしているのがよい。

しやつと 心身ともに、しゃきっとしていること。↓87番。「我が思ふ人の心は淀川や　底の深さよ」(宗安)。「褐帷子《かちんかたびら》に四つ割りの帯を　後《うしろ》にしゃんと結んだ　あらうつつなの面影やの」(隆達)。

▼心身ともに男の理想を一言で言うなら、の意味であろう。さわやかな張りのある、心の深さがともなっていなければならない。

253 ・大

げに遇《あ》ひがたき法《のり》に遇ひ　受《う》けがたき身の人界《にんがい》を　受くる身ぞとや思すらん　恥づかしや帰るさの　道さやかにも照る月の　影はさながら庭《にわ》の面《おも》の　雪のうちの芭蕉《ばしょう》の　偽《いつわ》れる姿の　まことを見えばいかならんと思へば鐘の声　諸行無常《しょぎょうむじょう》と成《なり》にけり　諸行無常と成にけり

人は、簡単に出逢うことができない仏の教えに接し、容易に生を得ることのできない人間界に生まれてきたと、私のことを思っておられるのか。恥ずかしいことだよ。帰り道を月がさやかに照らし、庭も雪が降ったように明るいのだから、あの「雪中芭蕉」の絵の故事のように、偽れるわが姿の本性が見えてしまったらどうしようか、と言ったかと思うと、鐘が諸行無常と響き、かの女は見えなくなった。

げに遇ひがたき　「何況人身難受、仏法難遇」(六道講式)。**雪のうちの芭蕉**　唐帝が王維に冬の芭蕉の絵を命じたところ、実景にはない、雪積の芭蕉を画いたとの故事による。▼金春禅竹作『芭蕉』の一節。99・100番に続いて、里の女に化身している芭蕉の精が、鐘が諸行無常と響くうちに消えてゆく場面。

254 ・放

おほとのへの孫三郎《まご》が　織手《おりて》を留《と》めたる織衣《おりごろも》　牡丹唐草獅子《ぼたんからくさしし》や象《ぞう》の　雪《ゆき》降《ふ》り竹《だけ》の籬《まがき》の桔梗《ききょう》と　移《うつ》れば変る白菊《しらぎく》の　おおとのへの竹の下《した》　裏吹《うらふ》く風もなつかし　鎖《さ》すやうで鎖さぬ折木戸《おりきど》　など待《ま》つ人の来ざるらむ

大舎人《おおとのえ》の孫三郎が、技《わざ》の粋をつくして織った衣の紋様は、牡丹、唐草、獅子、象、雪降り竹の籬の桔梗、続く模様は白菊。さてその移ろいやすい白菊ではないが、あの人の心も移ろいやすいことです。大舎人にある竹の裏葉を鳴らして吹く風も、あの方がお越しになる前兆かと思うとなつかしく、折木戸を鎖《とざ》そうと思いながらも鎖すことなく待ち明かしましたが、どうして来てくれないのでしょうか。

おほとのへ　「大舎人部《おおとねりべ》」の略。古代からの織部司《おりべのつかさ》の後身で、後の西陣織の源流。地名として残った。「中京大焼之事。下ハ二条、上ハ御霊ノ辻、西ハ大舎人、東ハ室町ヲカギツテ百町余、公家武家大小人家、凡三万余宇皆灰燼トナツテ、今ニ郊原トナリ畢ンヌ」(応仁記)。「明徳の頃、山名・細川の両執権、洛中において数度合戦ありし時、堀川の西、一条より北に屯するを西陣といひ、堀川より東を東陣といふとぞ」(『都名所図会』巻一・平安城首)。**孫三郎**　織職の名人の名。**鎖すやうで鎖さぬ折木戸**　「……

閉すよでささぬから木戸、なじよ待つ人は御座らぬ　待つ人は来まいげにそよ」(落葉集・古来十六番舞之唱歌・第十三番「織殿へ」)。「さすやうでささぬは　人まつ宵の裏木戸、ささぬやうでさすは、又思ふが中の盃」(尤《もっとも》の草紙)。

▼肩書「放」。中世期の大道芸「放下《ほうか》」の歌謡。謡曲『孫三郎』(江戸時代成立か。別名『織殿』)には、「これは洛陽西亭《ニシテン》のかたはらに住居する孫三郎と申者にて」とあり、また「織殿やの孫三郎が　織手をこめし織衣　牡丹からくさ獅子や竜」という織職歌が都や田舎にて貴賤老若に流行したと述べている。

255 ・小
人の心は知られずや　真実《しんじつ》　心は知られずや

人の心というものは分からない。ほんとうに心は分からないものだよ。
真実　強意の副詞。ほんとうに。まったく。「包《つつ》むと仰やるも皆いつはり　真実思へば包まれもせず」(宗安)。
▼前歌「など待つ人の来ざるらむ」を受ける形で連鎖させた。待つ女の歌。相手の男の心変わりを嘆く。

256
・小
人の心と堅田《かたた》の網《あみ》とは　夜《よる》こそ引きよけれ　夜こそよけれ　昼《ひる》は人目の繁《しげ》ければ

思う人の心と堅田の網は、夜こそ引きよいものだ。夜こそね。昼は人目が繁く、目立つものだから。

堅田の網　堅田は滋賀県堅田町(現・大津市)。琵琶湖西岸、湖上交通の要港。また堅田は特に知られた網漁の漁場(四つ手網)でもあった。「堅田浦。坂本之北。」(和漢三才図会)。「義朝は堅田より御船にめされ、むかひの地へときこえければ」(幸若・伊吹)。「堅田の浦に曳く網の　夜こそは引きよけれ　昼は人目の繁ければ」(曲舞・水汲み)。「網トアラバ、引、目にかかる、かただの浦」(連珠合璧集)。**夜**「寄る」を掛ける。▼堅田は中世において堅田衆が漁業権を握っていたので、自然と周辺の漁民は目立たぬように夜の密漁を行なったのであろうと言われており、『大津市史』(中世編)によると、住人は権力をものにして堅田を支配したとある。『藤河の記』には「来し方は堅田の浦に干す網の目にかかりつる山の端もなし」。『近江名所図屏風』(室町時代)の堅田の部分には、浮見堂の近くで、網を引く漁船や櫓を組んで四つ手網を仕掛ける有様が描かれている。

257・小

陸奥《みちのくに》のそめいろの宿《しゅく》の　千代鶴子《ちよつるこ》が妹《おとと》　見目も好《よ》ひが　形も好いが
人だにふらざ　なほよかるらう

みちのくの、染色《そめいろ》の宿の千代鶴子の妹は、見目もかたちも美しいのだけれど、男さえ振らなければ、もっと好かろうに。

そめいろの宿 未詳。宿場の名か。そめいろの宿場で評判の、ということになる。**千代鶴子** 評判の美女の名。遊女の名前(折口信夫)。
▼底本「そめいろの宿《やと》の　千代つるこかおと、」。彰本「そめいろの宿《スク》の　千代つるて《こ》かおと、」。図本「そめいろの宿《しゅく》の千代つるこかおと、」。「やど」を他二本と同様に「しゅく」とした。民謡に多い、美女を揶揄する歌の一種。

258 ・小 憂《う》き陸奥《みちのく》の　忍ぶの乱れに　思ふ心の奥知らすれば　浅くや人の思ふらん

陸奥の忍ぶ捩摺《もじずり》の古歌さながら、この乱れ心の奥底を打ちあけたら、あの方は私のことを軽々しい女だとお思いになるだろうか。

▼有名な古歌、「みちのくのしのぶもぢずりたれゆへにみだれんと思ふ我ならなくに」（古今・恋四・河原左大臣）を基にした小歌。「信夫山しのびて通ふ道もがな人の心の奥も見るべく」（伊勢物語・十五段）。ここから「忍ぶ」で連鎖してゆく。

259
・田

忍《しの》ぶ身の　心に隙《ひま》はなけれども　なほ知るものは涙かな　なほ知るものは涙かな

忍ぶ恋をする私の心に隙間などないはずなのに。しかしその隙間があることを知っている涙なのでしょうか。

▼田楽能謡の一節。出典は不明であるが、歌詞は、新古今・恋一に見える。「百首歌よみ侍りける時　忍恋を／しのぶるに心のひまはなけれども猶《なほ》もる物はなみだなりけり」(入道前関白太政大臣藤原兼実《かねざね》)。「もる」は「洩る」。久保田淳『新古今和歌集全評釈』では、参考歌として、『清輔朝臣集』恋の「かくばかりおもふ心はひまなきをいづこよりもるなみだなるらん」を掲げている。「忍ぶ恋」の歌が続く。

260・大

忍ぶの里に置く露も　我らが袖の行方《ゆくえ》ぞと思へども　色には出《い》でじとばかりを　色には出でじとばかりを　心一つに君をのみ　思ひ越路《こしじ》の海山の　隔《へだ》ては千里《ちさと》の外《ほか》なりとも　人の心の変らずは　又帰り来む帰る山の秋の夕《ゆうべ》の憂《う》き旅も　子に添はばかくは辛《つら》からじ

人を恋い忍ぶという名の信夫の里に置く露を見るにつけ、わが袖もやがてそのように涙の露で濡れることになろうが、悲しさは表面には出すまいと決めてひたすらおまえを恋い慕って、越路の海山を越えて来たことだ。たとえ千里隔たっても、おまえが心変りせずにいてくれたら、また帰りたいものだと、帰る山を越えながら思うにつけ、この夕べの道行も、愛しいわが子と一緒ならば、こんなに辛くはあるまいものを。

君をのみ　「君をのみ思ひ越路の白山《しらやま》はいつかは雪の消ゆる時ある」(古今・雑下・宗岳大頼)。**越路**　「来し」を掛ける。**千里の外なりとも**　「親ハ千里ヲ往《ユ》ケドモ、子ヲ忘レヌ」(国字分類諺語。諺苑)。**帰る山**　歌枕。福井県南条郡鹿蒜《かえる》村(今の今庄町あたり)の山だという。

▼出典不明。集成は「鳥飼宗断《とりがいそうせつ》(道断)筆『古歌謡集』に小謡《こうたい》として見える」。大和節の一節。妻を慕い、亡き我が子を思いつつ、道行する男の気持をうたうか。「思ふには忍ぶることぞ負けにける色にはいでじと思ひしものを」(古今・恋一・よみ人知らず)。「忍ぶれど色に出にけりわが恋はものや思ふと人の問ふまで」(拾遺・恋一・平兼盛)。

261

・小　忍ばば目で締《し》めよ　言葉なかけそ　あだ名の立つに

忍ぶ恋をするのなら、まず目で知らせよ。ことばを掛けるようなことはするな。評判がたつからね。

目で締めよ 目で伝えよ。目で相手の心を捉えよ。
▼忍ぶ恋をするならば、目で相手を蕩《とろ》けさせて、恋の虜にするのがよい。「飛び立つばかりに思へども、人の妻なりや目でしむる」（天理本『おどり』・乱拍子）。閑吟集の「扇の陰で目をとろめかす」（90番）も、恋情の、ひじょうに近い心情・行為。「恋之詞。手をしむる、腰をしむる、目でしむる……」（誹諧初学抄・恋の詞）。

262
・小

何よこの　忍《しの》ぶに混《まじ》る草の名の　我には人の軒端《のきば》ならん

なんでまあ、忍草にまじって生えている忘れ草ではないが、あの人はわたしのことを忘れて退《の》いてしまったのかしら。忍草のように軒端を借りただけ、ついちょっとした浮気心だったんだねえ。

忍ぶに混る草の名 暗に忘れ草のこと。たとえば、『大和物語』一六二段に、在中将（業平）が「忘れ草をなむ、これをなにといふ」と問われたときの言、「忘れ草生ふる野辺とはみゆらめど、こはしのぶなりのちも頼まむ、となんありける。おなじ草を、忍ぶ草、忘れ草と言へば、それによりなむ、よみたりける」。また「忘草トアラバ、軒ば、しのぶ……」「忍草トアラバ、ふる屋の軒端……」（連珠合璧集）。**軒端**「軒」に「退き」を掛ける。

▼結句を「軒端なるらん」とすれば、和歌形式の小歌となる。忘れ草から軒を思わせ、その後に退きの意味を掛けている。技巧を凝らした歌。

263 ・小 忍《しの》ばじ今は　名は漏《も》るるとも

このようになったうえは、もう人目を忍ぶようなことはすまい。たとえ浮き名が漏れるようなことがあっても。

▼「名トアラバ　しのぶ、もらす、あらはれて」（連珠合璧集）とあり、また同書には「恋の心」として、「しのぶ、名をおしむ、名のたつ」などを引く。大系、大成、文庫（浅野）などは、『拾遺愚草《しゅういぐそう》』上の「よしさらば今は忍ばで恋ひ死なむ思ふにまけじ名にだにも立て」を引いている。折口信夫も、この263番を取り上げていて「あの人とおれと会って、悪い評判が立った。その二人の間に立った評判はかまわない。もうこうなったら、忍び会った事実が外にもれて知れてもかまわない」（ノート編）。

264・小
忍事《しのびごと》 もし顕《あらわ》れて人知らば こなたは数《かず》ならぬ身 そなたの名こそ惜《お》しけれ

この忍ぶ恋がもし人に知られるようなことにでもなったら、わたしは取るに足らぬ身ゆえ、かまわないけれど、あなたの浮き名が立つのは惜しいことです。

もし顕れて人知らば 42番をはじめ、風流踊歌「忍び踊」の類型表現で歌いはじめている。**そなた** 敬意を込めた二人称。

▼「あしひきの山より出づる月待つと人には言ひて妹待つわれを」(万葉・巻十二・三〇〇二)。「露と消ゆとも人に知らせじ 数ならぬ我故《われゆえ》 君の名や立たん」(隆達)。

265

・大

忍《しの》ぶれど　色《いろ》に出《い》でにけり吾《わ》が恋は　物や思《おも》ふと人の問《と》ふまで　恥《は》づかしの漏《も》りける袖の涙かな　実《げ》にや恋すてふ我が名はまだき立ちけりと　人知れざりし心まで　思ひ知られて恥づかしや　思ひ知られて恥づかしや

「忍ぶれど色に出でにけりわが恋は物や思ふと人の問ふまで」という歌もあるが、恥ずかしいことに、人を恋するあまり、その思いが表情にあらわれて、涙で袖が濡れることとです。まこと「恋すてふ我が名はまだき立ちにけり人知れずこそ思ひそめしか」という歌のように、ひそかに思いはじめた心まで、人に知られるようになったのは、恥ずかしいことです。

▼出典未詳。金春禅竹の『五音次第』恋慕に見える(結句「思ひ知られて」)。「忍ぶれど……」(平兼盛)、「恋すてふ……」(壬生忠見)ともに、「天徳四年内裏歌合」の歌。『沙石集』五に所載の勝敗の説話で知られる。ともに『拾遺集』恋一に見え(天暦御時歌合としているが、天徳が正しい)、小倉百人一首に選ばれた名作。

266
・小
惜《お》しからずの浮《う》き名《な》や　包《つつ》むも忍ぶも　人目も恥《はじ》も　よい程《ほど》らひの事かなふ

今となっては、浮き名の立つのも惜しくはない。包み隠すのも忍ぶのも、世間の人目も恥も、ほどほどに捨て置くことを、心得ていたいものです。

よい程らひの　適度。よい程あい。ほどほど。もうどうなってもいい。

▼忍んで思いつめた挙句の、ふと漏らした呟き。「人目をも包まぬほどに恋しきはおぼろげならぬ心とを知れ」(範永集)。

267
・小

おりやれおりやれおりやれ　おりやり初《そ》めて　おりやらねば　おれが名はたつ　只《ただ》おりやれ

来てね、来てね、来て下さいね。来はじめて、まもなく、いらっしゃらなくなったとあっては、私の名前が悪い評判になります。来てね。

おりやれ　『新大系』「主要語彙一覧」(土井洋一)の「おりゃる」の解説から引用する。「「Von iri aru 御入リアルの代りに Voriaru ヲリャル、Von ide aru 御出デアルの代りに Vogiaru ヲヂャルという」(ロドリゲス日本大文典)とあるうち、本集には「居る」の敬語動詞形「しやつとしておりやるこそ」(87番)、「来る」の敬語動詞形「とてもおりやらば、宵よりもおりやらで」(203番)、「おりやれ〳〵、おりやり初《そ》めておりやらねば……只おりやれ」(267番)と、成立の先行した「おりゃる」があり、未だ「おぢゃる」を用いないのは宗安も同様であった」。**おれ**　男女ともに用いた。
▼「おりやれ」の繰り返しは、相手をより強力に引き寄せる効果を期待した表現。

268 ・小

よし名の立たば立て　身は限りあり　いつまでぞ

浮き名が立つならば立て。人の身の若さには限りがある。いつまでの命ぞ。

よし 仕方なく。ままよ。

▼恋に生きる強い決意。「立たば立てわが名　君故ならば惜しからぬ命」(隆達)。戦国の世に生きる儚さが迫る。

269・小

お側《そば》に寝たとて　皆人《みな》の讃談《さんだん》ぢや　名は立つて　詮《せん》なやなう

あの方のお側に寝たと、もう皆の評判。浮き名が立つのも、いたしかたないよねえ。

讃談　取り沙汰。噂。

▼「とても立つ名に寝ておりやれ　寝ずとも明日は寝たと讃談しよ」(宗安)。「とても立つ名に寝てござれ　寝ずとも明日は　寝たと讃談しよ　花の踊りをのう一をどり」(松の葉・本手・浮世組)。

270 ・小

よそ契《ちぎ》らぬ　契らぬさへに名の立つ

けっして、よその人と契ってはいない。それなのに浮き名が立つとは。

よそ「余所《ヨソ》」（黒本本節）。

▼「よそ契らぬ　契らぬさへに名の立つに」（隆達）。「契らぬとても名の立つに　独りおよるか独りおよるか　二人寝るもの影共《かげとも》に」（天理本『おどり』・雪のおどり）。

271

・大《る》流転生死《てんしょうじ》を離れよとの　御弔《おんとぶら》ひを身に受けば　たとひその名は名《な》のらずとも　受け喜ばば　それのみ主と思し召せ　回向《えこう》は草木国土《そうもくこくど》まで　漏らさじなれば別《わ》きてその　主にと心当てあらば　それこそ廻向なれ　浮かまではいかであるべき

生まれ変わり死に変わる流転の迷界を出離して、成仏せよ、という弔いをしていただければありがたい。たとえ名乗らなくとも、その回向を受けてよろこぶ者がおれば、それがあの古墳の主と思ってください。回向を受ければ、草木国土まで漏れずに成仏するのだから、とくにその人にという意向があるのなら、それこそ何よりの回向というものです。墓の主も成仏すること受け合いです。

流転生死　生まれ変わり死に変わりして、迷いの世界を廻り続けること。**回向**　読経などをして、死者の冥福を祈ること。**草木国土**　草木国土悉皆成仏。草木、国土など、心を持たないものも、人間などの有情のものと同様に仏性があって、成仏できるということ。

▼謡曲『熊坂』の一節。都方の修行僧が、美濃赤坂まで来たとき、一人の僧が現われ、

茅原の中にある古墳(塚)に案内して、回向弔いを依頼する場面。この僧は、実は、源氏の牛若に殺され、塚の中に埋められている野盗の熊坂長範の亡霊。ゆえに本曲『熊坂』は、謡曲『烏帽子折《えぼしおり》』、および幸若舞曲『烏帽子折』の、それぞれの物語上の後半部分に通じている。

272
・只《小》将一縷懸肩髪　引起塗帰宜刀盤
（ただまさに一縷《いちる》の肩に懸かれる髪をもつて　引き起こすとき宜しとは）

肩に懸った、一縷《ひとすじ》の髪、それを引き起こす時は、思いが叶うのです。

引き起こす ここでは髪を手で撫でて、髪をゆらゆらと、あるいは、さらさらとさばき、ゆらせてみること、と解釈する。
▼難解歌。図本は底本と同じ。彰本「只《小》将一縷懸肩髪　引起塗将《帰》宜刀盤」。読みは「ただまさに一すじかかる肩の髪　引きたつる時よろしとは」（大系）。「ただ一縷の肩に懸かれる髪をもって　引き起こすときよろしとは」（大成）。「ただ一縷の肩に懸る髪を将《な》でて　引き起すに塗帰宜刃盤《とは》」（集成）。全集は本書と同じ。
先学は『滑稽詩文』の「寄喝食」の「昨日応情年少叢　袈裟相忘得顔紅　淡粧只以掛肩髪　引得雨中衰老翁」を引用して関係あるか、とするが不明。なお、これは、昨日、雨中で出会った、美しい髪の喝食（稚児）と一夜をともにした後朝《きぬぎぬ》の老翁の心情を述べたもの。
夜更けても、あの人の来訪がない時、来そうにもない時、あるいは別れの場面で、恋人の美童は、肩に掛った黒髪の一縷を引き起こしてみる。ゆらゆらと髪に動きを与えて、髪の呪力を発現させるのである。夜のひそかな恋の、情念の呪術である。少なくとも言えることは、髪の生命力が根底にあるということである。「宜しとは」と読むのなら、意味は「効果がある」ということである。なお、中世期における農の歌謡、『田植草紙』においても、朝歌で早乙女たちの黒髪がうたわれる。そこにおいても、稲の豊かな成長と繁茂のための呪的心性が波打っている。

273
・小

むらあやでこもひよこたま

（「またこよひもこでやあらむ」（また今宵も来でやあらむ）の逆さ歌）

あの方は、また今夜も来ないのでしょう。

▼189番と同様、逆《さか》さに読むと意味が通じる小歌。今宵もあの方は来ない（来てくれない）のでしょう、ということを逆にすると、恋人は「来る」という望ましく、うれしい結果をもたらす〝呪文〟となる。逆さ呪法の一つ。本来は、他者に聞かせたり、見せたりする歌ではない。この歌が黒髪を一つの呪具・呪物として口ずさまれたこともあったことが想定される。閑吟集編者が、時代の歌謡蒐集の過程において、こうした伝承にも意欲をもっていたことがわかる。

274 ・小

今結《いまゆ》た髪《かみ》がはらりと解《と》けた　いか様《さま》心も誰《た》そに解けた

いま結いあげた髪が、ひとりでにはらりと解けました。だれかさんの心の結ぼれも解けたのだね。

今結た髪　結うたばかりの髪の結び目。**はらり**　解けて、零れ落ちる様。**いか様**　ほんとに、いかにも。「あつまに残る源氏が雲霞のごとくはせ集まり　いかさま大事も出来なん」(幸若・鎌田)。**誰そに解けた**　誰かさん(あの人)の結ぼれていた心が、やっと解けた。

▼273番の「まじない」の効力があって、274番の現象が現われた。二人の仲がうまくゆく結果となったことをにおわせている。272番から274番への呪的心性の流れは次のように見える。恋人の来訪を待つ女↓相手の男は来ない↓一縷の髪を逆さに引き起こす呪術を行なう↓逆さ歌を呟き、呪的行為を行なう↓今結うたばかりの髪がはらりと解けた。効果が現われたのである。

自然に「解けた」という現象に、大きな関心を寄せている。中世における呪的心性の世界があって、詩歌の発想・表現が、その中で生まれてゆく。↓巻頭歌(1番)。

275
・我《わ》が待《ま》たぬ程《ほど》にや　人の来ざるらう　小

強く待つ気がなくなったからかしら。あの方が来てくれないのは。

▼「君はすきぬめり　思はねばこそ来ざるらめ　いにしへさきざきさらばこそ　男に縁なき身とし恨め」(古今目録抄・紙背今様)。宗安に同歌。「我が待たぬ故にや　人の来ざるらん」(隆達)。冷めてきた恋。待てども訪れない人のことを思い、自分の情熱もしだいにうすらいできていることを、女も意識している。今様の例は、「君は過ぎぬめり」と読むことができる。屋内でじっと待つ女。あの方は門前をもうすでに通り過ぎて行ってしまったのかもしれない、と。ここから待つ恋の歌が続く。21番も加えて、一節切《ひとよぎり》の尺八の文化と絡む世界も見える。

276・小

待つと吹けども　恨《うら》みつつ吹けども　篇《へん》ない物は尺八ぢや

待っている、この切ない気持ちを込めて吹いても、あの人のつれなさを恨みつつ吹いても、たいして役にもたたぬものは、尺八だよね。

篇ない物「たいして重要でもなく、役にもたたない」(日葡)。▼恋人を待つにも、型がありスタイルがあった。↓21番。一節切尺八と若者の融合で生まれた文化である。しかしこの小歌では、一節切尺八の音色を「篇ない物」と言っているのがおもしろい。尺八は待ちこがれる気持ち、恨む気持ちを込めて吹くと、その情念が伝わる、という俗信、呪的心性があった。恋の文化の小道具であったが、その効力も疑っているのである。

277・小

待てども夕《ゆうべ》の重《かさ》なるは　変る初《はじ》めかおぼつかな

待ってもいっこうに来てくれない宵が続くのは、さては心変りのきざしか。心もとないねえ。

待てども「来ぬ」が略されている。「待てども来ぬ夕《ゆふべ》の……」。

▼幾夜も男の来ぬ夜が続き、心変りを知った女の嘆き。

278
•小　待てとて来ぬ夜は　ふたたび肝《きも》も消し候《そろ》　更《ふ》け行く鐘の声　添はぬ別れを思ふ烏《からす》の音《ね》

待てとおっしゃりながら、来てくださらない夜は、二度も消え入る思いをします。一度は、だんだんと更け行く時を知らせる鐘の音を聞いた時、二度目は「添わぬ別れ」を思わせる明け烏の声を、独り寝の床で聞いた時。

ふたたび　二度も。

▼次の279番とともに、「待つ宵のふけ行く鐘の声聞けばあかぬ別れの鳥はものかは」(新古今・巻十三・恋三・小侍従)を踏まえる。↓69番。

279 •大

復待宵《またまつよい》の　更《ふ》け行く鐘の声聞けば　飽《あ》かぬ別れの　鳥は物かはと詠《えい》ぜしも　恋路の便《たよ》りの　音信《おとずれ》の声と聞くものを

また、来ぬ人を待つ宵、夜更けを知らせる鐘の音を聞く辛さにくらべると、後朝の飽かぬ別れを促す鳥の声など、ものの数ではないと歌っているのももっともなことで、鐘の音を恋路の便りとして、逢いたいという一心で聞いているからであろう。

復 月の名歌や故事を並べて掲げてゆく際の接続詞。**待宵の…** 278番と同様に、新古今・巻十三・恋三・小侍従。**音信** 「音信《ヲトヅレ》」(黒本本節。運歩色葉)。

▼謡曲『三井寺《みいでら》』の一節。人商人に連れ去られた我が子を尋ねて、狂人となった母が、はるばると近江国・三井寺に辿り着き、八月十五夜の明月の宴にやって来る。その「女物狂ひ」の舞う部分。「長楽の鐘の声」「名も高砂の尾上の鐘」「山寺の春の名暮れ来て見れば」「霜天に満ちてすさまじく、江村の漁火」など、名歌名詩の断片を集めた文章の中にこの部分もある。

280
・大

この歌のごとくに　人がましくも言ひ立つる　人はなかなか我がためは　愛宕《あたご》の山臥《やまぶし》よ　知らぬ事な宣《のたま》ひそ　何事も　言はじや聞かじ白雪の　言はじや聞かじ白雪の　道行ぶりの薄氷《うすごおり》　白妙《しろたえ》の袖なれや　樒《しきみ》が原に降る雪の　花をいざや摘《つ》まふよ　末摘花《すえつむはな》は是《これ》かや　春も又来《き》なば都には　野《の》辺《べ》の若菜摘むべしや　野辺の若菜摘むべしや

この歌のように、私のことを身分ある人と見て言葉をかける人は、私にとっては、かえって愛宕詣での山伏ではないが、仇《あだ》な存在だよ。知らない事はおっしゃるな。私もなに事も言うまい、聞くまい、知らぬことだよ。白雪の降りかかる道行の薄衣は、白妙の袖とでも言おうか。樒が原に降る雪の中で、雪を花と見立てて、さあ樒の花を摘もうよ。折《おり》からの夕日で真紅に映えて、末摘花はこんなのだろうかと思わせもする。春がまためぐってきたならば、さあこんどは、都の野辺で若菜を摘むことになるでしょう。

この歌「なき名のみ高雄の山と言ひたつる人は愛宕の嶺に住むらん」（拾遺・巻九・雑

下)。**愛宕の山臥** 愛宕山は京都市西北、愛宕権現を祭る修験の山。山城国葛野郡。天狗の棲む山。「あたご」に「仇《あた》」を掛ける。**樒が原** 愛宕山西北の中腹にある。モクレン科常緑樹の樒が群生。愛宕詣の人々はその枝を家苞《いえづと》とする。歌枕。「樒トアラバ、摘、墨染の袖、花、あたご山、……」(連珠合璧集)。**末摘花** べにばな。樒と同様に、末の方から花を摘み取って紅を作る。**都には…**「深山には松の雪だに消えなくに都は野辺の若菜摘みけり」(古今・春上・よみ人知らず)。「樒」と付合の「暁起き」を、後朝の有様と見做して、前の279番との連鎖の理由とする見方もあるが疑問。
▼三本とも肩書「小」とあるが、「大」の誤。謡曲『樒天狗』の一節。三熊野の山伏が愛宕山の樒が原に着いて、樒の花を摘む、そのさま気高い一人の女に出逢い、ことばを掛けると、冒頭にある「この歌」で答えた。
なお、謡曲『樒天狗』の後半において描かれる六条御息所は、その美しさゆえに傲慢になり、一乗妙法を片時も怠ることがないゆえに、これまたかえって慢心となり、この二つの心の障りゆえに、魔道に落ちて、天狗に捕えられ折檻を受けるありさまが、まるで地獄絵を見るように描かれる。冬の部はこの歌までとしてよいか。

281 • 小

つぼいなう青裳《せいしょう》　つぼいなうつぼや　寝もせいで　眠《ねむ》かるらう

かわいいね合歓木《ねむのき》よ。かわいいねほんとうに。寝もしないで、さぞねむたかろう。

つぼいなう かわいいねえ。↓190番。「遠江ニ、イトオシイト云ウオバ、坂東ニハ、ツボイ、ト言フ」(人天眼目抄)。**青裳** 合歓。ねむの木の異称。「合歓。ねぶりのき。かうかのき。合歓、夜合、青裳、萌葛、烏頼樹」(和漢三才図会)。「がうかトアラバ、合歓木也。ねぶの木と同也……」(連珠合璧集)。夜になると双葉を合わせ、朝また開く。▼『万葉集』の関連歌二首を引く。「紀女郎《きのいらつめ》の大伴宿禰家持に贈る歌二首／戯奴《わけ》変してわけと云ふがためわが手もすまに春の野に抜《ぬ》ける茅花《つばな》そ食《め》して肥えませ」(一四六〇)、「昼は咲き夜は恋ひ寝《ぬ》る合歓木《ねぶ》の花君のみ見めや戯奴《わけ》さへに見よ」(一四六一)、「右のものは、合歓の花と茅花とを折り攀《よ》ぢて贈れるなり」。『万葉集』におけるこの左注も、当時の恋情に関わる呪的な習わしである。

塚本邦雄は「一夜をともに明かしたところで、うつつなく眠いおもざしをしている相手に向って、やさしく愛撫の私語を寄せる男の歌」「小童であると解した方が面白かろう。豪放で熱血漢の主君と寵童の組合せ」(『君が愛せし　鑑賞古典歌謡』)と述べる。

この小歌は、本来、合歓の枝葉を指で撫で撫でしながら口ずさむ唱え言であり、近現代まで主として子供たちの世界で受け継がれ伝承されてきた。つまり魔法のつぶやきである。合歓の葉を撫で撫でして、呼びかけるわらべの唱え言である。「合歓の木の枝葉」を「青裳」と呼んだところに、小歌として、漢詩風なおもしろさも加味されて、しゃれた恋歌の一つにもなり得た。歌の機能は常に、次の子守歌と関わって把握しておくのがよい。「ねんねねぶの木　朝早《はよ》起きよ　晩の日暮《ひぐれ》にやちやつと眠れ」(和歌山県・子守歌。『和歌山県俚謡集』)。日本歌謡史側から見て、相手をやさしく包む恋歌の281番には、『万葉集』一四六〇・一四六一を参考として、この和歌山県子守歌の事例がなによりも必要なのである。

282・小

あまり見《み》たさに　そと隠《かく》れて走《はし》て来た　まづ放《はな》さいなう　放して物を言はさいなう　そぞろ愛《いと》ほしうて　何《なん》とせうぞなう

とても逢いたくて、そっと人目を忍んで走って来たわ。まあちょっと放してください。そんなに強く抱き締めないで、ともかく物を言わせてちょうだい。たまらないほどあなたが恋しいのです。どうしたらいいのかしら。

愛ほし「最愛《イトヲシイ》、寵愛《イトヲシ》」(文明本節)。

▼肩書なし。小歌。補う。恋の息詰まるような一場面を、一気に劇的にスケッチした小歌。閑吟集歌謡の省略及び口語体の劇的手法が生きる。儚い戦国の世が、「ちろり」見せた愛の瞬間。走って来た女と、いとおしく抱きしめた男の、表情や息づかいまで洩れるような小歌。「小松かき分け　清水汲みにこそ来に来たれ　今に限らうか　まづ放せ」(天理本狂言抜書・水汲新発)。

282番から289番の連鎖が「いとおしい」と「憎し」の対義語またはそれに近いことばによって展開する。こうした心情語を巧みに織り上げている。なお金素雲編『朝鮮民謡集』に「総角《わかいしゅ》　総角　お放しよ　キルサング紗上衣《サチヨグリ》の背が切れる。キルサング紗上衣《サチヨグリ》の背が切れりゃ　エイ紗を買うて継《つ》いでやろ」(上衣《チヨグリ》)。

283 ・小

愛《いと》ほしうて見れば　猶《なお》また愛ほし　いそいそと掛《か》い行く　垣《かき》の緒《お》

いとおしいと思ってあの方を見れば、なおさらまたいとおしくなる。あの方が忍んで来た夜は、いそいそと垣の緒を掛けに行く。

緒　紐などで何かを結びとめるもの。

▼後半について、二種の解釈がある。㈠「いそいそと、掛い行く垣の緒」。恋人(男)は、すでに家の中に居る。迎え入れた女は、竹垣から人が入ってこないように戸に緒を掛けに行く。㈡「いそいそ解かい、竹垣の緒」。「行」の字を「竹」と読む。恋人(男)は、まだ来ていない。その恋人を迎え入れるために、ふだん結んである竹垣の戸の締め緒を解《ほど》きに行く(集成)。

ここは、㈠と読むべきであろう。「行」の字体を見ると、たとえば底本19番の「脹ら雀は竹に採まるる」の「竹」、「小切子の二つの竹の」の「竹」、あるいは250番の「破竹の内のたのしみぞ」の「竹」などの筆遣いは一様に「竹」の草書体で、ここの字体とは異なっている。つまり「行」を「竹」と読む㈡は疑問。69番の「更《ふ》け行《ゆく》鐘を」の「行」、235番の「空行雲の速さよ」の「行」など、「行」と読むべき「行」の草書体と同一の筆の運びである。

284 ・小

憎《にく》げに召さるれども　愛《いと》ほしいよなう

あの方はわたしを、さも憎らしそうになさるけれど、わたしはいとしくてならないわ。

▼「憎げに召」すのは男。「愛ほしい」と思うのは女。『山家鳥虫歌』には「憎《にく》ひ〳〵は裏の裏　実の憎ひは思ひのあまり」（備後）。「憎い〳〵は可愛の裏よ　この手柏の二《ふた》面《おもて》」（伊勢音頭二見真砂・意見の鐘）。また『諺苑』には「カハイカハイハニクイノウラヨ」。『賤が歌袋』五編に「可愛《かあい》〳〵は悪《にく》いのうらよ　何が可愛かろ人の子」。

285

・小 愛《いと》しうもないもの　愛《いと》ほしいと言へどなう　ああ勝事《しょうじ》　欲《ほ》しや　憂《う》や
さらば我御料《わごりょう》　ちと愛ほしいよなう

（女）かわいくもないものを、あなたは、口先では、いとしいなどとおっしゃるけれど。（男）ああ困ったことを言うお人だ。おまえが欲しい、好きなのだ。わかってくれないのはつらいね。ねえおまえ。いとしいのだ。

勝事　笑止とも。ここはおかしいこと、困ったこと。「笑止な。笑止がる。気の毒がる」（ロドリゲス日本大文典）。

▼難解歌。底本に次のように見える。

・小 伊としうもない物　いとほしひといへどなう　あゝ勝事　ほしや　うや

・小 さらばわごれう　ちと　いとほしいよなふ

つまり二首の小歌として記載されているのは、誤写としてよい。当時の伝承においても、編者にとっても、難解であったたか。閑吟集は、全三百十一首となるべきであるから、285番は二人のかけ合いの歌として、理解しておく。

286

・小 愛《いと》ほしがられて　後《あと》に寝《ね》うより　憎《にく》まれ申して　御事《おこと》と寝《ね》う

かわいがられても、口先だけで、抱いてもくれず、足もとに寝るような関係よりも、憎まれてもいいから、あなたと共寝する方がいいわ。

寝うより　三本とも「ねより」。彰本は「ね」の下に、小さく「ヨ」を書く。文庫（藤田）は「寝う」の「う」の誤脱かと。**御事**　親しんで言う二人称。女性から男性へ向けて言っている。

▼「愛ほしがられて」と「憎まれ申して」を対照させて歌っている。

287
・小
人の辛《つら》くは　我も心の変《かわ》れかし　憎むに愛《いと》ほしいは　あんはちや

あの方が辛くあたるのなら、わたしの方も心変りすればよいものを、憎まれれば憎まれるほど逆に、あの方がいとしくなってゆくなんて。恥かしいことね。

あんはちや　不明。文庫(藤田)は「あんぱちや」。大系は「「あんだら」であろう」として、以下の例を出す。「やいあんだらの大馬鹿ども」(傾城吉岡染)、「おろかにあさましきを、京大坂にてあんた、又アンダラとも云ふ」(物類称呼・五・言語)。

▼難解歌。上句は、「つらからば我も心のかはれかし　など憂き人の恋しかるらん」(義経記・巻七・判官北国落の事)に近い。また『菟玖波集』九・恋連歌上の「思はぬ人のなどか恋しき／とはれずは我も心のかはれかし」などにも近い。

288・小

憎い振《ふ》りかな　あの振りをする人は　むず折れがする

憎らしい素振りだねえ。あのような振りをする人は、案外脆《もろ》く恋に落ちてしまうものなのだよ。

むず折れがする　たやすく折れることか。相手の言うがままになる。「むづおれをせずして千代や松の雪」(崑山集)。

▼難解歌。末尾は、二種の読みができる。㈠「むず折れがする」と読む。かんたんに急に折れてしまう意。相手の言うままに急にたやすく折れる。「つれなのふりや　すげなの顔や　あのやうな人がはたと落つる」(隆達)に近い意味か。㈡「ひず　おれがする」と読める。「ひず」は「嚔《ひ》ず」(「嚔《ひ》る」はくしゃみをすること)、「おれ」は「俺」と読む。つまり「嚔《ひ》ず、俺《おれ》がする」。誰も、くさめなどせず、私がやる始末だ、の意味に取る。「くしゃみをするはずの人(相手)はせず、おれ(わたし)の方がくしゃみをしてしまった」という解釈(「くしゃみ」はなにか良くない前兆と言われている)。「眉根《まよね》掻き鼻《はな》ひ紐解《ひもと》け待てりやも何時《いつ》かも見むと恋ひ来しわれを」(万葉・巻十一・問答・二八〇八)。「今日なれば鼻ひ鼻ひし眉痒み思ひしことは君にしありけり」(同・二八〇九)。本書は一応㈠の解釈をとる。

289 小 愛ほしいと言うたら　叶《かな》はふず事か　明日はまた讃岐《さぬき》へ下る人を

好きですと打ち明けたら、この思いが叶えられるだろうか(もう遅いわ)。明日はまた讃岐へ下って行く人だから。

叶はふず「ず」は、意志・推量の助動詞「むず」の連体形。

▼底本には肩書なし。小歌。他二本「小」とある。讃岐下りの商人と恋をした女の科白。讃岐は中世瀬戸内海文化の中心地の一つ。「讃岐侍」は『宗安小歌集』にうたわれている。「御所折《ごしょおり》の烏帽子を　仰《の》けつ撓《たわ》めつ腰で反《そら》いた　それを召す人は讃岐侍《さぬきざむらい》」。都と讃岐の間の交通が頻繁に行なわれていたこともわかる。次の290番と「讃岐」で連鎖。120〜139番の歌謡群とも関わらせて認識しておくべき小歌である。

290
・小

我は讃岐《さぬき》の鶴羽《つるわ》の者　阿波《あわ》の若衆《わかしゅ》に膚触《はだふれ》て　足好《あしよ》や腹好《はらよ》や　鶴羽の事も思はぬ

おれは讃岐の鶴羽の者よ。阿波の若衆に肌ふれて、その足も好けりゃ腹も好い。わが故郷《ふるさと》の鶴羽の事も忘れてしまうよ。

讃岐の鶴羽　香川県大川郡津田町(現・さぬき市)の東端。鶴羽は倭建命《やまとたけるのみこと》が白鳥となって飛び来たり、羽毛一片落したのを祭ったので、その名がある。鶴羽大明神の神社あり。『讃岐名勝図会』巻之二には、津田の海辺の見事な松原が描かれている。大川郡は、讃岐ではもっとも阿波の国に近い。『香川県史』第二によると、大川郡の「津田町。此地は富商大賈多し」と。阿波方面へ出掛ける商船も多くあったであろう。鶴羽商人。室町時代以後特に繁昌。多度津、宇多津、塩釜・鶴箸(鶴羽)・三本松など讃岐の海岸には多くの港が栄える。**鶴羽の者**　自分を名乗る場合、「地方地名」+「者」。峠を越え河川を越え、浦々を廻って旅をする商人達の、挨拶の口調でうたっている。▼同衾《どうきん》して性的官能のさまを歌う。阿波の若衆の足や腹に夢中になっている。このように官能の様態を隠さず、ばらしてうたう。

291 ・小

羨《うらや》ましや我《わ》が心　夜昼君《きみ》に離《はな》れぬ

我が身は、いつもあなたと逢えなくて、離れていますが、わたしの心は、夜昼いつも、あなたから離れることはありません。

▼我が心を、我が身と対照させて、心は君を離れることはないが、身が君に添えない嘆きを歌う。「身」と「心」を別々にして歌ってみたのである。心とともに、我が身も君を離れぬことを暗に望んでいる。

292 ・小 文《ふみ》は遣《や》りたし　詮《せん》かたな　通ふ心の物を言へかし

恋の便りをしたいのだけれど、その方法がないのです。だから、あの方のもとへ通う我が心こそが、物を言って、この思いを伝えたいものです。

詮かたな　せん方なし。どうしようもない。

▼「身はやりたし詮かたな　通ふ心の物を言へかし」（宗安）。「文は遣りたしせむかたな　通ふ心のものを言へがな」（隆達）。「文は遣りたし　伝《つ》てはなし　思ふ心を夢に見よ君《きみ》」（同）。

近世民謡では「文は遣りたし書く手はもたず　やるぞ白紙文と見よ」（延享五）の系統が各地で歌われるようになる。

293

・小 久我《こが》のどことやらで　落《おと》いたとなう　あら何ともなの　文の使ひや

久我の何処《どこ》とか言ってたけれど、大事な文を落としたということだよ。ほんとうにしょうのない文使いだよねえ。

久我　京都市伏見区。桂川西岸。「久我縄手　コガノナワテ。京ノ西ノ岡」(運歩色葉)。「久我《コガ》畷。下鳥羽西、久我渡㆒到㆓久我村㆒……」(雍州府志・九)。

▼「落し文」の伝承・習わしにかかわる小歌か。恋文を落したとうたう歌は少なくない。「吹く風に消息をだに托《つ》けばやと思へども　由なき野辺に落ちもこそすれ」(梁塵)。室町時代物語『鼠草子』に「(ちよとも)こひしゆかしとやる文を　せたのなかはしておとした　あらなさけなの文のつかひや」。『落葉集』第四巻・古来中興当流踊歌百番に「蟹川を渡るとて　恋の文を落いた　蟹等は知らぬか」。

294・小

お堰《せ》き候《そろ》とも　堰かれ候《そろ》まじや　淀川《よどがわ》の浅き瀬にこそ　柵《しがらみ》もあれ

わたしたちの仲を裂こうとなさっても、そんなにたやすく妨げられるものではないわ。淀川の浅瀬にこそ、柵もあるというものです(わたしたちの間にはありませんよ)。

お堰き候「堰く」は、狭くすること。流れるのを「狭く」する。ここでは、恋する二人の間に、他人がなんらかの邪魔を入れること。**淀川**　木津川・桂川などを集め、大阪平野を南西に流れて大阪湾に注ぐ大河。畿内の水運・文化の中心。
▼「宇治の川瀬の水車」(64番)から、次第に「淀川」「淀の川瀬の水車」が歌われるようになっていく。「淀の川瀬の水車　誰を待つやらくる〳〵と」(京都大学本「歌舞伎草紙」)。「淀の川瀬の水車　めぐる命を限りにて」(万葉歌集・都めぐり)などと歌われている。「淀川の底の深きに鮎の子の　鵜といふ鳥に背中食はれてきり〳〵めく　憐《いとを》しや」(梁塵)。

295 ・小

来《こ》し方《かた》より今《いま》の世までも　絶えせぬ物は　恋と言へる曲物《くせもの》　げに恋は曲物　曲物かな　身はさらさらさら　さらさらさら　更《さら》に恋こそ寝られね

昔から今の世まで、絶えることなく生き続けているのは、恋という曲者。まこと恋は曲者。曲者だよ。その恋に魅入られたこの身は、さらさらさらに、恋に燃えて寝られたものではありません。

曲物　くせもの。怪しい者。「癖者《クセモノ》、曲者《同》」(易林本節)。

▼謡曲『花月』に見える一節。三本ともに肩書「小」。ただし底本では、「身は」の後の「さらさら……」の部分から、独立した一首として、肩書「小」及び〽印も書き入れているが誤り。

『花月』では「花月と申してお喝食《かつしき》のござ候ふが、異形のおん姿にて面白くおん狂ひ候へ」「さらばいつものごとく、小歌を歌ひて、おん狂ひ候へ」と勧められ、この小歌がうたわれる。つまり芸能者(喝食でもある)が小歌をうたい、なんらかの芸を見せる場面。謡曲『花月』が、当時の、恋の小歌「来し方より……」を、花月物語の中に取り入れたのである。また「さらさら」については、「竹の葉に霰降る夜はさらさらにひとりは寝《ね》べき心地こそせね」(詞花・恋下・和泉式部)。

296 小

詮《せん》なひ恋《こひ》を　志賀《しが》の浦波《うらなみ》　よるよる人に寄り候《そろ》

成就のあてもない恋をすることだよ。志賀の浦波が繰り返し寄せてくるように、夜夜《よる》人に寄り添っている、はかないわたしです。

志賀の浦波　恋をする意の「為《し》」を掛ける。志賀は、大津市附近の琵琶湖海岸。**よるよる**　波が「寄る」に、「夜夜」を掛ける。

▼肩書・圏点なし。底本、295番歌の「さらさら……」の部分に書き入れている。底本の欠陥の一つ。「詮ない思ひを　志賀の浦波　寄る人に憂かるもの」(宗安)。「詮ない恋を志賀の浦波　夜人に寄る」(隆達)。124番の「憂き三保が洲」「波のよるひる」の発想に近い。海辺の海女、遊女などの人々を歌う。

297・小
あの志賀《しが》の山越《ご》えを　はるばると　妬《ねと》う馴《な》れつらふ　返《かえ》すがえす

はるばるとあの志賀の山越えをして通ったものよ。ああ今にして思えば、妬ましい馴れ染めを重ねてきたものだ。返すがえすも。

志賀の山越え「志賀山越《しがのやまごえ》とは、北白河の滝のかたはらよりのぼりて　如意のみね越えに、志賀へ出る道なり」(袖中抄)。

▼男の歌。はるばると通って愛を育んだ女が、心変りしたのか。298・299番と、峠路の恋で連鎖。他方で、女の歌とも考えられる。はるばると遠い道のりの志賀の山越えをして、あの人はいまも、あの女のもとへ通って、馴れ親しんでいるのであろう、妬ましいことだ、などの歌意も考えられる。

『古今集』(巻十八・雑下・九九四・左注の物語)や、『伊勢物語』(二十三段。「風吹けば沖つ白波たつた山よはにや君がひとり越ゆらん」)などの歌物語が参考になる。しかしこうした古典の歌とは、内容の上では別のものである。この297番では「はるばると」という副詞が「妬う」、「返すがえす」、と重なって、歌い手の辛い胸の内を伝えている。

298 ・ 味気《あじき》なと迷《まよ》ふものかな　しどろもどろの細道

小

情なくも迷うものです。恋の細道に心が乱れることです。

しどろもどろ 「酔いどれとか、道を知らないで、さまよう人とかの、歩むさま」(日葡)。ここは恋に悩んで心が乱れること。

▼迷い悩む恋の通い路。「しどろもどろ」については以下。「我心しどろもどろになりにけり袖よりほかに涙もるまで」(狭衣物語・巻一)。「好しとても　善き名も経たず　苅萱のや　いざ乱れなん　しどろもどろに藤壺の　いかなる迷いなりけむ」(宴曲集・巻三・源氏恋)。「松風ニイカガハタヘンカルカヤノ　シドロモドロニ乱レアフトモ」(応仁記・第三)。「ひとつあるこころをしらでみな人の　しどろもどろにもの思ふかな」(室町時代物語・善光寺本地)。

299・ここはどこ　石原嵩《いしわらとうげ》の坂《さか》の下《した》　足痛《あしいた》やなう　駄賃馬《だちんうま》に乗りたやなう　殿《との》なう

ここはどこなの。石原峠の坂の下ですって。ああ足が痛いわ。駄賃馬に乗りたいものです。ねえあなた。

石原嵩　はっきりしないが、「美濃国・不破郡石原峠か。山中の北嶺にして、此を通じて、玉村に通ずる間道あり」(吉田東伍『大日本地名辞書』)と見るか。

▼「ここはどこ」と尋ねて、すぐに石原峠の坂下に来たことを知ったのである。旅を行く夫婦。ただし、ことばはすべて妻。続いて「足が痛くなった」と夫に言っている。しかも「殿なう」とあって、ねだっている。若夫婦であろう。京都・東福寺内、霊隠軒主太極の日記『碧山日録』長禄三年(一四五九)三月十四日の条に「又貸商馬、及於門前下馬台。諸氏自関山帰木幡。吾帰霊隠、解包収行嚢、以慰長途之労劬」とあり。これから、石原峠にかかるのであろう。「殿なう」と縋っているのが、おもしろい。

300・小

よしや頼《たの》まじ行く水の　早くも変はる人の心

ええままよ、あてにはすまい。人の心というものは、流れ行く水のように、すぐに変わりやすいものなのだから。

▼変わりやすい「人の心」をうたう歌は多い。「人の心は知られずや　真実　心は知られずや」(255番)。「よしやただ幾世もあらじ笹の葉に置く白露にたぐふ身なれば」(風葉和歌集・巻十七)。「夢見る折からに　うつつともなる言の葉は　夢のうき世の仇なれば　人のことばも頼まれず　夜の間にかはるあすか川　水ほの泡のかりそめに　風にさえぬることのはの」(幸若・大織冠、『幸若舞曲研究』第十巻の注釈参照)。「世の中はなにか常なるあすか河きのふの淵ぞけふは瀬となる」(古今・雑・よみ人知らず)。

301・小

人《ひと》は何《なに》とも岩間《いわま》の水候《ぞろ》よ　我御料《わごりょ》の心だに濁《にご》らずは　澄《す》む迄《まで》よ

世間の人はなんとでも言うがよい。岩間から湧く水のように、おまえの心さえ濁らず澄んでおれば、あとは気持ちも晴れて、それで済んでゆくものだよ。

岩間「言わば」を掛ける。**我御料**　おまえ。二人称。↓77番。**澄む迄よ**　人がなにかと言うこと、つまり悪口や評判などが消えることを言う。「迄よ」は、当然そうなるものだ、と強調している。「濁る」「澄む」は縁語。「澄む」に「済む」「住む」を掛ける。▼謡曲『船弁慶』(観世小次郎信光作、永享七～永正十三年)。都落ちをした義経・弁慶一行が大物浦を目指す途中、石清水八幡あたりを道行する場面。「世の中の人は何とも石清水、人はなにとも石清水、澄み濁るをば神ぞ知るらんと、高きみ影を伏し拝み」と関わる。『謡曲拾葉抄』は「此歌、日本風土記にあり、或言、是は石清水八幡の御神詠と中伝ふと云々。歌の心明也」とする。『日本風土記』とは明で刊行された『全浙兵制考附日本風土記』(万暦二十年(一五九二)刊。日本の文禄元年。侯継高著)のことで、その巻三にある和歌(題「世別清渾」)、「世の中の人は何とも石清水澄み濁るをば神ぞ知るらん」のことである。

302
・小 恋《こい》の中川《なかがわ》　うつかと渡るとて　袖《そで》を濡《ぬ》らいた　あら何ともなの　さても心や

恋の中川をうっかり渡ろうとして、袖を濡らしてしまった。ほんとうにどうしようもない我が心だねえ。

恋の中川 二人の恋の妨げとなることを、二人の間に横たわる川に見立てた。**うつかと** 促音化の形で用いられている。うっかりと。軽々しく。**あら何ともなの** どうしようもない。残念な。↓50・51番参照。

▼「恋の山しげき小笹の露分けて入りそむるより濡るる袖かな」(新勅撰・巻十一・恋一)。306番まで「袖の濡れ」で連鎖してゆく。

303
・田
宮城野《みやぎの》の木《こ》の下露《したつゆ》に濡るる袖　雨にもまさる涙かな　雨にもまさる涙かな

わたしの恋は、あの宮城野の木の下露にもまさる涙で濡れた袖のようなものです。晴れて乾く隙もありません。

宮城野　現在の仙台市東方の野を言うか。「宮城野《ミヤギノ》　奥州」(運歩色葉)。
▼肩書「田」。出典未詳。「みさぶらひ御笠《みかさ》と申せ宮木野の木《こ》の下露は雨にまされり」(古今・巻二十・大歌所御歌)を踏まえている。この大歌所御歌が、陸奥の風俗歌としても伝えられている。「御侍　御笠と申せ　せや宮城野の　木の下露は　雨にまされりや」(お付きの侍よ。ご主人に笠を被って下さいと伝えよ。この野の木の下露は、雨以上ですよ、と)。

304
・小
紅羅《こうら》の袖《そで》をば　誰《た》が濡《ぬ》らしけるかや

この紅羅の袖を、どなたが濡らしたのかしら。

紅羅　紅色の薄い絹織物。上等の品。「羅綺《ラキ》　ウスモノ」(温故知新書)。薄い綾の絹織物。

▼相手の男に対して、「紅羅の袖が涙で濡れたのは、どなたのせいかしら、あなたのせいです」と言っている。高貴な女性の涙する場面を切り取った歌。「羅綺の重衣《ちょうい》たる　情なきことを機婦《きふ》に妬む」(和漢朗詠集・巻下・管絃、平家・巻十・千手前。謡曲『祇王』にも)。

305 ・小

花見れば袖濡れぬ　月見れば袖濡れぬ　何《なに》の心ぞ

花を見れば袖が濡れます。月を見れば袖が濡れます。これはどうしたことでしょう。

▼花や月の美しさにふれるたびに恋の心が震える。「何の心ぞ」と、自分でも処理できない深い恋の真実に気づきかけている。「これさだのみこの家の歌合によめる／月見ればちぢにものこそ悲しけれわが身ひとつの秋にはあらねど」(古今・秋歌上・大江千里。小倉百人一首にも入る)。

306 小難波堀江《なにわほりえ》の葦分けは　そよやそぞろに袖の濡れ候《そろ》

難波堀江の葦を分けて通る小船のように、ほんにまあ、わけもなく袖が濡れることです。

難波堀江　大阪市西区あたり。**葦分け**「蘆分け小船トアラバ、又あしかり小舟」(連珠合璧集)。葦分け(小船)のこと。

▼この歌の風景については以下も参照。「玉江漕ぐ葦刈り小舟さし分けて誰を誰とか我は定めん」(後撰・雑四)。『万葉集』には「湊入りの葦別小船《あしわけ》障《さはり》多み　わが思ふ君に逢はぬ頃かも」(二七四五)。「港入りの葦入け小船さはり多み我が思ふ人に逢はぬ頃かな」(拾遺・巻十四・恋四・人麿。宴曲集・四・船)。

難波、葦間小船、袖の濡れなどに及ぶ和歌としては、たとえば「難波潟葦間の小舟いとまなみ棹の雫に袖ぞ朽ちぬる」(足利義詮『住吉詣』・一三六四年成立)などがある。

307

泣くは我　涙の主は彼方《かなた》ぞ

いつも泣くのはわたし。涙を流させる張本人は、遠く離れた彼方の、あの人よ。

▼三本とも肩書・圏点なし。底本「なみたのぬしハかなたそ」。図本「なみたのぬしかなたそ」。彰本「なみたのぬしはそなたぞ」。「泣くは我　涙の主はそなたぞ」(宗安、隆達)。「そなた」の伝承が本来だと思われる。

308
・小折《おり》おりは　思ふ心の見ゆらんに　つれなや人の知らず顔なる

折があるたびに、あなたを思うこのわたしの心はおわかりになっているだろうに、なんとつれなくも知らぬ顔。

▼「をりをりは思ふ心も見ゆらんをつれなや人の知らず顔なる」(玉葉・恋二)を小歌化したと見てよい。また大成が引いている『歌林撲樕《カリンボクソウ》』(松永貞徳)にも、次の一節がある。「一、貌《かお》ノ事。カコチ貌、ウラミ貌、ニクヒケシタリ、ヌル、ガホ、シラズガホヨシ。玉葉第一ノ歌〝オリオリハ思フ心モミユベキヲ、ウタテヤ人ノシラズガホスル〟」。

309 • 小

昨夜《よべ》の夜這《よば》ひ男《おとこ》　たそれたもれ　御器籠《ごきかご》にけつまづいて　太黒踏《だいこくふ》み退《の》く
太黒踏み退く

昨夜の夜這い男ときたら、とんでもない奴《やつ》だよ。お椀籠にけつまづいて、よろけた弾《はず》みに、大黒様を踏み潰したよ。

夜這ひ 夜、男が女のもとへ忍び込むこと。「ヨバイ。同じ家中で、正妻ではない婦人にこっそり近づくこと」(日葡)。**たそれたもれ** 意味不明。「だいそれたこと」の意味もあるか。**御器籠** 御器は椀のたぐい。「御器《ごき》」(易林本節)、「五器《ゴ》、又作御器」(黒本本節)。御器籠は、椀など食器を入れておく籠。食器、殊に椀をゴキという地方は広く残っている。**太黒** 三本とも「太黒」。彰本は「ふところ」と振り仮名あり。七福神の一人として、恵比須とともに、各家で祭られてきた大黒天の像か。**踏み退く** 彰本「ふみさく」。「の」を「さ」と読むのであれば、「踏み裂く」となる。しかし「ここは「踏み裂く」とみておいてよい。台所でえびすさまを祀るところはあるが、大黒を台所に祀ったのは知らぬ」(折口信夫『折口信夫全集』第十八巻、ノート編)とも。
▼難解歌。笑わせ歌として、男達の酒盛りでうたわれていたのであろう。興が乗ってきて無礼講となっていくにつれてうたわれた歌。同系の歌に、「夜這さけ(え)よ　夜這さ

けよ　夕べの夜這は仰山な　心実ほんまに仰山な　味噌桶に蹴つまづいて　鉄漿壺《かねつぼ》へ飛び込んだ」(浮れ草・ばれ唄)、「あのや五郎ざいどな　よばひごたへたよ　ゆかはくわつたり　ひちりくわんすのふた　ちんからり　なべであしけて　しゆのとしたてせよ　しゆのとして」(弦曲粋弁当・二編・四十七・よばひ)、「ゆうべの夜ばい殿はそそくろし夜ばい殿　枕もとにけちまづいてしんだい桶ぬりこんだ」(広島・三宅本、田植草紙。『田植とその民俗行事』)。

「御器籠」がうたわれていることにも注目。編集上は、次の310・311番の閑吟集最終歌謡とも言える「花籠」へ展開する準備がなされている。編者がこの小歌を、どういう場で耳にし把み取ったのかは不明であるが、309番から310番へ、それはまことに俗から雅へ流れを転換させる切っ掛けとなっているのである。以下「籠」で連鎖。

310 ・小 花籠《はなかご》に月を入れて　漏らさじこれを　曇らさじと　持つが大事な

花籠に月を入れて、これを漏らすまい、曇らすまいと持っているのが、殊のほか大切なことだよ。

▼本来、花を入れるべき花籠に、月を入れるという意外な発想。風流の世界が広がってゆく気配がある歌であるが、まず志田延義は次のように言う。「巻末の籠を連鎖物とする三首の第二、連歌で言えば、挙句の前になる小歌。310番に就いても考えられそうであって、花も月も見られるけれども、想としては重い月よりも、花をもって、此の場所に据えることを考えだしたのではないかと想像せらる。正しく連歌の寄り合いの移りを喜ぶ心であらねばならぬと思う」とある。つまり挙句の前の「花の定座」としてこの310番を置いているのだということである。

文庫(浅野)他の解釈では、「花籠」は女性自身を、「月」は愛する男性を、隠喩としたもので、「月を入れて」は、男性をわが愛情でもって受け入れる意味であるとしている。

さらに加えるべきは、たとえば次の事例のような風流踊歌系の発想、表現の型である。「花籠に玉ふさいれて〳〵漏らさじ人に知らせじんと持つがしんく(辛苦)の……

花籠に我が恋入れて〳〵漏らさじ人に知らせじんと持つがしんくの……」(香川・仲多度郡まんのう町伝承「綾子踊」・花籠)。「花籠に浮き名を入れて、漏らさじのう、人に知らせじん持つが大事の……」(徳島・板野郡、神踊歌・花籠)。閑吟集成立のその頃、花籠に入れるものを変化させてうたう組歌の一つの型が310番である。↓補注。

311 ・小

籠《かご》がな籠がな　浮名《うきな》漏らさぬ　籠がななう

籠が欲しい、籠が。この浮名を漏らさない籠があればよいのに。

▼巻尾の挨拶。籠に浮名を入れている。しかし浮名を漏らさないような籠はない。またたく間に浮名は漏れてしまう。編者は自分の風狂の浮き名をにおわせたのであろう。最終歌として置いた。これと連動するのは、「忍ばじ今は　名は漏るるとも」(263番)である。巻頭歌の「柳の糸の乱れ心」の浮き名が漏れてほしくないけれど、今となってはいたしかたないことではある。この編者が誰であるかは、すぐに知れわたることでしょう、と言っている。すでに前の310番が巻末歌の役割をはたしている。つまり、この311番は、編者の、この閑吟集を閉じるにあたって、その余韻として創作した小歌ではないか、とも思われる。

（奥　書）

雖其斟酌多候　難去被仰候間　悪筆を指置　如本書写了　御一見之已後者
可有入火候也　比興云云
大永八年戊子卯月仲旬書之
（その斟酌《しんしゃく》多《おお》く候《そうろ》ふと雖《いえど》も、去《さ》り難《がた》く仰せられ候ふ間《あいだ》、悪筆《あくひつ》を指《さ》し置《お》き、本《ほん》の如く書写し了《おわ》んぬ。御《ご》一見《いっけん》の已後《いご》は、入火《じゅか》有るべく候なり。比興云云《ひきょううんぬん》。大永八年戊子卯月仲旬、これを書す。）

なん度もご遠慮申し上げましたが、ぜひにとおっしゃるものですから、拙い字のことはさておき、原本通り書写いたしました。ご覧いただきました上は、どうか焼き捨ててください。非興。大永八年戊子四月中旬、これを書きました。

斟酌 遠慮、辞退。**去り難く** ことわりにくい。ぜひとも。**入火有るべく** 書写したものを焼いて下さいという謙遜。**比興** 非興のこと、つまらぬことをいたしました(書きました)。**大永八年** 一五二八年。序文の永正十五年の十年後のこと。

補注

1 「下紐解けて」に関わる俗信についての参考事例。「吾妹子《わぎもこ》し吾を偲《しの》ふらし草枕旅の丸寝《まろね》に下紐解けぬ」(万葉・巻十二・三一四五。詞書「羇旅に思を発す」)。「人知れず思ふ心の著《しる》ければ結ふとも解けよ君が下紐」(馬内侍集。詞書「したのはかまのこしに結ひて謙徳公のもとにつかはしける」)。天文二十三年書写・室町時代物語『日光山宇都宮因位御縁起』には、主人公中将の身が危うくなった時、相手の旭の君の縹《はなだ》の帯の結び目が解ける場面がある。「われも人も身にしるべあらむとき、此の帯の結び目解けむ」と契り、二人の縹の帯の端を結んで交換していたのであった。

なお「下紐解けて」に関連して、岡山県日生《ひなせ》における八月十三日から十八日の間に行なわれてきた盆の踊「もやい踊」(『日生諸島の民俗』岡山県文化財保護協会、昭和四十九年)にふれておきたい。踊りは、男女が腰紐(下紐)でお互いの帯と帯を結びつけて離れぬようにして踊る。もやい踊という名称は、船と船とを繋ぎ止めておく「もやい綱」からきている。盆踊り歌は「思い出してはハーヨイヨイトほろりと涙　ソーコセーソーコセイ　思い出すまいこぼすまい」などいくつかが伝えられている。男女は夫婦であっても恋人の間がらでもよい。下紐を結ぶということと、紐がひとりでに解けるということは、人々の呪的心性の上で表裏一体であった(真鍋『中世歌謡評釈　閑吟集開花』)。

日本歌謡史における「面影小歌」は、閑吟集から流れ出すとしてよいが、なかでもこの巻頭歌の影響は強いと言える。また次の室町時代物語『鳥部山物語』なども直接的関係ではないが参考とすべきである。「すぎがてによその梢を見てしよりわすれもやらぬ花のおもかげ」「見えしよりわすれもやらぬおもかげはよその梢の花にやあるらむ」「ちりもそめず咲きものこらぬおもかげをいかでかよその花にまがへん」「おもかげよいつわすられむ有明の月をかたみのけさのわかれに」。

この1番が継承されている事例は、かなりの数にのぼる。「花の錦の下紐はとけて中々由《よし》なや(以下同じ)」(古謡曲舞・水汲)。「いつまでも忘れやらぬ寝乱れ髪の姿は」(田植草紙・晩歌四番)。「馴れしその夜は初秋の　その面影いつに忘れうぞ　あ来世まで」(隆達)。「心ひかれてえはなれぬものは　春はさかりの花のもと　秋はくまなき月の前　も一つござるよ　たまくらにかゝる　みだれがみの面影よ」(下館日記・正保元年七月二十六日、盆踊歌)。「あらりほらりと寝たる夜に　君の面影いつ忘れよう　十七八がふたたびあればお花のさかりをうちくらす」(奈良・十津川盆踊歌)。「花の錦の下紐は　とけてなかなかよしなや　柳の糸のみだれごころ　いつわすりよぞ寝乱れ髪の面影」(谷崎潤一郎『武州公秘話』巻之三、天文二十四年の物語として)。「とけてなよなよしたひもの　柳の糸の乱れ心いつ忘れうぞ寝乱れ髪のおもかげの」(竹久夢二『絵入小唄集・三味線草』大正四年刊)。

2　風流踊歌群の海辺、河辺をうたう事例としては、次のような「若菜踊歌」がある。「これのうら(浦)は　すいたうら(吹田浦)　これのうらはすいたうら　すいたうらへこぎよふせ　ふて《(ママ)》ふふねにこふなをもろよ　いやいくせのわかないもろよ　若な踊をおどろよ」(大阪・岸和田市、明治二年書写、おどりおんど本)。

　2番と3番をあえて比較すれば、2番は儀礼的・形式的、3番は生活的・具体的な小歌ということになる(真鍋『中世歌謡評釈　閑吟集開花』)。

11　11・12番については次のように見ておくのがよいと思われる。11番は、謡曲『鞍馬天狗』で、客僧(山伏)の、牛若丸への心情を述べたところであるが、その客僧たるや実は鞍馬天狗であって、この大江山酒呑童子(童子の格好であるが実は鬼)と同様の妖怪、異形のモノであった。恐ろしいモノではあるが、しかし物語や能の世界観からしても、一面風流性をもって出現する妖怪である。続いて12番が謡曲『幽霊酒呑童子』系統の曲の、その箇所が抜き取られて小歌になっていると見ることができる。11番を異形のモノ(天狗)の心情吐露と見た上での連鎖意識があるとしておいてよいかと思われる。つまり、11番＝大天狗(山伏として出現)・謡曲『鞍馬天狗』、12番＝酒呑童子(稚児姿で出現)・謡曲『幽霊酒呑童子』または『語酒呑童子』。妖術と風流の融合が見えてくる。ともに謡曲の物語と関連しながら、11番と12番の背後に、天狗と酒呑童子の異形の幻影があって、それが流れ合っている。閑吟集ではさらに後の190番に通じている。

15　14番と花で連鎖しているが、さらにその背景として、吉野連山、金剛葛城山系への春山入り、春の峰入りが見えてくる。山上の花や草木を取って村々への土産とするのである。「これから詣れば山上のお山　さてもめずらしみ山のしやくなげ　あれこそ若衆の土産にしよ」(大阪・泉北地方、こおどり)。

19　「かた山のくずの葉は　風に揉まれたり　わらうらも揉まれたり　恋に揉まれたり」(絵巻『藤ふくろ』。猿聟が畑を打ちながらうたう。「猿聟入り」譚)。「いやと言ふたものかき口説いてのう　なんぞやそなたのひと花　思へや君さま　かなえや我が恋　あらうつゝなの浮れ心や　揉まいの〳〵　さゞらもまいの　我等も若い時は　殿にもん揉まれた」(松の葉・巻二・腰組)。「とうげ山の葛の葉は風に揉まれた　われらもわかい時とのに揉まれた」(後藤本田植歌)。『田植草紙』系歌謡として「向いなる葛の葉はどうして風に揉まれたわしらもあの様に今宵殿御に揉まれる」(和歌山・日高郡、田植歌。『紀州文化研究』第二巻三号)。「向ひのたづの葉が夜ぜん風にもまれた　もまれたもまれた　おいらも殿にもまれた」(香川・高松市。高松放送局編『讃岐の民謡』)。

放下芸については、すでに先学の指摘言及がある。たとえば「抑放哥一人参。手鞠、リウコ舞。又品玉、ヒイナヲ舞ス。有其興賜酒」(看聞御記・応永三十二年二月四日)、「放歌二人参。リウコ手鞠ヒナ等舞有興。細美布一給、りうご、甚上手也」(同永享七年七月九日)。また『お湯殿の上の日記』にも、たとえば「ほうかまいりて、御か丶りにてまふ。一たんとおもしろき事なり。(中略)ゑびすかきまいりて、御かかりでまふ」(天正十八年正月九日)など。

21 閑吟集では序文に「携尺八之暮、」「尺八を友として」などとある。177・276番にも尺八がうたわれる。「尺八、玄宗善吹之、後安禄山乱云々、古句云、十字街頭吹尺八矣」(下学集)。閑吟集の小歌もその多くの機会、一節切の音色に乗せてうたわれた。井出幸男に中世歌謡と尺八の芸能としてまとめられた論考がある(『中世歌謡の史的研究』参照)。

23 西施《せいし》については、『呉越春秋』勾践陰謀・外伝第九。なお、周生春著『呉越春秋輯校彙考』(一九九七年)によると、『十道志』から引いて、「勾践索美女、献呉王、得之諸暨、苧蘿山売薪女也。西施山下有在諸暨県南五里」と記す。

31 閑吟集における茶文化関係の歌について考察した研究に、菅野扶美「中世に於ける茶と水」がある。

32 『中国歌謡集成・福建巻』(二〇〇七年刊)所載、中国武夷山市(一九七二年採録)の「制茶十道工」を訳出・引用する。「世の人は食糧を銀にたとえる。私は茶を金だと言う。さて、武夷のうまい茶ができてくるまでを歌ってみよう。一に茶葉を摘み取る、二に茶を貯蔵する、三に振って、四に葉をまるめて、五に炒めて、六に茶葉を揉んで形を整え、七に焙んで、八で茎を取り去り、九にはふたたび揉んで、十に選別にかかります(下略)」。

48 「中たたら」は、三人踏みの「たたら」の、真ん中で踏む人、あるいはそのポストを言う。上から垂れ下がっている真ん中の綱を受け持つ人である。「中の綱」ということばは、木曳歌、木遣歌にもある。たとえば『淋敷座之慰』嶋くどき木遣では、「おひかけ、中の綱から見んごとようそろた、やれ中の綱よゑ」。他に「中だたらはおれが殿、たたら拍子のおもしろや」(京都・舞鶴市、阿良須神社祭礼・たたら踊。『丹後の民謡』)。「あち踏めたたらこち踏めたたら、中なるたたらはわし《（私）》が踏む」(兵庫・養父郡八鹿町、ざんざか踊の金鋳踊歌。『兵庫県民俗芸能誌』)。

55 『時代別国語大辞典』(室町時代編)によると、『庭訓抄』から次の事例が引かれてある。「狂仁ト云ハ、余ノ事ヲ捨テ、花ニ心ヲ移シ営ム、渡世ヲモ目ニ懸ズ、花ノミヲ心ニ懸テ、狂ヒ行ク人ヲ狂仁ト云ナリ」。

64 この小歌は、歌謡史から見ると、近世に入り、文化の中心が宇治から淀に移り行くにつれ、「淀の川瀬の水車」の小歌として多様な場で人々に親しまれてゆく。狂言大蔵虎寛本「靭猿」、『国女歌舞伎絵詞』女歌舞伎踊歌(京都大学附属図書館蔵)。延宝三年書写踊歌「いやいおどり」など。特に仕事歌としての流れはおもしろい。

㈠臼摺歌・臼挽歌として。大分県『杵筑民謡全集』など事例は多い。臼がくるくる廻ることを期待して、淀の川瀬の水車をうたう。㈡輪遊び歌として。淀の川瀬は「開いた開いた」などと共に広くうたわれる遊戯歌。㈢車踏み歌。田へ水を入れる労働歌。『大和耕作絵抄』（元禄時代）など参照。

65　本来は、仕事歌（労働歌謡）であったかと思われる。近世期においては、京都郊外の田植歌として流入定着していたことがわかるが（例えば『俚謡集』）、おそらくは次に述べるように、本来は河川の船曳歌であったものが、その近辺の農事歌謡となって伝播伝承していったものではないかと思われる。ハヤシことば「えん」は「えいえい」に通じている。「エイエイ、エイヤ　これらやこれに似たたくさんの語は、何か物を引っ張ったり、仕事をしたりするときにあげる掛け声や叫び声」（日葡）。「えいえい。大物をひく人勢、えいえいと言ふ。如何。えいは曳なり。ひくといへる字の音をとなへてひく也」（名語記・巻五）。近世後期になるが、『淀川両岸一覧』（暁晴翁著、松川半山画。文久元年）に描かれてある風景が、絵としてはこの65番に一番近いように思える。

160　「犬飼星」にかかわる伝承を三種引用しておく。㈠「天に七夕《たなばた》犬飼様よ　川を隔てて恋をめす　ああ隔てて恋をめす　アラホイホイ」（福岡・津野地方、盆踊歌。郷土誌『津野』）。「空な七夕おいとしや　おいとしや　川をへだてて恋をめす」（和歌山・下津町、笠踊歌。『下津町郷土史研究』三号）。㈡室町時代物語『おもかげ物語』に次のような場面がある。主人公「まのの五郎むねみつ」が「常寂光浄土」にいる「おもかげ」を訪ねて、はるか遠い道行《みちゆき》をする段がある。御僧の教えのままに、これより寂光浄土の都へ百二十日行き、「いぬかひ星」に道を尋ねる。しかしさらに遠く、「やよひ星」「すまる星」「みやうじやう星」などに道たずねしながら進むが、やがて天の川の釣り人に会う。㈢同『びしやもん』では「それより西に向きて、九月おはしまし候はん時、犬二匹ぐして、あひまいらせん僧に、問はせたまへ」などと語っている。これらでは、犬飼星は道案内として現れてくる。

173 「悪路慣会経灔澦、浮世何啻夢邯鄲」(宋・陸游・自笑。『全宋詩』巻九十)。五山詩の例としては、『空華集』の「客窓日月邯鄲枕、世路風波灔澦堆」などをみることができる。

189 「思ひ差し」「思ひ取り」あるいは「付けざし」などの盃の遣り取りは、宴で厳粛な儀礼的盃事(順の盃・逆の盃)が終った後の、いわゆる座がにぎやかになり無礼講になった酒盛りの段階になって行なわれる。『尤《もっとも》の草紙』には「ささぬやうで差すは、又思ふが中の盃」とも。

201 たとえ独り寝はすることになろうとも、嘘をつく人はゆるせない、とうたい出す部分の句は、恋の世の嘘だけではなく、人の世にあるすべての嘘に及ぶ口調になっている、と読んでよい。真の恋を求めて、その心は、広く世間のうそを追い払おうとしている。結局、17番に加えて201番をここにもってきて、その激しさを見ておいてよかろうと思う。10番、16番そして17番などがあったが、一首のうちに「嘘」を三回も叩きつけるようにうたっているのはこの小歌だけである。「うそ」に翻弄された女が見える。昨日も今日も、いつのまにかうそのお祓《はら》いをしている。巫女への転身であった。だが、閑吟集以後、うそに向きあい、うそを見詰める小歌は、中世流行歌謡集を見るかぎり、急に消えてしまうのである。

238　この小歌については、植木朝子によって、その典拠が明示された。「この句は経典に典拠を求めることができる。『請観世音経』がそれである」として、「唯願必定来　免我三毒苦　施我今世楽　及与大涅槃」を引用している(『風雅と官能の室町歌謡』)。

244　垣は恋の歌謡・和歌などにおいて男女相逢う場となるが、実際にしろ象徴的にしろ二人を隔てている障害物として歌い込まれる場合も多い。柴垣はもともと神のいる聖域と俗界を切り離す境界の意味もあった。「柴垣を打つ」ということについては、馬場光子の論考が広く課題を提供している(『今様のこころとことば』)。

310　綾子踊歌の「花籠」の伝承について、現在確認できる口頭伝承に加えて、記録の上で次の事例を加えておくことができる。「花籠に玉ふさいれて　花籠に玉ふさいれて　もらさじ　人にしらせじん、もつがしんくの　つむまへの(下略)」(嘉永甲寅七年稿本・写本、秋山惟恭編『西讃府誌』巻三、内閣文庫蔵。安政戊午五年・刊本・巻三・丸亀市立資料館蔵)。

解説　『閑吟集』の世界

真鍋昌弘

一　伝本および編者

『閑吟集《かんぎんしゅう》』は永正十五年(一五一八)八月に成立した中世小歌選集である。仮名序に言うとおり、中国の『詩経』に倣《なら》って、所収歌数を三一一首と限定したところから、編者の耳目にふれた小歌であっても、おそらく組み込まれないまま消え去ったものも少なからずあったであろうと想像される。したがって、永正十五年以前の、小歌系歌謡を網羅して残そうとした集成ではなく、結果としては編者の文芸的趣向によって纏《まと》められた小歌の選集であると見ておくのがよかろう。

『閑吟集』には三種の伝本(写本)がある。

宮内庁書陵部図書寮蔵本（略称、図本）
志田延義栂《つが》の木《き》資料館蔵阿波国文庫旧蔵本（略称、阿本。底本）
水戸彰考館蔵小山田与清本（略称、彰本）

三本とも真名序・仮名序・奥書は同一である。奥書によると、大永八年（一五二八）四月、誰かに請われて献呈するために浄書した。大永八年は、真名序によってわかる成立年の永正十五年から十年後にあたる。この大永八年浄書本が、現存三伝本の原本である。図本では、真名序のはじめに、朱で「閑唫集」とあり、彰本では、表紙裏に朱で「与清曰、閑吟集ハ小歌ノ詞ニテ、今様ノ流也。尺八ニ合セテ唄フ由序文ニ見ユ。尺八ノ譜、紙鳶《しえん》ニ見エテ、其唱歌ハ小歌ヨリ又流レタル物也」とあり、奥書の後に同じく朱で「閑吟集一巻、得㆓古写本㆒而謄㆓写《ス》之《ヲ》㆒。天保三年六月、松屋主人平与清」としている。彰本にはさらに朱、青、黒で傍線・○印・振漢字・振仮名・濁点・句読点などが加えられ、上欄には、序文や歌謡から語句を抜き出して書きつけている。つまり伝本であると同時に多様な書き入れのある校注本に近い体裁を呈している。本文の字体は他の二本に比べて、いわゆる達筆・明瞭であり、振仮名なども他と異なるところが少なくない。一方、図本と底本は、その体裁・内容はほぼ同一に近いもののように見うけられ、文字の撥ねや捻りにいたるまで類似した状態にあって、どちらかというと底本は図本に比べて、読みづらい字が幾分多く、書写の時期は、図本より下ると言われてはいるが、両者は同一系統と判断してよい。

三本とも大永八年浄書本を原本とする上では同じ流れで、語句の小さい相違は度々指摘できるものの、大きな決定的開きがあるわけではない。三本ともほぼ同一の様態を呈しているものと見て、本書は、一伝本を呈示する意味も含めて、かつて岩波書店より刊行された『新日本古典文学大系』と同様、阿本を底本とし、必要なところは他二本を参照した。

『閑吟集』の小歌には、それぞれ種類・伝来を意味する朱の肩書、・印の圏点が付いている。なかに肩書が脱落していたり、誤記があったりするが、出典考証とともに伝本相互の比較によって、それらを検討し補った結果の種類と歌数を示すと次のようになる。

小―小歌(二三一)　大―大和猿楽の謡曲(四八)
近―近江猿楽の謡曲(二)　田―田楽能謡(一〇)
狂―狂言小歌(二)　放―放下の歌謡(三)
早―早歌(八)　吟―吟詩句(七)

「小」とある狭義の中心的な小歌が数量の上でももっとも多く、全体の四分の三を占める。他の肩書の歌は、それぞれのジャンルの元の作品から切り取られ、当時すでに独立し小歌化して人々に愛唱されていた部類で、これらすべてを含めた三一一首全部が『閑吟集』の小歌でもある。この『閑吟集』の小歌が、『宗安《そうあん》小歌集』・隆達節《りゅうたつぶし》小歌集・狂言小歌などとともに、中世小歌圏歌謡時代を形成し、しかも中核になっているのである。

具体的な編者像について、それを明確にすることは困難である。桃山時代に成立した小歌集『宗安小歌集』序文には、その編者について、「ここに桑門の枢《とぼそ》を閉ぢて、独り酒を楽しみ小歌をうたひつつ、貴きにも交はり賤《いや》しきにも睦び、老いたるをも伴ひ若きにも懐かしうせられたる、沙弥《しゃみ》宗安《そうあん》といふものあり。古き新しき小歌に節々を付けて、川竹の世々のもてあそびとぞなし侍る」とある。『閑吟集』においても、雰囲気としては、あたかもそうした条件を備えている人物ということになろうか。わずかに真名序の㈥〔小歌の機会〕、㈦〔閑吟集の編集〕の項と仮名序、および奥書あたりに述べられているところから推定の足掛りが得られるといった程度である。つまり編集当時桑門にあったこと、「中殿の嘉会」や「大樹の遊宴」に参列することができ、またそうした宴の様子を見聞することができたこと、儒教や仏教の哲学もある程度身につけていたこと、漢詩文や和歌の教養は十分あったこと、尺八や箏をたしなむ風流の士であったこと、都だけでなく各地を旅して歩くことが多かったこと、富士を遠望できる土地に庵を結び、十余年の間住んでいたことがあること（必ずしも、永正十五年秋八月にそうした場所に居た人物、とする必要はない）などの条件が考えられる。

『閑吟集』には、五山詩文をもとにした吟詩句・小歌も散見されるところから、編者も禅叢出身の隠士と見る説はまだしも、集中に、「清見《きよみ》寺《でら》へ暮れて帰れば　寒潮月を吹いて袈裟に洒く」(103)が所収されているから、仮名序の「富士の遠望をたよりに庵を結びて」と合わせて見て、清見寺に住んでいた人ではないかとする推量などは、他に証拠がないかぎり、一説とすることはできない。そうした中で、志田義秀・西村紫明・志田延義らによって出された、連歌師柴屋軒宗長《さいおくけんそうちょう》説は注目すべきものであった。いくつかの根拠をもって証明がなされたが、しかし後に浅野建二・吾郷寅之進《あごうとらのしん》らによって詳細に検討が加えられた結果、やはり編者を宗長と決定することはできないという結論に至っている。その後、井出幸男が、編者像についての先学の説を整理検討し、問題点の有り様を述べ、その延長線上に、『宗長手記』大永二年に記事のある、紹崇という尺八吹きの僧などを掲げているが、いまだ決定には至っていない。つまるところ、かなり著名で交際範囲も広く、旅も厭わない世捨て人で、詩歌の学殖も深く、むしろ自由に風流をたのしむ立場の人物であったとしてよいが、その具体的な人物像は、先学の綿密な考証をもってしても、現段階ではいまだ不明である、と言わざるを得ない。

二　配列

数多い歌謡集の中でも、『閑吟集』の歌謡集としての見事な配列・構成は、文芸性の面からして特に注目すべきものである。全体は和歌集の部立を手本として、春―五十六首(1「花の錦の下紐」―56)、夏―三十六首(57「卯の花襲」―92)、秋―一二五首(93「人の心の秋の初風」―217)、冬―六十三首(218「今朝の嵐」―280)、恋―三十一首(281「つぼいなう」―311)のように構成しようとした編者の意図を読み取ることができると言われているが、これについてはじめてふれた藤田徳太郎も述べるように(『古代歌謡乃研究』所収「室町小歌の形式」。「秋」の最初を、92を改め93からとしたのは真鍋)、きわめて便宜的な大雑把な分類であり、各部の中味はひじょうに曖昧であることはたしかである。ゆえにとりあえずそうした構成を心得た上で、より小さく一つ一つの歌の連鎖、あるいは群と群の関連・融合を見詰めながら、全三一一首をたどる読みがまず必要であろう。

志田延義は「編者はこの集にこれらの歌謡を集録するに当たって、古今集以来の撰集にならって、真名序・仮名序をそなえ、歌詞を四季・雑あるいは四季・恋の部立風に整理すると共に、古今集に見るような配列方法から一歩進めて連歌趣味を発揮して、連歌の附け進みを想わせるような方法を考案している」(大系・解説)と述べ、連鎖の機微を読み取らねばならぬ方向を示唆している。もちろん『閑吟集』は、蒐集された小歌を編集したものであるから、連歌の世界とは質を異にするのであって、要は単純なものではなく、その配列が多様な変化に富んだ流れや結びつきを意識して、群としての伝承に目を付けることも大切である。

さて、編者の手元に蒐集された多くの小歌は、豊かな文芸的センスによって、多様な連鎖のおもしろさを見せている。まず巻頭歌・巻尾歌を置いて、首尾を固めようとした技巧が目立つ。

花の錦の下紐は、解けてなかなかよしなや　柳の糸の乱れ心　いつ忘れうぞ　寝乱れ髪の面影　(1)

いくたびも摘め　生田の若菜　君も千代を積むべし　(2)

花籠に月を入れて　漏らさじこれを　曇らさじと　持つが大事な　(310)

籠がな籠がな　浮名漏らさぬ　籠がななう（311）

「花籠」の小歌を310として置いたのは、志田の言う、連歌俳諧における挙句の前の花の座を意識したのであろう。花籠に花を入れるのが本来であるが、そこに入れる物を色々に変えてうたう替え歌のバリエーションのあったことが、徳島県板野郡、香川県仲多度郡、伊豆諸島その他の土地に伝承する風流踊歌によってもわかるから、この310にしろ311にしろ、おそらくはそうした種類の歌の一つであって、意外なおもしろさや風流性をねらった小歌であるとしてよい。つまり巻尾歌に「浮名」をうたう方を置いたのも、編者自身の浮名が漏れなければよいのにという、一種のジェスチャーを込めた挨拶歌謡としたのであって、これが奥書の「御一見の已後《いご》は、入火《じゅか》有るべく候なり」と、結果的には呼応することになっている。『宗安小歌集』にも同歌が収載され、全二二〇首のうち一七九番目に、「閨漏る月がちよぼと射いたよなう……」「……漏りなば漏りよ我が涙」などとともに、「漏る」をうたうグループの一つとして認められるが、その配列と比較しても、『閑吟集』の場合、集全体の締め括りとして置かれたその意識とは異なるとしてよい。

2は若菜摘みの歌で、和歌の発想を受けた祝歌であるが、中世の小歌集では、こうした「千代」をうたう歌を、集の最初に置く作法があったようである。

そよ　君が代は千代に一度ゐる塵の　白雲かかる山となるまで

（梁塵秘抄・巻一・巻頭歌）

神ぞ知るらん我が仲は　千代万代と契り候

（宗安小歌集・巻頭歌）

君が代は千代にやちよにさゞれ石の　岩ほとなりて苔のむすまで

（隆達節小歌集・巻頭歌）

このように「千代」の小歌を巻頭に置くことからすれば、この2が条件を満たしていて、『閑吟集』においても、巻頭歌として起用されるべき一首であったが、しかしこれを乗り越えて、「花の錦の下紐」の華麗にして妖婉な小歌が巻頭歌として位置を得たのは、やはり編者の新しく独自な方法によるところであった。主に歌詞の前半において連歌発句の趣にそって開花をにおわせ、同時に開巻の意も利かせて、『閑吟集』小歌の世界へ人々を誘い導こうとする熱い心を秘めたのである。

『閑吟集』成立に関しては、小歌が蒐集された段階、その中から撰択され整理され、ある程度グループに分けられ、配列に向けて全体の構想が練られていった段階、最後にいよいよ現在われわれが見るような作品として定着し完成した段階(永正十五年、編者の手もとでの清書が完成したと見る。大永八年にはそれを改めて或る人物に贈呈するために浄書したと見る)と、三段階を想定するのがよいと思われるが、おそらくこの巻頭歌を据え、そして巻尾歌を置いて、この集としての完成の段階に達したと想像されるのである。つまり開巻の小歌は、もとは「下紐解ける」の縁で(後にも少しくふれるが)、274などとともに髪や下紐が「解けること」をうたう恋の小歌のグループとして纏められていたと見ておくのが妥当であろう。最終的にそのグループから取り出されて巻頭歌となったのである。巻尾歌の場合も含めて、この斬新な編集を終えた編者には、会心の笑みがあったであろう。

巻頭巻尾のこうした構想の工夫が見えたところで、いくつかの部分をもう少し取りあげて、連鎖のおもしろさをたどっておきたい。たとえば2から4まで「若菜」で、5から7まで「松」で連鎖している。すると4と5の間がまったく切れているかというとそうではなく、吉野の早春、雪が消えたあとにできた道を辿ってゆくと、霞たなびき鶯の鳴く春の野辺に出たという趣で、結びつけることができる。8から11は「梅」で、13から15は「花」で連鎖する。この二グループに挟まれて12がある。12は「それを誰《た》が問へばなう　よしなの問はず語りや」であるから、この前後つまり11と13は、いわゆる老人の問わず語りと見立てると、12を軸にここにも連鎖があることになるのであるが(老人の歌については後にもふれる)、さらに12が、謡曲『幽霊酒呑童子』(廃曲。自家伝抄に世阿弥作)において、もっとも類似した形の見える童子の科白「あらよしなのとはず語」に、当時の慣用句「それを誰が問へばなう」を付けてできた小歌であり、一方11は、謡曲『鞍馬天狗』の一節で、山伏、実は大天狗が、牛若に同情・恋情を打ちあけている科白であるから、この場合人間ではない異形の者、「酒呑童子」と「大天狗」の科白として11と12は通じあっている点も加えておいてよいように見うけられる。

282から287までは「愛ほし」で連鎖。286から288までは「憎む」で連鎖し、289でもう一度余韻として、「愛ほし」を出すという工夫が凝らされている。つまり286・287の二首は「愛ほし」と、その反対の意の「憎む」の両語を有している歌で、この両歌の部分において、「愛ほしグループ」と「憎むグループ」が重なりだぶりながら並行して、「愛ほしグループ」から「憎むグループ」へ移り行くように配列され、しかも「愛ほし」から「憎む」へ、変化してゆく恋愛模様がそこに浮かび上がるようになっている。

同様のことは次の場合も言える。202あるいは204あたりから210まで「霜」で連鎖するが、209・210の二首はともに「板橋の霜」という語句を用いている小歌である。ゆえにこれら二首は209から215まで続く「橋」の連鎖をなだらかに呼び起こすための機能をはたしていると言えるのである。その他、問答・掛け合いをなしている部分もあったりして、配列はまことに変化に富んでいる。

このように『閑吟集』の配列・連鎖は、ひじょうに綿密な計算のもとに、多様なあらゆる方法を駆使して独自性を打ち出していることがわかる。歌謡集としてのこうした連鎖、それを大きく包む群の文芸性は、今後とも検討する余地は多いと言える。

三　小歌の実体

歌謡研究の常として、『閑吟集』の小歌も、当時の人々の人生・生活の中に生きていた実体にそって理解されなければならないし、またその歌詞の環境・背景についても、十分な広がりを押さえておく必要があって、まだ多くの検討すべき課題が今後に残されている。言うまでもなく「場」と「機能」が、個々の歌謡において、なるたけ明確にされなければならないし、歌詞の意味、つまりその背景が見えてこなければならない。

花ゆゑゆゑに　顕はれたよなう　あら卯の花や　卯の花や　(30)

「卯の花」は「憂の花」の意をかける。従来は「白い花のように輝くそなたの美しい容姿のためにせっかくの忍び逢いも露顕してしまったよ。さてさてつらい卯の花だこと」（文庫（浅野））などと解されている。57を意識して、白い卯の花がさらに月光に照らされたがために露顕した、とするものもあるが、やはり不自然である。「顕はれた」は、本来隠して秘密にしておくべき事柄が、知られてしまうこと、つまり露顕してしまうことである。さてこの小歌の背景には、花を恋人の目に付く所へ、それとなくそっと置いてくる若者の恋愛生活における習わしがあったことを踏まえておかねばならないのである。

朝間とく起きて手水瓶《ちょうずがめ》を見れば　我が置かぬ花のあるも不思議やな
（松の葉・三味線組歌）

城の下なる坂本宿にサン花を一本《ひともと》忘れてきたが、あとで咲くやら開くやら
（尾張船歌・浅間ぶし）

前者は女の歌。手水瓶に男が思いを込めて置いていった花を見付けたのである。後者は、思う相手が気付くように恋情を込めて花を置いてきたのであって、それを「忘れてきた」と表現する。30で花ゆえに露顕したというのは、右に言う如く相手の男が、恋情の

しるしとして、そっと置いていった思い花が、他人に気付かれ、二人の仲が世間に知られてしまったということなのである。花はどんな花でもよかったのであるが、この歌では、人目につく「卯の花」であったと歌っている。「卯の花」のようにぱっと目立ってしまったのであり、また結果的には「憂の花」になってしまったというのである。

花の錦の下紐は　解けてなかなかよしなや　柳の糸の乱れ心　いつ忘れうぞ　寝乱れ髪の面影　(1)

今結《ゆ》た髪がはらりと解けた　いか様《さま》心も誰そに解けた　(274)

髪・帯・紐が、解こうともしないのに、自然にひとりでに解けるのは、相手の、自分を思う心が通じたからだとする俗信が古くからあった。この1と274は、そうした俗信をうたう点で一つのグループに属する小歌と見ることができる。たとえば、

吾妹子し吾を偲ふらし草枕旅の丸寝に下紐解けぬ　(万葉集・三一四五)

帯が解けたよ代田の中で　誰が祈念をかけるやら　(神奈川県橘樹郡、田植歌)

などは同じ俗信を背景にしている。各時代の歌謡や和歌に、こうした系統の歌は散見される。274は、273の逆さ歌「むらあやでこもひよこたま」の次に配置されてある。273は、離《か》れがれになってしまった相手の男を、なんとか引き寄せようとする女のおまじないの唱え言で、「また今宵も来でやあらむ」という、女にとっては不吉な状態を言うことばを、逆にしてうたって、男の来訪を約束する、女として望ましい呪歌としたのである。女の部屋で女が男を待って呟かれた秘歌なのである。274はこの小歌を受けて並べられてあるので、前節で見た配列・連鎖の面で言うと、273のおまじないの効果が現れて、二人の恋を卜占する上で好ましい現象——結ばれていた髪が自然に解けるという不思議がおこった、という展開が読みとれるのであるが、ともかくこれらの小歌は、若者の恋のおまじないの世界で伝承されてきたのである(前後の272・274もそうした圏内の小歌としてよいのではないかと思われる。ただし272は難解歌の一つである)。

そうした地盤を考慮する必要がある小歌群は、『閑吟集』の中に少なくない。今一つ加えるなら、171から184まで続く「枕の小歌群」であろう。『閑吟集』においても、もっとも長い連鎖、もっとも大きな群の一つであり、枕の語を含むさまざまな内容の小歌が連ねられてあるのだが、180・181を頂点として、この群の背後に、枕を呪的に包みこむ中世人の心性が流れているのである。そういう点で、たとえば邯鄲の枕をうたい込む173・

174の吟詩句にしても、単に出典との関係や五山詩文の抒情や哲学を読み取るだけでは不十分である。恋の俗信の中における邯鄲の枕の小歌になっているのである。『閑吟集』における五山詩文の影響は、つとに先学も考察されてきたが、もちろんそれらを他の小歌と切り離しておくべきものではなくて、広い階層にうたわれたはやり歌の一つの形式として定着していたのである。ただし、右に述べた1・273・274・171—184の小歌のうち、これ以後、『宗安小歌集』と隆達節小歌で継承が確認できるものはわずか二首だけになっている。中世小歌圏における『閑吟集』の、むしろ古様の小歌を書き留めた、かなり注目すべき特質ある具体的な一面であろう。

さて『閑吟集』の小歌の多くは、広い意味の酒宴歌謡、酒盛りの場の小歌であったと見てよい。酒宴といっても、真名序で言う「中殿の嘉会」「大樹の遊宴」をはじめとして、同好の士の心うち解けた小さなそして風流な宴まで、その規模や性格はさまざまであるが、そうした多様な酒宴の場において、小歌がうたわれ、機能したのであり、中でも、特に酒宴歌謡という匂いが強い小歌も多い。いくつか掲出してみる。

只吟可臥梅花月　成仏生天惣是虚　(9)
くすむ人は見られぬ　夢の夢の夢の世を現顔《うつつがお》して　(54)

何せうぞ　くすんで　一期は夢よ　ただ狂へ　(55)

強い口調・語気のこの三首の小歌は、やはり盃を傾けながら、酒盛りもたけなわに及んだ雰囲気の中でうたわれるのに適している。戦の絶え間ない当時の人々の心には、ひたひたと無常観とでも言える思いが忍び寄るとともに、刹那を感情のおもむくままに生きようとする強い要求が入り交っていた。ここに見える「狂へ」にしても「虚」にしても、それをうたう人、あるいは聴く人それぞれにおける受けとめ方があったのであり、意味するところには大きな幅があったと見ておいてよいが、特にその酒宴の場において、立って舞い、座して飲み干す一種独特な興奮の輪を盛り上げる役割は大きかったことであろう。

きづかさやよせさにしざひもお　(189)

赤きは酒の咎ぞ　鬼とな思《おぼ》しそよ　恐れ給はで　我に相馴れ給はば　興がる友と思すべし　我もそなたの御姿　うち見には　うち見には　恐ろしげなれど　馴れてつぼいは山伏　(190)

況んや興宴の砌には　何ぞ必ずしも　人の勧めを待たんや　(191)

189の逆さ歌は、思い差しを要求している。酒宴にはこうした謎めいた歌も、しばしばうたわれたことであろう。190は、冒頭の句が特に必要なのである。思い差しを、したりされたりする機会にうたわれたこともあろう。酒という題の早歌から出た191も、盃を傾けながら、さあもっと楽しく、といった無礼講の人々の勢いが感ぜられる。なお190は謡曲『大江山』で酒呑童子が山伏一行をもてなす科白で、前述の12とも関連するのであるが、本来酒宴に関係した場面でうたわれた。

名残の袖を振り切り　さて往なうずよなう　吹上の真砂の数　さらばなう　(228)
袖に名残を鴛鴦鳥《おしどり》の　連れて立たばや　もろともに　(229)

前者は、後朝《きぬぎぬ》の恋の別れの男の歌。狂言「花子」にも用いられていて、そこでも後朝の別れ歌としてうたわれる。後者は、五節間郢曲《ごせちのかんえいきょく》の「いざ立ちなん鴛鴦《をし》の鴨鳥《かもどり》　水増さらばとくぞまさらむ」(寅の日の殿上淵酔の最後に位置する歌)をもとにした小歌。これらはともに、名残、往なう、さらばなう、連れて立たばやもろともに、などの語句があるところからして、酒宴の席の立ち歌であることがはっきりしている。

『閑吟集』には、「老人の歌」とでも呼んでよい一群がある。やはり酒宴の場において老人がうたう、老人の持ち歌である。老人のことをうたった歌という意味ではない。11・61・99・140・220・221などが代表的なものであろう。この六首はすべて肩書「大」または「田」で、猿楽能や田楽能の、謡曲の一節が小歌化したものである(大和節)。「あら昔恋しや」(221)の発想が、この系統の根底にある。日本歌謡史を古代から現代へ貫通する老人の歌の、中世における典型的な発想が、こうした謡曲から切り取られた小歌に見えているのである。

さらに『閑吟集』には、中世の海辺文化を知ることのできる一群がある。120から139あたりまでは、海辺の風景を的確に捉えた小歌、あるいは海辺で生まれた小歌が最も大きな群をなしており、海辺の人々や風物が絵巻物を見るように繰り広げられている。浦の松葉掻き(120)、塩屋の煙(121)、磯の細道(122)、三保が洲(124)、遊女の舟遊び(128)、近江舟(130)、人買い船(131)、鳴門船(132)、阿波の若衆(133)、沖の鷗(134)、唐櫓の音(137)、唐《もろ》土《こし》船(138)などといったように、打ち寄せる波のうねりのように現れてきて、密接に重なり合いながら流れる編集になっている。琵琶湖の港町から瀬戸内海、そして松浦の澳へと次第に風景は広くなり、東シナ海も視野に入ってくる。それとともに、それらの小歌のすべてにおいて、「情」「思ひ」「面影」「つれなき」「あぢきなや」など、心の襞や陰影、身体の動きまでが溶け込んでおり、滲み出ているところまで確認することができる。

身は近江舟かや　志那で漕がるる（130）
人買ひ船は沖を漕ぐ　とても売らるる身を　ただ静かに漕よ　船頭殿（131）
身は鳴門船かや　阿波で漕がるる（132）
沖の門《と》中《なか》で舟漕げば　阿波の若衆《わかしゅ》に招かれて　味気なや　櫓が櫓が櫓が　櫓が押されぬ（133）

130と132は、「身は」と一人称でうたい出す型が定着していたことを示す箇所である。131は人買い船をうたうが、ここにも「とても売らるる身を」とあり、「身」の歌を伝承する海辺の雰囲気を知ることができる。人買船が走る風景は、132ではっきりと瀬戸内海に移っている。そして阿波の若衆を登場させた133と対照させるべき小歌は次である。

我は讃岐の鶴羽の者　阿波の若衆に膚触て　足好《よ》や腹好《よ》や　鶴羽の事も思はぬ（290）

おそらく当時の酒盛においてうたわれていた小歌であろう。133と同様の男達の大胆な持ち歌であったとしてよく、この「我は」のうたい出しは、130の「身は近江舟かや」、132の「身は鳴門船かや」の「身は」と対応する表現である。遊女や潮汲み女と想定される海辺のはかない女達は「身は」、また海商や海賊・水軍であったかもしれない男達は「我は」であり、瀬戸内海文化圏において、こうした対照的な表現を認めることができるのである。

ここに取り上げたのはほんの一端であるが、『閑吟集』には海辺歌謡文芸の性格が随所にみられ、海辺で暮らす、中世を生きた人々の息づかいや心の動きまでも感じ取ることができるのである。

四　中世の小歌

室町時代は小歌の時代であった。小歌の流行を伝える資料は少なくない。『看聞御記《かんもんぎょき》』によると、応永三十年(一四二三)二月十四日、後崇光院のもとを訪れた座頭米一が小歌を披露し、永享十年(一四三八)四月六日には、酒盛の席で「女中小歌、男共連舞」とある。『お湯殿《ゆどの》の上《うえ》の日記』文明十三年(一四八一)五月七日の条には、天皇は夕方紫宸殿に出て涼み、「月おもしろくて、御さか月まいりて、こうたなどまでもあり」と記している。これらは宮廷の酒宴で、皆が心うち解け、座が盛り上がって小歌がうたわれたことを示す用例である。また『蔭涼軒日録《いんりょうけんにちろく》』でも、盃を傾けながら、「談笑小歌」(文正元年〔一四六六〕閏二月十五日)、「小歌小舞」(同四月七日)などと記している。武士の戦陣などにおいても口ずさまれた様子を伝える事例が、はやくから知られている『太平記』の記事である。一つは「篠塚些《チツト》モ不騒《サハガズ》、小歌《コウタ》ニテ閑々《シヅシヅ》ト落行《オチユキ》ケルヲ、敵アマスナトテ追懸《オツカク》レバ、立止《タチドマツ》テ」(巻二十二)とあり、もう一つは「年ノ程二十許《ハタチバカリ》ナル若武者、和田《ワダ》新発意《シンボチ》源秀《ゲンシウ》ト名乗《ノツ》テ、……閑々《シヅシヅ》ト馬ヲ歩《アユ》マセテ小《コ》哥歌《ウタウタヒ》テ進ミタリ」(巻二十五)とある。ともに若武者がしずしずと歩む馬上で、悠然とした態度でうたっている。『実隆公記《さねたかこうき》』享禄二年(一五二九)七月十一日では、「拍子物、小歌」の材料として、和歌二十首を書いて贈ったりしている。室町時代物語『あしやのさうし』でも「あしやのさゑもんのふとも」という果報いみじき人が落魄して、「よしみある人のもとにゆき、時のきやうを、こうたにつくり、さまざまのきよくなどをして」暮したとある。『宗長手記』大永四年(一五二四)四月の条に、宇治川を上る舟中の様子が描かれているが、そこに「京よりいざなはれくる人々、船ばたをたゝきて、尺八・笛ふき鳴らし、宇治の川瀬の水車、何とうき世をめぐる、など此比《このごろ》はやる小歌《こうた》、興に乗じ侍り」とある。『閑吟集』64にも、舟に乗り合わせた人々によってうたわれた実際がよく描かれている。

『閑吟集』を中心とする中世小歌の成立については、不透明な面が多いが、一つは志田延義が指摘した『五節間郢曲事』(綾小路俊量編。永正十一年六月成立)所載の諸歌謡と「物言舞《ものいひてのまひ》」の歌謡が、その一つの流れの源を暗示している(大系・解説)。物言舞に用いられた歌謡は十三首記されていて、その日うたわれる今様・朗詠の語句をいくつか並べて一首としたり、五節の夜の実景をうたっている。例えば「千世に万代かさなるは、鶴のむれゐる亀をか」は、今様「蓬莱山」による。「ひかげの糸にむすぼほれ、おみの袖に置く霜」は、その日の冠に付けて垂らす日蔭糸や人々の小忌衣をうたっている。また特に印象的なのは、「つゐ立てみたれば、御階《みはし》の月のあかさよ」「つゐ立てみたれば、舞姫の多さよ」などと、一定の型「つゐ立て見たれば…の…さよ」で、その五節の夜の属目の景を即興的にうたってゆくものが五首も記されているところから推量するに、物言舞の歌謡は、本来は即興で畳み掛け、競ってうたい継いでゆくものであって、ある時期にこのような十三首に定着したものなのであろう。これら以外にもおそらく即興で出された文句は少なからずあったと見てよい。総称に「物言舞」とあるように、むしろ実際には言い立てる——はやすといった感じであったと思われる。五節寅日の殿上淵酔のありさまは、『弁内侍《べんのないし》日記』『中務内侍《なかつかさのないし》日記』『永和《えいわ》大嘗会記《だいじょうえき》』をはじめ諸書に散見され、特に弁内侍の描写によって、その乱舞、熱気あふれる雰囲気を読みとることができるが、そのはやし文句は中世小歌におけるリズムをもっている。すなわち、結びの句すべてが四音であり、中世小歌の詩型の特色、四音締めに合致していること、そして「……さよ」の型が、「一夜馴れたが　名残り惜しさに　出でて見たれば　奥中に　舟の速さよ　霧の深さよ」(165)などの中世小歌の抒情に欠かせない特色ある表現と一致していることが挙げられる。このあたりに、中世小歌の源泉の一つがみとめられてよいのではないかということである。

なおこの流れをもう少し押し広めてゆくなら、たとえば『源平盛衰記』巻一「五節の夜闇打附五節始の事」「兼家季仲基高家継忠雅等拍子附忠盛卒する事」、巻四「鹿谷酒宴、静憲御幸を止むる事」、などの条にある、いくつかの即興的はやし合戦の物語がある。二首引くと、「あな黒々黒き頭《とう》かな　いかなる人の漆塗るらん」「あな白々白き頭《とう》かな、いかなる人の薄押《はくお》しけん」などとはやしており、これをわざわざ「五節に拍子をかへて」と言っている。五節に拍子を変えてとは、つまり五節の物言舞の拍子でということになろうか。この即興性および四音で言いきるはやしぶりは、まさに物言舞を手本としているのである。違うところは、内容が相手の悪口になっているということだけである(しかし悪口を含むはやし歌が物言舞の興奮の延長線上になかったとは言えない)。かくしてここに一つの流れを想定するなら、中世小歌の源泉として、今様雑芸歌謡圏における即興的はやし歌を取り上げることができるということである。

『閑吟集』に続いて、『宗安小歌集』（慶長初期成立か）、隆達節小歌集（最古は文禄二年八月宗丸老宛百五十首本）がある。これら三種が中世小歌圏を代表する小歌集である。その他狂言に取り入れられている小歌があり、まとめて、歌謡史側から狂言小歌という。狂言小歌として取り入れられている『閑吟集』の小歌は三十数首にのぼるが、小歌の実体や劇と歌謡の関係を知る上で参考にすべきジャンルである。明の万暦二十年（文禄元年〔一五九二〕）刊『全浙兵制考附日本風土記』に見える山歌十二首は、中世小歌が中国浙江省あたりに持ち込まれ根付いて、土地の発音をもとに万葉仮名風に記載されたものであって、やはり中世小歌の大切な資料として欠かせぬものである。この他、室町時代物語や絵巻、説経浄瑠璃・古浄瑠璃などに書き留められた小歌の断片があり、小歌の機能や背景を見る上で貴重である。元禄十六年刊『松の葉』所載三味線組歌、『秦箏語調』所載箏組歌も中世小歌の様相を多分に内在させている。

さらに今後とも『閑吟集』三一一首、それぞれにおける継承・影響関係が詳細に調査検討されなければならない。今後の課題とすべき部分もまだ多く、そうした一首ごとの歴史を緻密に辿り、それを束ねて、やがて『閑吟集』のみならず中世小歌の世界が把握できるのであり、またどれほど後の時代に愛好され、人々の感性を刺激し伝承されていったのかについてもわかってくるのである。現代歌謡の発想・表現においてすら、『閑吟集』の小歌と無縁ではない。たとえば巻頭歌の歌詞の影響の一端にふれると、狂言小歌として取り入れられ、『田植草紙』系歌謡へ影響したふしもあり、江戸前期小歌、あるいは御船歌にもその断片が受け入れられている。さらに、いくつか加えると、醍醐寺三宝院蔵、有名な醍醐の花見の宴における和歌「深雪山帰るさ惜しき今日の雪花のおもかげいつか忘れん」、また「……も一つござるよ　たまくらにかゝる　みだれがみの面影よ」(『下館日記』正保元年七月二十六日、盆踊歌)、「花のにしきの下ひもはとけてなか〳〵よしなや　柳のいとのみだれごゝろ　いつわすりよねみだれがみのおもかげ　おもひきりめのはまちどり」(古浄瑠璃「熊野権現開帳」第四)のように、さまざまの切り方で取り込まれ利用されている。琉歌にはかなりの数の「面影」が指摘できる。面影小歌が多いのである。必ずしもこの巻頭歌に限ったことではないのだが、その源泉は中世小歌の中に求められてよいのではないかと思う。現代における流行歌謡の「面影」を溯っても、やはりこの中世小歌の世界へ辿り着く場合も、まったく無いわけではない。

本書の注釈・解説にあたっては、多くの方々の学恩を蒙っている。なかでも、志田延義氏、浅野建二氏、吾郷寅之進氏をはじめ、土橋寛氏、臼田甚五郎氏、新間進一氏、北川忠彦氏、土井洋一氏、フランク・ホーフ氏、外村南都子氏、小野恭靖氏ほか多くの方々の学恩を受けている。深く感謝申し上げる。

また、阿波国文庫旧蔵本を底本とすることを許可いただき、ご協力いただいた志田延義梅の木資料館の中哲裕氏(館長)、志田常無氏のお二人に感謝申し上げる。参考資料等についての蒐集には下仲一功氏をわずらわせた。最後に、本書がここに刊行できたことについて、岩波書店編集部の小田野耕明氏に衷心から感謝申し上げる次第です。

主要参考文献

吾郷寅之進『中世歌謡の研究』風間書房、昭和四六(一九七一)。

吾郷寅之進・真鍋昌弘『わらべうた』桜楓社、昭和五一(一九七六)。

浅野建二『中世歌謡』塙書房、昭和三九(一九六四)。

浅野建二『閑吟集研究大成』明治書院、昭和四三(一九六八)。

浅野建二校注『新訂　閑吟集』岩波文庫、平成元(一九八九)。

池田廣司『狂言歌謡研究集成』風間書房、平成四(一九九二)。

井出幸男『中世歌謡の史的研究――室町小歌の時代』三弥井書店、平成七(一九九五)。

稲田秀雄「狂言小舞『柴垣』考――神功皇后との関連を中心に」『藝能史研究』一一三号、平成三(一九九一)。

植木朝子『中世小歌　愛の諸相――『宗安小歌集』を読む』森話社、平成一六(二〇〇四)。

植木朝子『風雅と官能の室町歌謡――五感で読む閑吟集』角川選書、平成二五(二〇一三)。

臼田甚五郎『歌謡民俗記』地平社、昭和一八(一九四三)。

小野恭靖『中世歌謡の文学的研究』笠間書院、平成八(一九九六)。

小野恭靖編『「隆達節歌謡」全歌集——本文と総索引』笠間書院、平成一〇(一九九八)。

『折口信夫全集　ノート編　第十八巻　芸謡・小歌　閑吟集』中央公論社、昭和四七(一九七二)。

北川忠彦校注『新潮日本古典集成　閑吟集・宗安小歌集』新潮社、昭和五七(一九八二)。

木藤才蔵・重松裕巳校注『中世の文学　連歌論集一』三弥井書店、昭和四七(一九七二)。

久保田淳『新古今和歌集全評釈』全九巻、講談社、昭和五二(一九七七)。

佐成謙太郎『謡曲大観』全七巻、明治書院、昭和五(一九三〇)〜昭和六(一九三一)。

志田延義校註『日本古典文学大系44　中世近世歌謡集』「閑吟集」岩波書店、昭和三四(一九五九)。

志田延義編『鑑賞日本古典文学　歌謡Ⅱ』「閑吟集」角川書店、昭和五二(一九七七)。

志田延義『志田延義著作集　歌謡圏史』Ⅰ〜Ⅴ、至文堂、昭和五七(一九八二)〜平成一二(二〇〇〇)。

島津忠夫校注『宗長日記』岩波文庫、昭和五〇(一九七五)。

島袋盛敏・翁長俊郎『標音評釈琉歌全集』武蔵野書院、昭和四三(一九六八)。

菅野扶美「中世に於ける茶と水——『閑吟集』茶の歌謡について」『藝文研究』四二号、昭和五六(一九八一)。

菅野扶美「嘘の歌謡——『閑吟集』の一特性について」『藝文研究』四五号、昭和五八(一九八三)。

菅野扶美「『宗安小歌集』総索引」『三田國文』創刊号、昭和五八(一九八三)。

杉森美代子「地名からみた閑吟集の考察――安濃津・誉田・河内陣」『東京学芸大学研究報告』一六巻一一号、昭和三九(一九六四)。

高野辰之『日本歌謡史』春秋社、大正一五(一九二六)。

高野辰之『日本歌謡集成』5、春秋社、昭和三(一九二八)。

塚本邦雄『君が愛せし　鑑賞古典歌謡』みすず書房、昭和五二(一九七七)。

土井忠生・森田武・長南実編訳『邦訳　日葡辞書』岩波書店、昭和五五(一九八〇)。

土井洋一・真鍋昌弘校注『新日本古典文学大系56　梁塵秘抄・閑吟集・狂言歌謡』「閑吟集」岩波書店、平成五(一九九三)。

徳江元正校注・訳『新編日本古典文学全集42　神楽歌・催馬楽・梁塵秘抄・閑吟集』「閑吟集」小学館、平成一二(二〇〇〇)。

徳田和夫「中世歌謡の論、三題」『学習院女子短期大学紀要』18、昭和五五(一九八〇)。

外村南都子校注・訳『日本の文学・古典編24　歌謡集』ほるぷ出版、昭和六一(一九八六)。

外村南都子『早歌の心情と表現――中世を開拓する歌謡』三弥井書店、平成一七(二〇〇五)。

外村久江・外村南都子校注『早歌全詞集』三弥井書店、平成五(一九九三)。

永池健二『逸脱の唱声　歌謡の精神史』梟社、平成二三(二〇一一)。

中哲裕『閑吟集定本の基礎的研究』新典社、平成九(一九九七)。

橋本朝生校注『新日本古典文学大系56　梁塵秘抄・閑吟集・狂言歌謡』「狂言歌謡」岩波書店、平成五(一九九三)。

馬場光子『今様のこころとことば――『梁塵秘抄』の世界』三弥井書店、昭和六二(一九八七)。

馬場光子『走る女――歌謡の中世から』筑摩書房、平成四(一九九二)。

藤田徳太郎編『校註日本文学類従　近代歌謡集』博文館、昭和四(一九二九)。

藤田徳太郎校註『閑吟集』岩波文庫、昭和七(一九三二)。

藤田徳太郎『古代歌謡乃研究』金星社、昭和九(一九三四)。

藤田徳太郎『近代歌謡の研究』人文書院、昭和一二(一九三七)。

真鍋昌弘『中世近世歌謡の研究』桜楓社、昭和五七(一九八二)。

真鍋昌弘『中世の歌謡――『閑吟集』の世界』翰林書房、平成一一(一九九九)。

真鍋昌弘『日本歌謡の研究――閑吟集以後』桜楓社、平成四年(一九九二)。

真鍋昌弘『中世歌謡評釈　閑吟集開花』和泉書院、平成二五(二〇一三)。

室町時代語辞典編修委員会編『時代別国語大辞典　室町時代編』全五巻、三省堂、昭和六〇(一九八五)~平成一二(二〇〇〇)。

Frank Hoff, *Like a Boat in a Storm: A Century of Song in Japan*, 文化評論社、昭和五七(一九八二)。

初句索引（数字は歌番号）

あ 行

か行

さ行

た行

な　行

は　行

閑《かん》吟《ぎん》集《しゅう》

2023年1月13日　第1刷発行
2024年4月26日　第2刷発行

校注者　真鍋昌弘《まなべまさひろ》

発行者　坂本政謙

発行所　株式会社 岩波書店
〒101-8002 東京都千代田区一ツ橋2-5-5

案内 03-5210-4000　営業部 03-5210-4111
文庫編集部 03-5210-4051
https://www.iwanami.co.jp/

印刷・三秀舎　カバー・精興社　製本・中永製本

ISBN 978-4-00-301289-5　　Printed in Japan

読書子に寄す

――岩波文庫発刊に際して――

岩波茂雄

真理は万人によって求められることを自ら欲し、芸術は万人によって愛されることを自ら望む。かつては民を愚昧ならしめるために学芸が最も狭き堂宇に閉鎖されたことがあった。今や知識と美とを特権階級の独占より奪い返すことはつねに進取的なる民衆の切実なる要求である。岩波文庫はこの要求に応じそれに励まされて生まれた。それは生命ある不朽の書を少数者の書斎と研究室とより解放して街頭にくまなく立たしめ民衆に伍せしめるであろう。近時大量生産予約出版の流行を見る。その広告宣伝の狂態はしばらくおくも、後代にのこすと誇称する全集がその編集に万全の用意をなしたるか。千古の典籍の翻訳企図に敬虔の態度を欠かざりしか。さらに分売を許さず読者を繫縛して数十冊を強うるがごとき、はたしてその揚言する学芸解放のゆえんなりや。吾人は天下の名士の声に和してこれを推挙するに躊躇するものである。このときにあたって、岩波書店は自己の責務のいよいよ重大なるを思い、従来の方針の徹底を期するため、すでに十数年以前より志して来た計画を慎重審議この際断然実行することにした。吾人は範をかのレクラム文庫にとり、古今東西にわたって文芸・哲学・社会科学・自然科学等種類のいかんを問わず、いやしくも万人の必読すべき真に古典的価値ある書をきわめて簡易なる形式において逐次刊行し、あらゆる人間に須要なる生活向上の資料、生活批判の原理を提供せんと欲する。この文庫は予約出版の方法を排したるがゆえに、読者は自己の欲する時に自己の欲する書物を各個に自由に選択することができる。携帯に便にして価格の低きを最主とするがゆえに、外観を顧みざるも内容に至っては厳選最も力を尽くし、従来の岩波出版物の特色をますます発揮せしめようとする。この計画たるや世間の一時の投機的なるものと異なり、永遠の事業として吾人は微力を傾倒し、あらゆる犠牲を忍んで今後永久に継続発展せしめ、もって文庫の使命を遺憾なく果たさしめることを期する。芸術を愛し知識を求むる士の自ら進んでこの挙に参加し、希望と忠言とを寄せられることは吾人の熱望するところである。その性質上経済的には最も困難多きこの事業にあえて当たらんとする吾人の志を諒として、その達成のため世の読書子とのうるわしき共同を期待する。

昭和二年七月

《日本文学(古典)》〔黄〕

古事記　倉野憲司校注
日本書紀　全五冊　坂本太郎・家永三郎・井上光貞・大野晋校注
万葉集　全五冊　佐竹昭広・山田英雄・工藤力男・大谷雅夫・山崎福之校注
原文万葉集　全二冊　佐竹昭広・山田英雄・工藤力男・大谷雅夫・山崎福之校注
竹取物語　阪倉篤義校訂
伊勢物語　大津有一校注
玉造小町子壮衰書 —小野小町物語　杤尾武校注
古今和歌集　佐伯梅友校注
土左日記　紀貫之　鈴木知太郎校注
源氏物語　全九冊　柳井滋・室伏信助・大朝雄二・鈴木日出男・藤井貞和・今西祐一郎校注
源氏物語補作 山路の露・雲隠六帖 他二篇　今西祐一郎編注
枕草子　池田亀鑑校訂
更級日記　西下経一校注
今昔物語集　全四冊　池上洵一編
西行全歌集　久保田淳・吉野朋美校注
建礼門院右京大夫集 付 平家公達草紙　久松潜一・久保田淳校注

後拾遺和歌集　久保田淳・平田喜信校注
詞花和歌集　工藤重矩校注
古語拾遺　斎部広成撰　西宮一民校注
王朝漢詩選　小島憲之編
新訂 方丈記　市古貞次校注
新訂 新古今和歌集　佐佐木信綱校訂
新訂 徒然草　西尾実・安良岡康作校注
平家物語　全四冊　梶原正昭・山下宏明校注
神皇正統記　北畠親房　岩佐正校注
御伽草子　全二冊　市古貞次校注
王朝秀歌選　樋口芳麻呂校注
定家八代抄 —続王朝秀歌選　全二冊　樋口芳麻呂・後藤重郎校注
閑吟集　真鍋昌弘校注
中世なぞなぞ集　鈴木棠三編
謡曲選集 読む能の本　野上豊一郎編
東関紀行・海道記　玉井幸助校訂
おもろさうし　外間守善校注

太平記　全六冊　兵藤裕己校注
好色五人女　井原西鶴　東明雅校註
武道伝来記　井原西鶴　横山重・前田金五郎校注
西鶴文反古　井原西鶴　片岡良一校訂
芭蕉紀行文集 付 嵯峨日記　中村俊定校注
芭蕉 おくのほそ道 付 曾良旅日記・奥細道菅菰抄　萩原恭男校注
芭蕉俳句集　中村俊定校注
芭蕉連句集　中村俊定・萩原恭男校注
芭蕉書簡集　萩原恭男校注
芭蕉文集　潁原退蔵編註
芭蕉俳文集　全二冊　堀切実編注
芭蕉自筆 奥の細道　上野洋三・櫻井武次郎校注
蕪村俳句集 付 春風馬堤曲 他二篇　尾形仂校注
蕪村七部集　伊藤松宇校訂
蕪村文集　藤田真一編注
折たく柴の記　新井白石　松村明校注
近世畸人伝　伴蒿蹊　森銑三校註

雨月物語　上田秋成／長島弘明校注

宇下人言 修行録　松平定信／松平定光校訂

新訂 一茶俳句集　丸山一彦校注

増補 俳諧歳時記栞草 全二冊　曲亭馬琴編／藍亭青藍補／堀切実校注

北越雪譜　鈴木牧之編撰／京山人百樹刪定／岡田武松校訂

東海道中膝栗毛 全二冊　十返舎一九／麻生磯次校注

浮世床　式亭三馬／和田万吉校訂

梅暦 全二冊　為永春水／古川久校訂

百人一首一夕話 全二冊　尾崎雅嘉／古川久校訂

日本民謡集　町田嘉章／浅野建二編

芭蕉臨終記 花屋日記 付 芭蕉翁終焉記・前後日記・行状記　小宮豊隆校訂

醒睡笑 全二冊　安楽庵策伝／鈴木棠三校注

歌舞伎十八番の内 勧進帳　郡司正勝校注

江戸怪談集 全三冊　高田衛編・校注

柳多留名句選　山澤英雄選／粕谷宏紀校注

松蔭日記　上野洋三校注

鬼貫句選・独ごと　復本一郎校注

井月句集　復本一郎編

花見車・元禄百人一句　雲英末雄／佐藤勝明校注

江戸漢詩選 全二冊　揖斐高編訳

《日本文学(現代)》〔緑〕

怪談 牡丹燈籠	三遊亭円朝
小説神髄	坪内逍遥
当世書生気質	坪内逍遥
アンデルセン 即興詩人 全二冊	森鷗外訳
ウィタ・セクスアリス	森鷗外
青年	森鷗外
雁	森鷗外
阿部一族 他二篇	森鷗外
山椒大夫・高瀬舟 他四篇	森鷗外
渋江抽斎	森鷗外
舞姫・うたかたの記 他三篇	森鷗外
鷗外随筆集	千葉俊二編
大塩平八郎 他三篇	森鷗外
浮雲	二葉亭四迷 十川信介校注
野菊の墓 他四篇	伊藤左千夫
吾輩は猫である	夏目漱石
坊っちゃん	夏目漱石
草枕	夏目漱石
虞美人草	夏目漱石
三四郎	夏目漱石
それから	夏目漱石
門	夏目漱石
彼岸過迄	夏目漱石
漱石文芸論集	磯田光一編
行人	夏目漱石
こころ	夏目漱石
硝子戸の中	夏目漱石
道草	夏目漱石
明暗	夏目漱石
思い出す事など 他七篇	夏目漱石
文学評論 全二冊	夏目漱石
夢十夜 他二篇	夏目漱石
漱石文明論集	三好行雄編
倫敦塔・幻影の盾 他五篇	夏目漱石
漱石日記	平岡敏夫編
漱石書簡集	三好行雄編
漱石俳句集	坪内稔典編
漱石・子規往復書簡集	和田茂樹編
文学論 全二冊	夏目漱石
坑夫	夏目漱石
二百十日・野分	夏目漱石
五重塔	幸田露伴
努力論	幸田露伴
一国の首都 他一篇	幸田露伴
渋沢栄一伝	幸田露伴
飯待つ間 —正岡子規随筆選	正岡子規 阿部昭編
子規句集	高浜虚子選
病牀六尺	正岡子規
子規歌集	土屋文明編
墨汁一滴	正岡子規

仰臥漫録	正岡子規
歌よみに与ふる書	正岡子規
獺祭書屋俳話・芭蕉雑談	正岡子規
子規紀行文集	復本一郎編
正岡子規ベースボール文集	復本一郎編
金色夜叉 全二冊	尾崎紅葉
不如帰	徳冨蘆花
武蔵野	国木田独歩
愛弟通信	国木田独歩
蒲団・一兵卒	田山花袋
田舎教師	田山花袋
一兵卒の銃殺	田山花袋
あらくれ・新世帯	徳田秋声
藤村詩抄	島崎藤村自選
破戒	島崎藤村
春	島崎藤村
桜の実の熟する時	島崎藤村
夜明け前 全四冊	島崎藤村
藤村文明論集	十川信介編
生ひ立ちの記 他一篇	島崎藤村
島崎藤村短篇集	大木志門編
にごりえ・たけくらべ	樋口一葉
大つごもり・十三夜 他五篇	樋口一葉
修禅寺物語・正雪の二代目 他四篇	岡本綺堂
高野聖・眉かくしの霊	泉鏡花
歌行燈	泉鏡花
夜叉ケ池・天守物語	泉鏡花
草迷宮	泉鏡花
春昼・春昼後刻	泉鏡花
鏡花短篇集	川村二郎編
外科室・海城発電 他五篇	泉鏡花
鏡花随筆集	吉田昌志編
化鳥・三尺角 他六篇	泉鏡花
鏡花紀行文集	田中励儀編
俳句はかく解しかく味う	高浜虚子
俳句への道	高浜虚子
回想 子規・漱石	高浜虚子
有明詩抄	蒲原有明
上田敏全訳詩集	山内義雄・矢野峰人編
宣言	有島武郎
一房の葡萄 他四篇	有島武郎
寺田寅彦随筆集 全五冊	小宮豊隆編
柿の種	寺田寅彦
与謝野晶子歌集	与謝野晶子自選
与謝野晶子評論集	鹿野政直・香内信子編
私の生い立ち	与謝野晶子
つゆのあとさき	永井荷風
濹東綺譚	永井荷風
荷風随筆集 全二冊	野口冨士男編
摘録 断腸亭日乗 全二冊	永井荷風・磯田光一編
すみだ川・新橋夜話 他一篇	永井荷風

あめりか物語	永井荷風
下谷叢話	永井荷風
ふらんす物語	永井荷風
荷風俳句集	加藤郁乎編
浮沈・踊子 他三篇	永井荷風
花火・来訪者 他十一篇	永井荷風
問はずがたり・吾妻橋 他十六篇	永井荷風
斎藤茂吉歌集	山口茂吉 柴生田稔 佐藤佐太郎編
千鳥 他四篇	鈴木三重吉
鈴木三重吉童話集	勝尾金弥編
小僧の神様 他十篇	志賀直哉
暗夜行路 全二冊	志賀直哉
志賀直哉随筆集	高橋英夫編
高村光太郎詩集	高村光太郎
北原白秋歌集	高野公彦編
北原白秋詩集 全二冊	安藤元雄編
フレップ・トリップ	北原白秋

野上弥生子随筆集	竹西寛子編
野上弥生子短篇集	加賀乙彦編
お目出たき人・世間知らず	武者小路実篤
友情	武者小路実篤
銀の匙	中勘助
若山牧水歌集	伊藤一彦編
新編 みなかみ紀行	若山牧水 池内紀編
新編 啄木歌集	久保田正文編
吉野葛・蘆刈	谷崎潤一郎
卍（まんじ）	谷崎潤一郎
谷崎潤一郎随筆集	篠田一士編
多情仏心 全二冊	里見弴
道元禅師の話	里見弴
今年竹 全二冊	里見弴
萩原朔太郎詩集	三好達治選
郷愁の詩人 与謝蕪村	萩原朔太郎
猫町 他十七篇	萩原朔太郎 清岡卓行編

恋愛名歌集	萩原朔太郎
恩讐の彼方に・忠直卿行状記 他八篇	菊池寛
父帰る・藤十郎の恋 菊池寛戯曲集	石割透編
河明り 老妓抄 他一篇	岡本かの子
春泥・花冷え	久保田万太郎
大寺学校 ゆく年	久保田万太郎
久保田万太郎俳句集	恩田侑布子編
室生犀星詩集	室生犀星自選
犀星王朝小品集	室生犀星
室生犀星俳句集	岸本尚毅編
出家とその弟子	倉田百三
羅生門・鼻・芋粥・偸盗	芥川竜之介
地獄変・邪宗門・好色・藪の中 他七篇	芥川竜之介
河童 他二篇	芥川竜之介
歯車 他二篇	芥川竜之介
蜘蛛の糸・杜子春・トロッコ 他十七篇	芥川竜之介
侏儒の言葉・文芸的な、余りに文芸的な	芥川竜之介

芥川竜之介書簡集　石割透編
芥川竜之介随筆集　石割透編
蜜柑・尾生の信 他十八篇　芥川竜之介
年末の一日・浅草公園 他十七篇　芥川竜之介
芥川竜之介紀行文集　山田俊治編
田園の憂鬱　佐藤春夫
海に生くる人々　葉山嘉樹
葉山嘉樹短篇集　道籏泰三編
日輪・春は馬車に乗って 他八篇　横光利一
宮沢賢治詩集　谷川徹三編
童話集 風の又三郎 他十八篇　宮沢賢治　谷川徹三編
童話集 銀河鉄道の夜 他十四篇　宮沢賢治　谷川徹三編
山椒魚・遙拝隊長 他七篇　井伏鱒二
川釣り　井伏鱒二
井伏鱒二全詩集　井伏鱒二
太陽のない街　徳永直
黒島伝治作品集　紅野謙介編

伊豆の踊子・温泉宿 他四篇　川端康成
雪国　川端康成
山の音　川端康成
川端康成随筆集　川西政明編
三好達治詩集　桑原武夫　大槻鉄男選
詩を読む人のために　三好達治
中野重治詩集　中野重治
夏目漱石 全二冊　小宮豊隆
新編 思い出す人々　内田魯庵　紅野敏郎編
檸檬《レモン》・冬の日 他九篇　梶井基次郎
蟹工船 一九二八・三・一五　小林多喜二
富嶽百景・走れメロス 他八篇　太宰治
斜陽 他一篇　太宰治
人間失格 グッド・バイ 他一篇　太宰治
津軽　太宰治
お伽草紙・新釈諸国噺　太宰治
右大臣実朝 他一篇　太宰治

真空地帯　野間宏
日本唱歌集　堀内敬三　井上武士編
日本童謡集　与田準一編
森鷗外　石川淳
至福千年　石川淳
小林秀雄初期文芸論集　小林秀雄
近代日本人の発想の諸形式 他四篇　伊藤整
小説の認識　伊藤整
中原中也詩集　大岡昇平編
ランボオ詩集　中原中也訳
晩年の父　小堀杏奴
小熊秀雄詩集　岩田宏編
夕鶴・彦市ばなし 他二篇 —木下順二戯曲選II—　木下順二
元禄忠臣蔵 全二冊　真山青果
随筆滝沢馬琴　真山青果
旧聞日本橋　長谷川時雨
みそっかす　幸田文

岩波文庫の最新刊

網野善彦著
日本中世の非農業民と天皇（上）
山野河海という境界領域に生きた中世の「職人」たちの姿を通じて、天皇制の本質と根深さ、そして人間の本源的自由を問う、著者の代表的著作。（全二冊）
〔青N四〇二-二〕　定価一六五〇円

エーリヒ・ケストナー作／酒寄進一訳
独裁者の学校
大統領の替え玉を使い捨てにして権力を握る大臣たち。政変が起きるが、その行方は…。痛烈な皮肉で独裁体制の本質を暴いた、作者渾身の戯曲。
〔赤四七一-三〕　定価七一五円

ラインホールド・ニーバー著／千葉眞訳
道徳的人間と非道徳的社会
個人がより善くなることで、社会の問題は解決できるのか。二〇世紀アメリカを代表する神学者が人間の本性を見つめ、政治と倫理の相克に迫った代表作。
〔青N六〇九-一〕　定価一四三〇円

トマス・アクィナス著／稲垣良典・山本芳久編／稲垣良典訳
精選 神学大全2 法論
トマス・アクィナス(一二二五頃-一二七四)の集大成『神学大全』から精選。2は人間論から「法論」、「恩寵論」を収録する。解説＝山本芳久、索引＝上遠野翔。（全四冊）
〔青六二一-四〕　定価一七一六円

……今月の重版再開……

高浜虚子著
立子へ抄
―虚子より娘へのことば―
定価一二二一円　〔緑二八-九〕

喜安朗訳
フランス二月革命の日々
―トクヴィル回想録―
定価一五七三円　〔白九-一〕

岩波文庫の最新刊

ゲルツェン著／長縄光男訳

ロシアの革命思想

——その歴史的展開——

ロシア初の政治的亡命者、ゲルツェン（一八一二―一八七〇）。人間の尊厳と言論の自由を守る革命思想を文化史とともにたどり、農奴制と専制の非人間性を告発する書。〔青N六一〇―一〕 定価一〇七八円

ラス・カサス著／染田秀藤訳

インディアスの破壊をめぐる賠償義務論

——十二の疑問に答える——

新大陸で略奪行為を働いたすべてのスペイン人を糾弾し、先住民に対する賠償義務を数多の神学・法学理論に拠り説き明かし、その履行をつよく訴える。最晩年の論策。〔青四二七―九〕 定価一一五五円

岩田文昭編

嘉村礒多集

嘉村礒多（一八九七―一九三三）は山口県仁保生れの作家。小説、随想、書簡から選んだ。己の業苦の生を文学に刻んだ、苦しむ者の光源となる同朋の全貌。〔緑七四―二〕 定価一〇〇一円

網野善彦著

日本中世の非農業民と天皇（下）

海民、鵜飼、桂女、鋳物師ら、山野河海に生きた中世の「職人」と天皇の結びつきから日本社会の特質を問う、著者の代表的著作。（全二冊、解説＝高橋典幸）〔青N四〇二―三〕 定価一四三〇円

ヘルダー著／嶋田洋一郎訳

人類歴史哲学考（三）

第二部第十巻―第三部第十三巻を収録。人間史の起源を考察し、風土に基づいてアジア、中東、ギリシアの文化や国家などを論じる。（全五冊）〔青N六〇八―三〕 定価一二七六円

……今月の重版再開……

池上洵一編

今昔物語集 天竺・震旦部

〔黄一九―一〕 定価一四三〇円

清水三男著／大山喬平・馬田綾子校注

日本中世の村落

〔青四七〇―一〕 定価一三五三円